बुलेट ट्रेन

बुलेट ट्रेन

आर.के. रौशन

प्रभात
प्रकाशन

प्रकाशक • **प्रभात प्रकाशन प्रा. लि**
4/19 आसफ अली रोड,
नई दिल्ली-110002

संस्करण • 2025
मूल्य • तीन सौ रुपए
अनुवाद • महेंद्र नारायण सिंह यादव
मुद्रक • प्रिंट मीडिया, नई दिल्ली

BULLET TRAIN
by Shri R.K. Roshan ₹ 300.00
Published by Prabhat Prakashan, 4/19 Asaf Ali Road, New Delhi-2
e-mail: prabhatbooks@gmail.com ISBN 978-93-5266-003-2

लेखकीय

"मुझे लगता है कि रफ्तार आज के युग में एक स्वाभाविक आनंद देती है," यह कहना है एल्डस हक्स्ले का। अंधाधुंध रफ्तार से चलनेवाली बड़ी चमचमाती ट्रेन को ही आमतौर पर बुलेट ट्रेन कहते हैं, जो लाखों यात्रियों को स्वाभाविक खुशी प्रदान करती है। बहुत तेज रफ्तार की ट्रेन की यात्रा बहुत मजेदार होती है। एक समय वह भी था, जब डिब्बे इनसान खींचते थे, उसके बाद घोड़े खींचने लगे और फिर फिक्स्ड इंजनों और भाप इंजनों की बारी आई। 1829 में जब रेनहिल्स प्रतियोगिता में भाप इंजन ने 20-30 मील प्रति घंटे की रफ्तार दिखाई, तो उसे क्रांतिकारी माना गया था। विद्युत्कर्षण ने उस समय के विचारों को चुनौती दी और बढ़ती आबादी तथा आर्थिक गतिविधियों के लिए बेहतर संपर्क की जरूरतों को पूरा किया। जापान ने इसमें पहल की और 1964 में पहली आधुनिक बुलेट ट्रेन शुरू की। फ्रांस और चीन ने भी जापान का अनुकरण किया और अब 15 देशों में बुलेट ट्रेन चलती है। बुलेट ट्रेनों में अब बहुत दिलचस्पी ली जा रही है। बच्चे-बड़े सब; दम साधे भारत में प्रौद्योगिकी के इस नवीनतम चमत्कार का इंतजार कर रहे हैं, जो कि द्वार पर दस्तक ही दे रहा है। हर दिन बुलेट ट्रेन पर कोई-न-कोई लेख पढ़ने को मिल रहा है, लेकिन उनमें इसके बारे में पूरी जानकारी नहीं मिल पा रही है।

बुलेट ट्रेन के बारे में अपूर्ण लेख पढ़ने से कुछ खास जानकारी हासिल नहीं होती। बुलेट ट्रेन के बारे में ऐसी संक्षिप्त और विस्तृत अध्ययन सामग्री की जरूरत है, जिसमें इस विषय से जुड़ी सारी बारीक बातें समाहित हों। इस जरूरत को पूरा करनेवाली कोई पुस्तक उपलब्ध नहीं थी। यह भी कहा जा सकता है कि ऐसी पुस्तक की जरूरत ही नहीं है या फिर मैं जरूरत पैदा करने का प्रयास कर रहा हूँ। निष्पक्ष तरीके से विचार करने पर यह स्पष्ट हो जाता है कि अधोसंरचना की कोई भी बड़ी परियोजना जनता के सहयोग के बिना सफल हो ही नहीं सकती, हालाँकि जनता

सहयोग करे तो कैसे? समर्थन की बात तब पैदा होती है, जब लोगों को उसकी जानकारी हो। ऐसे में न केवल आम जनता के बीच, बल्कि परिवहन विशेषज्ञों और उन सबके बीच भी बुलेट ट्रेन के बारे में जागरूकता पैदा करना जरूरी हो गया है, जो किसी-ने-किसी रूप से ऐसी परियोजनाओं से जुड़े हैं या जुड़ सकते हैं।

यह पुस्तक लिखने का विचार नौजवानों को इस आधुनिकतम चमत्कार के बारे में जानकारी देने और बुलेट ट्रेन परियोजना की सफलता में तुच्छ सहयोग की भावना से आया। इस पुस्तक के जरिए बुलेट ट्रेन परियोजनाओं के बारे में जन-जागरूकता पैदा करने और इन परियोजनाओं के लिए मानव संसाधनों का विकास करने का प्रयास किया गया है। हर रेलयात्री बुलेट ट्रेन की यात्रा करने का स्वप्न देखता है, लेकिन उनमें से बहुत कम ही इसकी अवधारणा और प्रौद्योगिकी को समझते होंगे। इस पुस्तक को पढ़कर वे लोग अपने इस स्वप्न को सही तरह से साकार कर सकते हैं। हर रेलवे कर्मचारी को यह पुस्तक पढ़नी चाहिए, क्योंकि अपने व्यावसायिक क्षेत्र के नवीनतम घटनाक्रम से उनके लिए पूरी तरह से अवगत रहना आवश्यक है। यह पुस्तक सभी तरह के परिवहन विशेषज्ञों और विद्यार्थियों के लिए भी समान रूप से प्रासंगिक है।

यह पुस्तक पर्याप्त शोध और व्यापक विचार-विमर्श के बाद लिखी गई है। इसे पढ़ने से दुनिया भर में, खासकर भारत में बुलेट ट्रेन की पृष्ठभूमि और मौजूदा स्थिति को समझने में मदद मिलेगी। परियोजना के विस्तृत लाभों को समझाने का प्रयास किया गया है, साथ ही आलोचनाओं का विश्लेषण भी किया गया है। बुलेट ट्रेन में क्या संभावनाएँ हैं, **क्या यह ट्रेन मौजूदा रेल पटरियों पर चल सकेगी, ड्राइवर सिग्नल को कैसे देखेंगे? हम जब भी बुलेट ट्रेन के बारे में सोचते हैं, तब ये कुछ सवाल हमारे मन में आते ही हैं।** यह जानना भी मजेदार होगा कि उल्लू के पंख और किंगफिशर पक्षी के झपट्टे ने बुलेट ट्रेन की स्पीड बढ़ाने में कैसे मदद की। बुलेट ट्रेन की प्रौद्योगिकी अध्याय में इन सारे सवालों के जवाब मिलेंगे।

धन कहाँ से आएगा, क्या हम इस तरह की परियोजना का खर्चा वहन कर पाएँगे, धन कैसे जुटाया जाएगा? इन सारे मुद्दों पर विस्तार से चर्चा की गई है। इसमें क्रियान्वयन प्रक्रिया भी समझाई गई है और आगे अध्ययन के लिए संसाधनों का भी संकेत किया गया है।

जमीनी वाहन की तेज आवाज कम करने से ट्रेन की स्पीड में और तेजी कैसे आ सकती है, आमतौर पर जमीन पर अंतरिक्ष यात्रा कहलानेवाली ईटी3 से क्या होगा? **डेढ़ घंटे में कश्मीर से कन्याकुमारी की यात्रा क्या सचमुच संभव हो**

सकेगी ? इस पुस्तक में इन सारे सवालों के जवाब देने की कोशिश की गई है।

पुस्तक की एक अनूठी विशेषता बुलेट ट्रेन शब्दावली है, जिसकी मदद से बुलेट ट्रेन की अवधारणा को अच्छी तरह से समझा जा सकेगा।

जिन लोगों ने मुझे उपयोगी जानकारी और मार्गदर्शन दिया, मैं उनका आभार व्यक्त करता हूँ, जिनमें विशेष रूप से श्री मनोज अखौरी, श्री वेद प्रकाश, श्री शरद शर्मा, श्री एस.के. सिन्हा, श्री विकास कुमार, श्री गोविंद वल्लभ, श्री ए.के. पूठिया, श्री ओमप्रकाश, श्री ए.के. सिंह और कई मित्र तथा साथी शामिल हैं। श्री अमित जैन, श्री ऋषि, श्री अखिलेश और राजकुमार पोरव का सहयोग भी सराहनीय है।

मेरी पत्नी अर्चना ने मुझे काफी प्रोत्साहन और सहयोग दिया। सबसे अधिक आभार मैं अपने बच्चों--आयुष राज और अन्निका प्रिया का व्यक्त करता हूँ, जिन्होंने लगातार मुझे यह किताब लिखने के लिए प्रेरित किया और पुस्तक को अधिक-से-अधिक आकर्षक बनाने के लिए तरीके भी सुझाए।

यह पुस्तक बड़ों और ईश्वर के आशीर्वाद के बिना लिख पाना कभी संभव नहीं हो पाता। आप सभी को बहुत-बहुत धन्यवाद।

पुस्तक परिचय

"मैं बिना अपनी डायरी लिये कभी यात्रा नहीं करता। ट्रेन में पढ़ने के लिए हमेशा कुछ-न-कुछ सनसनीखेज होना चाहिए।"—ऑस्कर वाइल्ड।

बुलेट ट्रेन को लेकर जो उत्साह पूरी दुनिया में पैदा हुआ है, उसके हिसाब से बुलेट ट्रेन पर लिखी किताब पढ़ने के बिल्कुल उपयुक्त है।

बुलेट ट्रेन से हमारा क्या मतलब है ? बुलेट ट्रेन मोटे तौर पर उस हाई स्पीड ट्रेन को कहा जाता है, जो अलग पटरी पर विशेष तरीके से 250 किलोमीटर/घंटे से अधिक की स्पीड से चलती हो। हाई स्पीड ट्रेन का आकार बुलेट या गोली की तरह का होता है और तेज गति की विशेषता के कारण भी इसे बुलेट ट्रेन कहा जाता है, हालाँकि ऐसी ट्रेन के लिए उचित तकनीकी शब्द हाई स्पीड ट्रेन है। इस ट्रेन को इस पुस्तक में बुलेट ट्रेन और हाई स्पीड ट्रेन दोनों कहा गया है।

अलग से हाई स्पीड रेल लाइन बनानेवाला जापान पहला देश था। जापान की हाई स्पीड परियोजना का नाम पहले 'दंगन रेशा' था, जिसका शाब्दिक अर्थ बुलेट ट्रेन ही होता है, हालाँकि हाई स्पीड ट्रेन की दिशा में शोध 1900 के आरंभ में जर्मनी में शुरू हुआ था, जहाँ दो रेल कारें 206.7 किलोमीटर/घंटे और 210.2 किलोमीटर/घंटे की दर से चली थीं। तब से लेकर अब तक बहुत सारा विकास हो चुका है।

वर्तमान में हाई स्पीड ट्रेनें पंद्रह देशों में करीब 29000 किलोमीटर के अलग नेटवर्क पर चल रही हैं। हाई स्पीड ट्रेनों का तकरीबन आधा नेटवर्क चीन में है। जापान, स्पेन और फ्रांस में भी 200 किलोमीटर से ज्यादा का हाई स्पीड रेल नेटवर्क है। हाई स्पीड रेल नेटवर्क वाले अन्य देश हैं—ऑस्ट्रिया, बेल्जियम, फ्रांस, इटली, नीदरलैंड, स्विट्जरलैंड, ब्रिटेन, ताइवान, दक्षिण कोरिया, तुर्की और अमेरिका। इन देशों के अलावा पोलैंड, पुर्तगाल, रूस, मोरक्को, दक्षिण अरब, ब्राजील, मैक्सिको और भारत जैसे देशों में भी हाई स्पीड रेल नेटवर्क की योजना बन रही है।

बुलेट ट्रेन निश्चित ही किसी देश के अधोसंरचना विकास का प्रतीक है और प्रगति का बहुत महत्त्वपूर्ण शो-पीस है। ये तेज रफ्तार चमत्कार न केवल अचरज पैदा करते हैं, बल्कि महत्त्वपूर्ण पर्यावरणीय, सामाजिक, राजनीतिक और आर्थिक लाभ भी देते हैं। बुलेट ट्रेन से परिवहन प्रणाली सक्षम, प्रभावशाली और टिकाऊ बनती है।

बुलेट ट्रेन से ऊर्जा संसाधनों और पारस्थितिकी तंत्र पर तुलनात्मक रूप से कम दबाव पड़ता है। ये ट्रेनें सबसे कम कार्बन उत्सर्जनवाली होती हैं और सबसे अधिक ऊर्जा सक्षम परिवहन पाई गई हैं। यह बताना भी जरूरी होगा कि वैश्विक परिवहन उत्सर्जन में सड़क परिवहन का हिस्सा 73 प्रतिशत है, जबकि विमानन, जहाजरानी और रेल का हिस्सा क्रमशः 13, 9 और 2 प्रतिशत है। बुलेट ट्रेन नेटवर्क मुख्य राजनीतिक और आर्थिक केंद्रों को आपस में जोड़ता है और आवागमन को सुविधामय बनाता है। यह नेटवर्क अधोसंरचना से संबंधित सुधार करता है और कई तरह से लाभप्रद है। जब हम परिवहन के तमाम तरीकों के बीच लागत की तुलना करते हैं, तो बाहरी लागत का पूरी तरह से अध्ययन करना होगा। बाहरी लागत का संबंध परिवहन लागत से होता है, जिसको परिवहन का इस्तेमाल करनेवाला पैदा करता है, लेकिन उसका भुगतान समाज मिलकर करता है, जैसे भीड़भाड़, वायु प्रदूषण, जलवायु परिवर्तन, दुर्घटनाएँ, शोर, भौगोलिक हानि आदि। सड़क परिवहन का इस बाहरी लागत में सबसे ज्यादा (93 प्रतिशत) योगदान है, जिसके बाद हवाई परिवहन (5 प्रतिशत) और रेल परिवहन (2 प्रतिशत से कम) का स्थान आता है।

बुलेट ट्रेन परियोजनाएँ बहुत दीर्घकालीन होती हैं और इनके लिए धन जुटाना बहुत महत्त्वपूर्ण हो जाता है, हालाँकि अभी तक तो हाई स्पीड ट्रेन परियोजनाएँ सरकार द्वारा वित्तपोषित होती हैं, लेकिन भविष्य में इन्हें पब्लिक प्राइवेट पार्टनरशिप तथा मूल्य अभिग्रहण जैसी अन्य नवोन्मेषी विधियों से चलाया जाएगा। इन परियोजनाओं का सफल वित्तपोषण प्रशासनिक क्षमता, स्थायी राजनीतिक-आर्थिक परिस्थितियाँ, निवेश ग्रेड रेटिंग, भ्रष्टाचार सूचकांक, उपभोक्ता भुगतान, अनुशासन एवं क्रियान्वयन, स्वतंत्र नियामक तथा न्यायिक तंत्र आदि पर निर्भर करेगा। बुलेट ट्रेन परियोजनाओं के सफल निवेश को सुनिश्चित करने के लिए इन सारे कारकों को ध्यान में रखना होगा।

बुलेट ट्रेन प्रौद्योगिकी की सबसे सराहनीय चीजों में से एक है। इन ट्रेन समूहों का निर्माण ड्राइविंग यूनिट, यात्री कार, पावर यूनिट आदि निकटवर्ती समूह के रूप

में बनाए गए समूह के रूप में किया जाता है। इनमें से अधिकतर ट्रेनों में ड्राइविंग कैब दोनों में से किसी एक छोर पर होती है और इस प्रकार अधिक स्थायी होती है। कारें दो कोचों से लेकर सभी कोचों के बीच एक बोगी से जुड़ी होती हैं, जिससे बुलेट ट्रेन अधिक तीव्र और स्थायी हो जाती है। ये ट्रेनें उच्च वायुगतिकीय डिजाइन की होती हैं, जिनके आगे और पीछे के छोर नुकीले होते हैं, इसी तरह से कोचों के बीच के गलियारों के खुले जोड़ इसमें नहीं होते हैं। ये ट्रेनें एयरसील्ड होती हैं और अंदर से संपीड़ित होती हैं। इन ट्रेनों के बाहरी हिस्से आमतौर पर एल्युमीनियम की मिश्र धातु से बनाए जाते हैं और बहुत चमकीले रखे जाते हैं। बुलेट ट्रेनों और इनके नेटवर्क में तकरीबन हर चीज ट्रेन के कंप्यूटरों और परिष्कृत सेंसरों से नियंत्रित होती है और पटरियाँ इसके सुचारु संचालन को सुनिश्चित करती हैं। बुलेट ट्रेन जब किसी मोड़ पर बहुत ज्यादा झुककर तेजी से चलती है तो भी मोड़ के अपकेंद्रीय बल के कारण यात्रियों को कोई दिक्कत नहीं होती। बुलेट ट्रेन की पटरियों में कोई जोड़ नहीं होता, बल्कि पूरी एक साथ तैयार होती हैं और मोड़ के डिजाइन, पुलों के किनारे और सुरंगें विशेष रूप से डिजाइन की जाती हैं, ताकि बुलेट ट्रेनें सुचारु रूप से दौड़ सकें। इनमें किनारों पर कोई सिग्नल नहीं होते, क्योंकि बहुत तेज रफ्तार के कारण बुलेट ट्रेन का ड्राइवर उन्हें देख ही नहीं सकता। किनारे के सिग्नलों की जगह कैब सिग्नल होते हैं, जो पटरी की स्थिति और उससे जुड़ी जानकारी ड्राइवर को देते हैं।

जैसा कि हम जानते हैं, बुलेट ट्रेनें पंद्रह देशों में चल रही हैं और निश्चित रूप से विकास का पक्का प्रमाण हैं। तब भारत इसमें पीछे क्यों रहे ? परिवहन के क्षेत्र में हाई स्पीड तेजी से आवागमन के लिए बहुत आवश्यक है।

विवेक एक्सप्रेस डिब्रूगढ़ से कन्याकुमारी की दूरी 82 घंटों में पूरी करती है। जम्मू तवी और कन्याकुमारी के बीच चलनेवाली हिमसागर एक्सप्रेस करीब 70 घंटे लेती है। इसी तरह से द्वारका एक्सप्रेस गुवाहाटी से द्वारका तक की यात्रा करीब 65 घंटों में पूरी करती है। सोचिए, अगर कश्मीर से कन्याकुमारी और डिब्रूगढ़ से द्वारका तक की यात्रा रातभर में पूरी हो जाए तो कैसा रहे! किस तरह की सांस्कृतिक, आर्थिक, सामाजिक और राजनीतिक एकता हो जाएगी ? अनेकता में एकता भारत की पहचान रही है। आवागमन के उचित साधन न होने से अपेक्षित विकास की संभावनाओं पर असर पड़ता है, लेकिन बुलेट ट्रेन भारत में अपेक्षित एकता लाने में सहायता करेगी और भारत सच्चे अर्थ में वैश्विक खिलाड़ी बन सकेगा। एक कदम और आगे बढ़ते हुए अगर हम ढाका, लाहौर और भारत आदि को जोड़नेवाली

बुलेट ट्रेन भी चला सकें तो होनेवाले आर्थिक और सांस्कृतिक आदान-प्रदान से भारत को वैश्विक शक्ति के रूप में उभरने के भारी अवसर मिलेंगे।

जब तक शुरू न हो जाए, ये सब हवा-हवाई खयाल लगते हैं। एक तर्क यह भी है कि हम इतने बड़े पैमाने पर निवेश सहन नहीं कर पाएँगे, जो कि 100-200 करोड़ रुपए प्रति किलोमीटर तक हो सकता है। यह याद रखना चाहिए कि लागत के सारे अनुमान प्रौद्योगिकी की मौजूदा स्थिति पर और विदेशों पर हमारी निर्भरता पर आधारित हैं। अगर हम स्वदेशी प्रौद्योगिकी अपना सके तो सोचिए क्या होगा? अगर हम तमाम सिग्नल उपकरण, पटरियों की सामग्री, रोलिंग स्टॉक आदि भारत में ही बनाने लगें, अगर प्रौद्योगिकीय विशेषज्ञता हमारे पास ही मौजूद हो जाए तो, पब्लिक-प्राइवेट पार्टनरशिप का मॉडल बहुत सफल हो जाए तो, अगर वित्तपोषण के अन्य नवोन्मेषी तरीके बेहद सफल हो जाएँ तो? ये सब स्वप्न मात्र नहीं हैं, बल्कि व्यावहारिक आकांक्षाएँ हैं।

आलोचक यह भी कहते हैं कि तीव्र आवागमन चाहिए तो हवाई परिवहन को मजबूत करना चाहिए। हवाई यात्रा की जगह हाई स्पीड रेल चुनने के कई बेहतरीन कारण हैं। हवाई किराए की तुलना में बुलेट ट्रेन की यात्रा सस्ती होगी, इसके अलावा बुलेट ट्रेन का किराया स्थायी होगा और हवाई किराए की तरह बार-बार घटेगा-बढ़ेगा नहीं, जिससे कि यात्रियों को यह तय करने का झंझट नहीं रहेगा कि टिकट कब बुक कराया जाए। बुलेट ट्रेन की यात्रा सुविधानुसार की जा सकेगी। दुनिया भर में अधिकतर छोटी यात्राओं में पहले से आरक्षण की जरूरत नहीं पड़ती और कोई भी स्टेशन पहुँचकर अगली ट्रेन का टिकट ले सकता है और उसे इस बात की चिंता भी नहीं करनी पड़ेगी कि अंत समय में टिकट लेने के कारण उसे हवाई यात्रा का टिकट बहुत महँगा मिलेगा। बुलेट ट्रेन में ज्यादा सामान भी ले जाया जा सकता है और उसमें कोई झंझट भी नहीं होगा, क्योंकि उसके लिए हवाई यात्रा की तरह घंटों पहले पहुँचने, लंबी सुरक्षा लाइन में इंतजार करने, सामान सीमित रखने जैसी कोई जरूरत नहीं पड़ेगी। हवाई अड्डों के विपरीत, अधिकतर बुलेट ट्रेन स्टेशन शहर के बीचोबीच स्थित होंगे, ताकि हवाई अड्डे तक पहुँचने के लिए जिस तरह से लंबी कैब यात्रा करनी पड़ती है, वह न करनी पड़े। बुलेट ट्रेन हवाई जहाज या कार की तुलना में प्रति सवारी अधिक ऊर्जा सक्षम भी होती हैं। ट्रेन यात्रा अधिक आरामदेह और सुविधाजनक होती है, क्योंकि इसमें यात्री अंदर टहल भी सकता है और बिना किसी झंझट के लैपटॉप आदि भी इस्तेमाल कर सकता है। बुलेट ट्रेन की यात्रा में अलग विशिष्ट आकर्षण भी जुड़ा हुआ है, क्योंकि आवागमन से

कुछ ज्यादा है, क्योंकि इसमें कई मार्गों पर शानदार तरीके से यात्रा हो सकती है।

क्या भारत में बुलेट ट्रेन की जरूरत है ? हाँ, बिल्कुल है, क्योंकि इसके भारी पर्यावरणीय, सामाजिक, राजनीतिक और आर्थिक लाभ हैं और इसके जरिए हम अपने विकास को दुनिया भर को दिखा सकते हैं। इसके लिए हमारे पास धन कहाँ से आएगा ? हम जापान और चीन जैसे देशों से ऋण लेंगे और इसमें प्रौद्योगिकी स्थानांतरण का उपबंध रखेंगे, जो हमें लागत घटाने के एक उपाय के रूप में काम आएगा। परियोजना के लिए धन जुटाने के अनेक तरीके हैं, जो वित्तीय संकट के अध्याय में समझाए गए हैं।

अभी हमारी स्थिति कहाँ है ? बुलेट ट्रेन परियोजना ने हाल के समय में तेजी पकड़ी है। हाई स्पीड ट्रेन नेटवर्क की हीरक चतुर्भुज परियोजना की परिकल्पना हो चुकी है। भारतीय रेलवे ने पैसेंजर ट्रेनों की रफ्तार 160–200 किलोमीटर प्रति घंटे तक बढ़ाने के लिए नौ गलियारों की पहचान कर ली है।

ये नौ गलियारे हैं—

(i)	मुंबई	—	अहमदाबाद
(ii)	दिल्ली	—	आगरा
(iii)	दिल्ली	—	चंडीगढ़
(iv)	दिल्ली	—	कानपुर
(v)	नागपुर	—	बिलासपुर
(vi)	मैसूर	—	बंगलौर–चेन्नई
(vii)	मुंबई	—	गोवा
(viii)	चेन्नई	—	हैदराबाद
(ix)	नागपुर	—	सिकंदराबाद

जुलाई 2014 में भारतीय रेलवे ने दिल्ली–आगरा के बीच शताब्दी एक्सप्रेस का 160 किलोमीटर प्रति घंटे की अधिकतम स्पीड का ट्रायल रन किया था। ट्रेन ने 90 मिनट में 200 किलोमीटर की दूरी तय की थी और पटरी संरचना, पुलों की मजबूती, सिग्नलिंग सिस्टम, सुरक्षा जैसे प्रौद्योगिकी संबंधी मसलों की गहन जाँच की गई थी। अगस्त 2014 में भारतीय रेलवे ने हाई स्पीड रेल सिस्टम में प्रत्यक्ष विदेशी निवेश की अनुमति दे दी।

2014 के रेलवे बजट में चार महानगरों को जोड़नेवाले स्वर्णिम चतुर्भुज रेल नेटवर्क को महत्त्व दिया गया था और यह भी बताया गया था कि चुने हुए मार्गों पर उचित सुरक्षा उपायों के साथ सेमी–हाई स्पीड ट्रेन चलाना भी सरकार की शीर्ष

प्राथमिकता में होगा। रेलवे विकास निगम लिमिटेड की हाई स्पीड परियोजना के लिए रेल बजट में 100 करोड़ रुपए का प्रावधान किया गया। मौजूदा और नए रेल गलियारों पर हाई स्पीड रेल सिस्टम के अध्ययन, मानदंडों की डिजाइन तय करने, वित्तीय मॉडलों के विकास करने, परियोजना विकास, परियोजना के क्रियान्वयन, निर्माण सुधार, निर्माण, संचालन और अनुरक्षण के लिए विशेष उद्देश्य के साथ हाई स्पीड रेल निगम की स्थापना की गई है।

इस प्रकार, यह साबित होता है कि हम सही दिशा में जा रहे हैं, क्योंकि निम्न विशिष्ट कदम उठाए गए हैं।

1. रेल विकास निगम की सहायक इकाई हाई स्पीड रेल निगम के रूप में आवश्यक सांस्थानिक फ्रेमवर्क तैयार किया गया है।
2. प्रस्तावित हाई स्पीड रेल सिस्टम के लिए खंडों की पहचान हो चुकी है।
3. व्यावहारिकता के बारे में पूर्व अध्ययन हो चुका है और प्रौद्योगिकीय-आर्थिक विवेचना जारी है।
4. 100 प्रतिशत प्रत्यक्ष विदेशी निवेश की अनुमति देकर निवेश के लिए सही माहौल बनाया जा रहा है।
5. 2014 के रेल बजट में अहमदाबाद मुंबई हाई स्पीड रेल गलियारे के लिए कोष आवंटित किया गया।

यह पुस्तक भारत में बुलेट ट्रेन के उद्देश्य को और समझाने का विनम्र प्रयास है, क्योंकि किसी भी बड़ी परियोजना की सफलता के लिए जन-भागीदारी जरूरी है।

बच्चों-बड़ों; सभी को यह जानना चाहिए कि ट्रेनों की इस तरह की हाई स्पीड किस तरह से अर्जित की जा सकती है। ऐतिहासिक रेनहिल्स प्रतियोगिता जीतने के लिए जॉर्ज स्टीवेंशन ने क्या-क्या सुधार किए थे।

बुलेट ट्रेन के विकास से जुड़े आगे के घटनाक्रमों का सफर भी बहुत मजेदार है और उसकी जानकारी वैज्ञानिक रुझान को बढ़ाएगी।

उल्लू के पंख और किंगफिशर के झपट्टे का हाई स्पीड ट्रेनों के विकास में योगदान

इस बारे में भी जानना बहुत मजेदार होगा।

दुनिया भर में बुलेट ट्रेन की पृष्ठभूमि और मौजूदा स्थिति के बारे में जागरूकता पैदा करने के प्रयास हो रहे हैं। बुलेट ट्रेनों के पक्ष और विपक्ष का घिसा-पिटा विश्लेषण करने का भी प्रयास किया गया है। यह विश्लेषण दुनियाभर के अनुभव

पर आधारित है। बुलेट ट्रेनों की फाइनेंसिंग को लेकर बहुत सारी शंकाएँ हैं, इसलिए हाई स्पीड रेल परियोजना की फाइनेंसिंग से संबंधित सारे मुद्दों की गहन पड़ताल की गई है। पब्लिक-प्राइवेट पार्टनरशिप के सफल क्रियान्वयन से जुड़े मुद्दों की भी निष्पक्ष रूप से पड़ताल की गई है। वित्त पोषण के वैल्यू कैप्चरिंग जैसे नवोन्मषी तरीकों को भी समझाया गया है।

बुलेट ट्रेन प्रौद्योगिकी परिवहन प्रौद्योगिकी के लिए एक्स फैक्टर है। इस प्रौद्योगिकी के हर पहलू का—चाहे वह पटरी हो, कोच हो, सिग्नलिंग हो, विद्युतीकरण हो, इस तरह सरलीकरण किया गया है कि हर पाठक इस चमत्कारी प्रौद्योगिकी के सार को समझ सके। बुलेट ट्रेन की बात करनेवाले को शिंकनसेन, टी.जी.वी., आई.सी.ई., कैब सिग्नलिंग, टिल्टिंग ट्रेन टेक्नोलॉजी, आर्टिकुलटेड कार या ट्रेलर कार, मैग्लेव आदि शब्दों की जानकारी होनी चाहिए। यही कारण है कि इस पुस्तक में हाई स्पीड ट्रेनों से संबंधित महत्त्वपूर्ण शब्दावलो भी दी गई है। चरणबद्ध क्रियान्वयन मार्गदर्शिका भी बुलेट ट्रेन परियोजनाओं की पूरी प्रक्रिया को स्पष्ट रूप से समझाने के काम आएगी।

मानवचालित भूमि वाहनों के ध्वनि बाधकों के समापन ने परिवहन के क्षेत्र में नई संभावनाएँ खोली हैं और ट्रेनों के लिए भी इस तरह की सफलता पाना संभव दिखता है। नेक्स्ट जेनेरेशन टेक्नोलॉजी क्या है, ET3 में क्या संभावनाएँ हैं, क्या इसका अर्थ कश्मीर से कन्याकुमारी की यात्रा करीब डेढ़ घंटे में संभव होना होगा?

इस पुस्तक में विद्यार्थियों, अनुसंधानकर्ताओं, रेलवे कर्मचारियों, रेलयात्रियों, हाई स्पीड रेल परियोजनाओं से जुड़ी एजेंसियों, परिवहन योजना निर्माताओं, शहरी योजना निर्माताओं और नवीनतम घटनाक्रमों में दिलचस्पी रखनेवाले प्रबुद्ध लोगों, जैसे सभी भागीदारों के लिए सारी प्रासंगिक सामग्री रोचक तरीके से उपलब्ध कराने के प्रयास किए गए हैं। आगे के विस्तृत अध्ययन के लिए संसाधन भी दिए गए हैं। मुझे पूरा विश्वास है कि यह किताब भारत में बुलेट ट्रेन के प्रति दिलचस्पी जगाएगी और इसके विकास में अपनी तरह से विनम्र योगदान देगी।

आरंभ हाई स्पीड रेल सिस्टम के इतिहास से करते हैं, ताकि हम तमाम देशों में विकसित समग्र अवधारणा को जान सकें।

अनुक्रम

घोड़े, वाष्प इंजन और शिंकनसेन : ट्रेन की गति का इतिहास

घर्षण ही सड़क पर चलनेवाले वाहनों की गति को सचमुच सीमित कर रहा था और यह पाया गया था कि अगर वाहन किसी निर्देशित पथ पर चलें तो घर्षण कम होगा और गति तेज हो जाएगी। ऐसे निर्देशित मार्गों का सबसे पहला जिक्र यूनानी इतिहास में मिलता है। डायलको प्राचीन यूनान में कोरिंथ के पास एक पक्की पगडंडी थी, जिस पर चलकर नौकाएँ कोरिंथ के इस्थमस के पार जमीन पर चलती थीं। डायलको का मुख्य कार्य सामान लाना-ले जाना था, लेकिन युद्धकाल में नौसैनिक अभियानों के लिए भी इसे महत्त्व दिया जाता था। 6 किलोमीटर से 8.5 किलोमीटर लंबी सड़क ही रेलवे का प्रारंभिक स्वरूप थी और ईसा पूर्व 600 से ईसा पश्चात् पहली शताब्दी तक यही चलती रही।

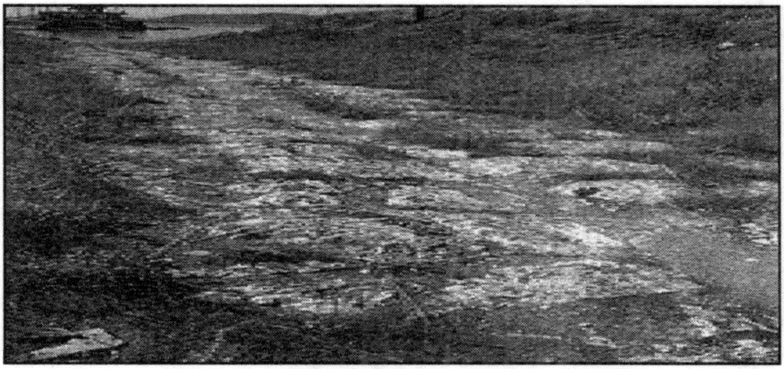

प्रारंभिक रेलवे, डायलको के खुदाई में मिले अवशेष

डायलको ऐसी रेलवे थी, जो मूल अर्थ में पहले से तैयार पटरी थी, जिस पर वाहन बिना उस पर से हटे चलते थे।

अगला महत्त्वपूर्ण घटनाक्रम वैगनवे था। वैगनवे में घोड़े, उपकरण और पटरियाँ होती थीं, जिनका इस्तेमाल गाड़ियों को खींचने में होता था। इसके बाद भाप से चलने वाले इंजन आए। इस सिस्टम को समझाने के लिए 'प्लेटवे,' 'ट्रामवे' और 'ड्रामवे' जैसे शब्दों का इस्तेमाल होता था। वैगनवे के इस्तेमाल का फायदा यह था कि समान ताकत से ज्यादा बड़े माल की ढुलाई हो जाती थी। इनका चलन अधिकतर सोलहवीं और सत्रहवीं शताब्दियों में जर्मनी में था और इनका इस्तेमाल कोयला आदि के परिवहन में होता था। वैगनवे के इस्तेमाल से एक घोड़ा हर बारी में 10 से 13 टन कोयले की ढुलाई कर लेता था, जो कि पहले से तकरीबन चार गुना था। वैगनवेज अधिकतर इस तरह से बनाए जाते थे कि उनसे पूरी तरह से भर वैगन को ढलान से नहर या नौका बंदरगाह तक ले जाया जा सके और फिर खाली वैगन को वापस खदान तक ले जाया जा सके।

वैगनवे की ये पटरियाँ लकड़ी की बनाई जाती थीं, जो कि लकड़ियों के लट्ठे जोड़कर बनती थीं, दो या तीन फीट के कुछ-कुछ अंतर पर आड़ी-तिरछी कसी जाती थीं। बाद में यह आम चलन हो गया कि उन पर लोहे की परत चढ़ा दी जाने लगी, ताकि घर्षण कम हो और वे अधिक समय तक टिक सकें। पटरियों का जीवनकाल तो बढ़ गया, लेकिन भार के कारण वैगन के पहियों का जीवनकाल कम होने लगा। यह महसूस किया गया कि पहिए लोहे के होने चाहिए और इस बात के दर्ज प्रमाण हैं कि लकड़ी की पटरियों पर लोहे के पहिए 1734 के आरंभ में चलते थे। लोहे की परतों वाले खोलों को भरी गाड़ियों के दबाव के तले बाँधना असामान्य नहीं था और इसी से लोहे की पटरियों के विकास का रास्ता साफ हुआ।

पहिए लोहे के हो गए थे और पटरियाँ भी, लेकिन ऊर्जा का स्रोत अब भी बैल, भैंस, ऊँट, खच्चर और अधिकतर घोड़ों जैसे जानवर ही थे।

घोड़ों से खींचे जानेवाले डिब्बों में सवारियाँ लाईं-ले जाईं जाती थीं और कोयला जैसा माल घोड़ों की सहायता से ढोया जाता था और कुछ मामलों मे गाड़ियों को रस्सी और चरखी के इंतजाम के साथ तमाम अंतरालों पर जोड़नेवाले फिक्स इंजन होते थे। इसके बाद वाष्प इंजनों के आने से तरीका ही बदल गया। 1804 में जब अपने आप चलनेवाला वाष्प इंजन का औपचारिक इस्तेमाल रेलवे पर किया गया तो इसे घोड़ों की तुलना में बहुत महँगा पड़ा और यह समझ बनी कि वाष्प इंजन के चिकने पहियों की पकड़ चिकनी पटरियों पर अच्छी तरह से नहीं बन

रेलवे के डिब्बे खींचते घोड़े

पाएगी। 1805 में इंग्लैंड में शुरू हुई पहली सार्वजनिक रेलवे में डिब्बे खींचने के लिए घोड़े इस्तेमाल किए गए थे। इसके बाद 1821 तक इंग्लैंड में 14 अन्य रेलवे लाइनें डाली गईं, लेकिन किसी में भी वाष्प इंजन का इस्तेमाल नहीं हुआ। स्टीफेंशन के इंजन कुछ सुधारों के साथ किलिंगवर्थ कोल्यरी में इसी अवधि में इस्तेमाल किए गए थे और इससे यह भरोसा जगा कि वाष्प इंजनों का इस्तेमाल कुछ अधिक कार्यों के लिए भी किया जा सकता है। इसी बीच कोयले की प्रचुरतावाले डरहम इलाके के बंदरगाह तक ले जाने के लिए स्टॉकटन और डर्लिंगटन परियोजनाएँ भी इंग्लैंड में शुरू हुईं। 27 सितंबर, 1825 को सवारियों और माल से लदी दुनिया की पहली ट्रेन वाष्प इंजन लोकोमोशन 1 के जरिए स्टॉकटन से डरलिंगटन के बीच चलाई गई और इसे काफी सराहना मिली। इस रेलवे में तब भी सवारियों को ले जाने के लिए घोड़ों का इस्तेमाल होता रहा।

लिवरपूल और मैनचेस्टर रेलवे की योजना मैनचेस्टर की कपड़ा मिलों को गहरे पानी के निकटतम बंदरगाह पोर्ट ऑफ लिवरपूल से जोड़ने के लिए बनाई गई। कच्ची कपास को लिवरपूल से 56 किलोमीटर दूर मैनचेस्टर ले जाने की लागत उसे अमेरिका से लिवरपूल जहाज से भेजने की लागत के बराबर महँगी थी, हालाँकि घोड़ों और इनसानों से चलनेवाली रेलवे का अस्तित्व सदियों तक बना रहा, लेकिन ऊर्जा आपूर्ति के अधिक सक्षम तरीके की जरूरत महसूस की जाने लगी थी। लिवरपूल और मैनचेस्टर रेलवे के अधिकारी ऊर्जा के प्राथमिकतावाले तरीके के रूप में फिक्स्ड इंजन और लोकोमोटिव के बीच चयन नहीं कर पाए, इसलिए

उन्होंने इंजनों की एक प्रतियोगिता कराने का निश्चय किया। अक्तूबर 1829 को हुई ट्रेनों की रफ्तार की रेनहिल प्रतियोगिता का इतिहास में महत्त्वपूर्ण स्थान है।

पाँच इंजनों—साइक्लोप्ड, नोवेल्टी, प्रिजरवेंस, सेन पैरिएल और रॉकेट ने इस प्रतियोगिता में हिस्सा लिया और केवल रॉकेट ही पूरी दूरी तय कर पाया। निर्धारित वजन के साथ रॉकेट की स्पीड आमतौर पर अठारह मील प्रति घंटे रही और कई बार यह बीस मील से ज्यादा और यहाँ तक कि तीस मील प्रति घंटे तक को भी छू गई थी। उस समय यह गति बहुत क्रांतिकारी थी। उस समय यात्रा की आमतौर पर गति आठ-दस मील प्रति घंटे से लेकर पंद्रह-बीस मील प्रति घंटे या ज्यादा की होती थी।

रॉकेट इंजन

लिवरपूल मैनचेस्टर रेल लाइन सितंबर 1830 में चालू हुई और उद्घाटक ट्रेन में रॉकेट इंजन लगा था। विशेष तौर पर वाष्प इंजनोंवाली यह पहली रेलवे थी। अब वाष्प इंजन रेल परिवहन के नियमित अंग बन चुके थे।

यह छलाँग कैसे संभव हो सकी? परंपरागत वाष्प इंजनों की क्षमता बहुत सीमित थी। भारी माल खींचने के लिए पर्याप्त वाष्प बना पाना संभव था ही नहीं। जॉर्ज स्टीवेंशन ने रॉकेट के डिजाइन में महत्त्वपूर्ण बदलाव किए। गरम गैसों को भट्ढी से बॉयलर तक ले जाने के लिए एक पाइप की जगह पच्चीस पाइप इस्तेमाल किए गए। इस बहुनलिकारूपी संरचना से संपर्क क्षेत्र में वृद्धि हुई और अब उतनी ही आग से पिस्टन और पहिए को चलाने के लिए अधिक मात्रा में वाष्प पैदा की जा सकती थी। एक और सुधार वाष्प के रिसाइकिलिंग सिस्टम में किया गया और पिस्टन के जरिए भाप को हवा में जाने देने की बजाय उसे लंबे ब्लास्ट पाइप से गुजारकर अधिक शक्तिशाली बनाया गया।

1830 के दशक में 50 किलोमीटर प्रति घंटे की गति तेज मानी जाती थी।

जब 1845 में लंदन से एक्सटर एक्सप्रेस ने 70 किलोमीटर प्रति घंटे की गति का औसत दिया तो इसे दुनिया की सबसे तेज रेल सेवा माना गया। 1840 के दशक के आखिर में फ्लाइंग डचमैन नाम की ट्रेन पेडिंगटन और डिडकोट के बीच शुरू की गई, जिसकी गति 90 किलोमीटर प्रति घंटे थी। लंबे समय तक यह रेलवे सेवा की सबसे अधिक औसत गति रही। जॉर्ज स्टीवेंशन ने बहुनलिकायुक्त बायलर और ब्लास्ट पाइप के इस्तेमाल के जरिए ट्रेनों की स्पीड बहुत हद तक बढ़ा दी, लेकिन अभी इसमें और सुधार सामने नहीं आए थे।

लंदन और नॉर्थ ईस्टर्न रेलवे के चीफ मैकेनिल इंजीनियर और ब्रिटेन के सर्वाधिक प्रसिद्ध स्टीम लोकोमोटिव इंजीनियर हरबर्ट नाइजेल ग्रेसली ने वाष्प इंजनों की गति सीमित करनेवाले कारकों के अध्ययन का प्रयास किया। उसने पाया कि वायुगतिकी की भूमिका बहुत महत्त्वपूर्ण है, क्योंकि इंजन के सामने टकरानेवाली हवा तिरछी होकर निकलती थी और इस तरह से गति को रोकती थी। ग्रेसली ने इंजनों के आगे का सिरा कीलनुमा बनाया, ताकि इंजन हवा के जरिए स्लिप होकर तेजी से आगे बढ़ सकें। ट्रेनों को वायुगतिकीय रूप से सक्षम बनाने के लिए पहियों को सुडौल पैनल से कवर किया गया और हलचल रोकने के लिए डिब्बों के बीच के अंतराल को रबर शीट से कवर किया गया। डिजाइन में इन महत्त्वपूर्ण सुधारों से ट्रेनों की गति में बहुत तेजी आ गई। ये सुव्यवस्थित इंजन क्लास ए4 लोकोमोटिव कहलाते थे। इस श्रेणी के एक इंजन क्लास 4468 मलार्ड ने 1938 में 126 मील प्रति घंटे अर्थात् 202.58 किलोमीटर प्रति घंटे की गति का विश्व रिकॉर्ड बनाया था।

वायुगतिकीय सक्षम डिजाइनवाला मलार्ड लोकोमोटिव

मलार्ड ट्रेन की विश्व रिकॉर्ड पट्टिका

यह तथ्य नहीं भूलना चाहिए कि यह केवल प्रयोग था, लेकिन वायुगतिकीय सक्षम डिजाइन ने ट्रेनों की व्यावसायिक गति को आगे सुधारने में सहायता की।

जब जापान ने बुलेट ट्रेन परियोजना शुरू की तो इंजीनियरों ने पाया कि बहुत तेज रफ्तार पर डिब्बे फिसलने लगते हैं और सर्पिल गति करने लगते हैं, जिसे हंटिंग कहते थे। बाद में अनुसंधान से यह पता चला कि पहिए का आकार मुख्य कारक है। पहियों को बहुत तेज गति में भी पटरी पर रखने के लिए शंक्वाकार पहिए डिजाइन किए गए। हालाँकि मात्र आकार ही काफी नहीं था और पहिए की लंबित फिटिंग मुख्य कारक है, इसलिए पहिए को पटरी पर बनाए रखने के लिए इस्पात की स्प्रिंग जोड़ी गई। डिजाइन में इस सुधार से जापानी बुलेट ट्रेन को 185 मील या 300 किलोमीटर प्रति घंटे की रफ्तार पाने में सहायता मिली।

इतनी तेज रफ्तार पर चालकों को सिग्नल देख पाना बहुत कठिन था और यह जरूरी हो गया था कि सुरक्षा सुनिश्चित करने के लिए सिग्नलिंग सिस्टम में सुधार किया जाए। कैब सिग्नलिंग इसके लिए वरदान साबित हुई, क्योंकि इससे चालक को अपने डिब्बे में ही ट्रेनों की लक्ष्य गति और स्थिति का पता चलना संभव होने लगा। इन विशेषताओं ने रेल परिवहन सिस्टम में क्रांति ला दी और अब करीब 15 देशों में बुलेट ट्रेनें चल रही हैं।

अब तक हमने विभिन्न युगों में ट्रेन की गति के विकास के इतिहास की समग्र जानकारी ली। बीसवीं सदी के आरंभ में भी त्वरित घटनाक्रमों ने स्थान लेना शुरू किया। अब हम विभिन्न देशों में हाई स्पीड रेल सिस्टम के विकास के इतिहास की जानकारी हासिल करेंगे।

जर्मनी में आरंभिक विकास

हाई स्पीड रेल के बारे में आरंभिक अनुसंधान जर्मनी में 1900 के दशक के आरंभ में शुरू हुआ। इस तरह के अनुसंधान के लिए प्रोत्साहन मैरीनफेल्ड और जॉसेन के बीच सेना के स्वामित्ववाली रेलवे के विद्युतीकरण से मिला। दो रेलकारों ने दिखाया कि इलेक्ट्रिक हाई स्पीड रेल चलाना व्यावहारिक होगा, क्योंकि नई विद्युतीकृत लाइन पर एक रेल कार ने 23 अक्तूबर, 1903 को 206.7 किलोमीटर/घंटे की और दूसरी ने 27 अक्तूबर, 1903 को 210.2 किलोमीटर प्रति/घंटे की गति का प्रदर्शन किया। जर्मनी में अगली महत्त्वपूर्ण घटना तब हुई, जब 1933 में बर्लिन और हैंबर्ग के बीच की 286 किलोमीटर की दूरी फ्लाइंग हैंबर्गर इंजन ने 125 किलोमीटर प्रति घंटे की औसत से तय की। उस समय यह विश्व की सबसे तेज नियमित सेवा बन गई थी, क्योंकि उसकी अधिकतम गति 160 किलोमीटर/घंटे थी। जून, 1936 में भाप से चलनेवाली ट्रेन हेंशेल-वेगमैन का विकास किया गया और इसे बर्लिन से ड्रेसडन के बीच नियमित अधिकतम 160 किलोमीटर प्रति घंटे की गति से चलाया गया। इन घटनाओं ने जर्मनी भर में तेज रफ्तार ट्रेनों के अलग-अलग रेल नेटवर्कों पर चलने में मदद की, हालाँकि जल्द ही द्वितीय विश्वयुद्ध शुरू होने के पहले ही हाई स्पीड सेवाओं और उससे जुड़ी घटनाएँ रुक गईं।

अमेरिका में आरंभिक विकास

जिस काल में जर्मनी में हाई स्पीड के प्रयोग हो रहे थे, उसी समय अमेरिका की बर्लिंगटन रेल ने 26 मई, 1934 को डीजल से चलनेवाले इंजन जेफिर ने 18 5 किलोमीटर प्रति घंटे की रिकॉर्ड स्पीड का प्रदर्शन किया। इस सेवा की औसत रफ्तार 124 किलोमीटर प्रति घंटे थी। जेफिर ट्रेन स्टेनलेस स्टील से बनी थी और इसके कोच जेकब बोगियों से सज्जित थे तथा इसकी क्षमता 160 किलोमीटर प्रति घंटे की व्यावसायिक गति की थी, हालाँकि तमाम व्यावहारिक सीमाओं के कारण गति की पूरी क्षमता का इस्तेमाल नहीं हो सकता और कानस सिटी और लिंकन के बीच 11 नवंबर, 1934 को शुरू हुई नियमित व्यावसायिक सेवा की औसत गति 74 किलोमीटर प्रति घंटे रही। 1935 में मिल्वौकी रोड कंपनी ने मॉर्निंग हियावथा सर्विस शुरू की, जिसमें 160 किलोमीटर प्रति घंटे की गति का वाष्प इंजन था। ये ट्रेनें वाष्प इंजनोंवाली आखिरी हाई स्पीड ट्रेनें थीं। एक साल बाद 1936 में शिकागो और मिनियोपॉलिस के बीच हाई स्पीड ट्रेन सर्विस की 101 किलोमीटर प्रति घंटे की औसत गति थी।

इटली में आरंभिक विकास

1936 में इटली में बोलोगना-रोम-नेपल्स मार्ग पर चलनेवाली ETR200 इलेक्ट्रिक ट्रेनों की रफ्तार 200 किलोमीटर प्रति घंटे की थी। 1938-39 में इन ट्रेनों ने एक प्रदर्शन में न केवल 203 किलोमीटर प्रति घंटे की रफ्तार दिखाई, बल्कि फ्लोरेंस-बोलोग्ना-मिलन मार्ग पर 165 और 176 किलोमीटर प्रति घंटे की औसत गति भी निकालकर दिखाई।

ब्रिटेन में आरंभिक विकास

ब्रिटेन के ग्रेट वेस्टर्न रेलवे की शेल्टेनहम स्पा एक्सप्रेस की 1920 के दशक के आखिर में 110 किलोमीटर प्रति घंटे की औसत व्यावसायिक गति निर्धारित की गई थी। 1938 में ग्रेट ब्रिटेन के वाष्प इंजन मलार्ड ने 202.58 किलोमीटर प्रति घंटे की गति का औपचारिक विश्व रिकॉर्ड बनाया था। दूसरे विश्वयुद्ध के कारण हाई स्पीड रेल सिस्टम का विकास अवरुद्ध हो गया। आगे का विकास द्वितीय विश्वयुद्ध के बाद हो सका।

मलार्ड ट्रेन, स्रोत : topbritishinnovation.org

टेल्गो सिस्टम का विकास

टेल्गो एक स्पेनिश कंपनी है, जो इंटरसिटी, स्टैंडर्ड और हाई स्पीड ट्रेनें बनाती है। इस कंपनी के पास टेल्गो सिस्टम का पेटेंट है। टेल्गो ट्रेनों में गैर-पारंपरिक

सुसज्जित रेलवे पैसेंजर कारें होती हैं, जिनमें पहिए जोड़ी में होते हैं, लेकिन वे धुरी से जुड़े नहीं होते तथा अलग-अलग कोच होने की बजाय बोगियों से जुड़े होते हैं। इस तरह से रेलवे कार को तीव्रतर गति से भी मुड़ते समय डगमगाने के कम अवसर होते हैं। ये ट्रेलर ट्रेनें अपनी समकालीन पैसेंजर ट्रेनों की तुलना में उस समय उपलब्ध पटरियों पर ज्यादा तेजी से ले जाने में सक्षम थीं। टेल्गो सिस्टम का विकास हाई स्पीड रेल प्रौद्योगिकी के क्षेत्र में महत्त्वपूर्ण मील का पत्थर साबित हुआ।

फ्रांस में आरंभिक विकास

1940-50 के दौरान, एस.एन.सी.एफ. (फ्रेंच नेशनल रेलवे) ने स्विस मॉडल 2डी2 इंजन इस्तेमाल किए, जो कि 120-140 किलोमीटर प्रति घंटे की गति से चलते थे। इसी अवधि में फ्रांस में विदेशों से ही तकनीक आई और गति न तो संभव थी और न ही उसकी माँग की गई। 1950 के दशक में शक्तिशाली सीसी विद्युत् इंजन आने से हाई स्पीड ट्रेनों के चलन में दिलचस्पी पैदा हुई। 1954 में फ्रेंच नेशनल रेलवे के इंजन सीसी 7121 ने एक पूरी ट्रेन को खींचते हुए एक मानक पटरी पर प्रयोग के दौरान 243 किलोमीटर प्रति घंटे की गति का प्रदर्शन किया। वर्ष 1955 में सीसी 7107 और बीबी 9001 के प्रायोगिक इंजन ने मानक पटरी पर 320 किलोमीटर प्रति घंटे और 331 किलोमीटर प्रति घंटे की गति दिखाई। यह पहला मौका था, जब ट्रायल के दौरान किसी इंजन ने 300 किलोमीटर प्रति घंटे की गति दिखाई और इसी से निर्धारित व्यावसायिक सेवाओं को बहुत हाई स्पीड से शुरू करने का विचार पैदा हुआ।

यॉ डेंपर का विकास

उक्त प्रयोगों के दौरान एस.एन.सी.एफ. ने डिब्बों के मुड़ते समय गतिकीय अस्थिरता और पटरी से उतरने की आशंकाएँ खतरनाक रूप से सामने आईं। इसका समाधान यॉ डैंपर (मोड़ अवमंदक) के जरिए हुआ और 300 किलोमीटर प्रति घंटे की गति भी सुरक्षित बनाई गई। यॉ डेंपर अनुप्रस्थ रूप से जोड़ा गया शॉक ऑब्जर्वर होता है, जो रेल कारों और इंजनों को एक तरफ से दूसरी तरफ डगमगाने से रोकने के काम आता है। यॉ डेंपर इंजनों और यात्री रेल कारों को स्टेशन के प्लेटफॉर्मों से टकराने से रोकते हैं, क्योंकि वे उनके पीछे चलते हैं और रेलरोड वाहन तथा प्लेटफॉर्म के बीच छोड़े जानेवाले अंतराल को कम कर देते हैं।

शिंकनसेन और पहली बुलेट ट्रेन

भौगोलिक परिस्थितियों के कारण जापान में पहले नैरो गेज ही थी और इसलिए इन पर तीव्रतर गति की ट्रेनें चला पाना मुमकिन नहीं था। हाई स्पीड परियोजना की चर्चा 1930 में हो रही थी और उस समय परियोजना का नाम दंगन रेशा था, जिसका अर्थ बुलेट ट्रेन होता है।

शिंकनसेन (नई ट्रंक लाइन) परियोजना में 1940 में टोक्यो और शिमोनोसेकी के बीच 200 किलोमीटर प्रति घंटे की अधिकतम गतिवाली स्टैंडर्ड गैज पैसेंजर और मालभाड़ा लाइन का प्रस्ताव किया गया, हालाँकि द्वितीय विश्वयुद्ध के तेज होने पर यह परियोजना मूल रूप से हटा दी गई और कई सालों तक इसे याद नहीं किया गया। टोक्यो ओसाका कॉरीडोर पर आबादी बहुत घनी हो गई थी और सड़क तथा रेललाइन पर भीड़भाड़ और जाम की गंभीर समस्या पैदा हो गई थी। इलाका आबादी भरा था, लेकिन संसाधन सीमित थे और जापान पेट्रोलियम आयात करने का ज्यादा इच्छुक नहीं था। इस तरह से नई हाई स्पीड रेल सेवा शुरू करने की प्रक्रिया तेज हो गई। जापानी रेलवे इंजीनियरों ने सभी विकसित हाई स्पीड रेगुलर परिवहन प्रणालियों का अध्ययन किया। 1957 में ग्रेटर टोक्यो में ओदाकायू इलेक्ट्रिक रेलवे ने नैरो गेज ट्रेन की 145 किलोमीटर प्रति घंटे की गति का विश्व कीर्तिमान बनाया, जिससे जापानी रेलवे इंजीनियरों और जापानी सरकार के अंदर विश्वास पैदा हो गया और दिसंबर 1958 में अलग हाई स्पीड रेल सिस्टम को मंजूरी दे दी गई और अप्रैल 1959 में निर्माण शुरू हो गया।

शिंकनसेन लाइन 1 अक्तूबर, 1964 को ठीक टोक्यो ओलंपिक्स के समय चालू हो गई। इसे टोकाइदो शिंकनसेन नाम से जाना गया। टोक्यो और ओसाका के बीच परंपरागत रेल यात्रा में 6 घंटे 40 मिनट लगते थे, लेकिन 1965 तक शिंकनसेन ने इस यात्रा का समय घटाकर 3 घंटे 10 मिनट तक कर दिया।

शिंकनसेन के शुरू होने से जापान की अर्थव्यवस्था और सामाजिक जीवन में परिवर्तन आ गया। यह सेवा सफल रही और 1976 तक इससे 10 करोड़ यात्री सफर कर चुके थे। इस सफलता से उत्साहित होकर शिंकनसेन के नेटवर्क के विस्तार की राह खुल गई।

द्वितीय विश्वयुद्ध शुरू होने से हाई स्पीड रेल परियोजना को काफी धक्का लगा और दोबारा यह शिंकनसेन के शुरू होने से ही चालू हो सकी।

माउंट फुजियामा की पृष्ठभूमि में शिंकनसेन ट्रेन, स्रोत : japan-guide.com

विश्व के अन्य हिस्सों में हाई स्पीड परियोजनाओं का दोबारा शुरू होना—

जर्मनी में विकास

जर्मन फेडरल रेलवे, यानी डी.बी. (डॉइचे बुंदेसबान) ने जून 1965 में म्यूनिख और ऑग्सबर्ग के बीच मूल रूप से 200 किलोमीटर प्रति घंटे की दैनिक हाई स्पीड सर्विस का प्रदर्शन किया था। यह प्रदर्शन अपनी तार्किक परिणति पर 1997 में पहुँचा, जब उसी सेक्शन पर 200 किलोमीटर प्रति घंटे की नई सेवा शुरू हुई। 1979 से 1989 के बीच 230 किलोमीटर प्रति घंटे से लेकर 430 किलोमीटर प्रति घंटे तक की अलग-अलग गति के कई ट्रायल के बाद जर्मनी ने हेनोवर और वर्जबर्ग के बीच (327 किलोमीटर) पहली आई.सी.ई. ट्रेन 1991 में 280 किलोमीटर प्रति घंटे की अधिकतम गति के साथ चलाई। इस जर्मन आई.सी.ई. ट्रेन में दोनों सिरों पर अलग से सुव्यवस्थित पावर कारें थीं, साथ में दोनों के बीच अलग-अलग संख्या में ट्रेलर थे। इन ट्रेलरों में हर कार पर दो परंपरागत डिब्बे थे, जिन्हें अलग किया जा सकता था और ट्रेन की लंबाई घटाई-बढ़ाई जा सकती थी। 1999 आई.सी.ई. 330 किलोमीटर प्रति घंटे की गति के साथ व्यावसायिक रूप से संचालन योग्य बनी और 2003 में आई.सी.ई.3 का 501 किलोमीटर प्रति घंटे की गति से ट्रायल रन हुआ।

फ्रांस में विकास

फ्रेंच नेशनल रेलवे एस.एन.सी.एफ. ने 1955 के बाद हाई स्पीड ट्रेन के बारे में गंभीरता से अध्ययन शुरू किया था। हालाँकि शिंकनसेन (1964) की 210 किलोमीटर प्रति घंटे और जर्मनी के 1965 में 200 किलोमीटर प्रति घंटे के बाद भी एस.एन.एफ. की अधिकतम स्पीड केवल 160 किलोमीटर प्रति घंटे थी। 1964 में एस.एन.सी.एफ. ने गैस टर्बाइन के साथ परिष्कृत की गई डीजल पावरवाली रेल कार चलाने की योजना बनाई। 1967 में इसकी प्रायोगिक गति 230 किलोमीटर प्रति घंटे रही। उसी साल कैब सिग्नलिंग, कर्व रिवीजन जैसे अभियांत्रकीय सुधारों के साथ परंपरागत पटरियों पर ही पेरिस और टुलूज के बीच 200 प्रति घंटे की गति से नियमित सेवा शुरू हुई।

टी.जी.वी. का फ्रांसीसी में अर्थ होता है, ट्रेन ए ग्रेनेड विटेसे, यानी हाई स्पीड ट्रेन। एस.एन.सी.एफ. ने टी.जी.वी.001 नाम से प्रोटोटाइप बनाया, जिसमें अलग न होने वाली 5 कारों और 2 पावर-कारों का सेट दोनों सिरों पर था और दोनों ही गैस टर्बाइन इंजन से चलती थीं। इस प्रोटोटाइप की मुख्य विशेषता जैकब्स बोगियों का इस्तेमाल था, जिसमें दो कारें रहती थीं, जो घिसटना कम करने और सुरक्षा में सुधार करने में सहायक होती थीं। 1970 में एस.एन.सी.एफ. के विशेष रूप से डिजाइन की गई टर्बो ट्रेन में 200 किलोमीटर प्रति घंटे की क्षमता थी और पेरिस चेरबर्ग लाइन पर इसे 160 किलोमीटर प्रति घंटे की गति से चलाया गया। 1971 में फ्रांस सरकार ने टी.जी.वी. परियोजना को आगे बढ़ाने की मंजूरी दे दी। 1973 में तेल संकट के कारण तेल के दामों में बेतहाशा वृद्धि हो गई और फ्रांस सरकार ने अनेक स्व-ऊर्जा सक्षमता के तमाम उपाय शुरू किए। इसी के तहत 1974 में टी.जी.वी. को गैस टर्बाइन की बजाय विद्युत् ऊर्जा से चलाया गया। जेबुलॉन के नाम की विद्युत् रेल कार को करीब 300 किलोमीटर प्रति घंटे की तीव्र गति से परीक्षण के लिए तैयार किया गया।

1981 में पेरिस ल्यॉन हाई स्पीड लाइन ने 260 किलोमीटर प्रति घंटे की गति से काम करना शुरू कर दिया। इसके बाद टी.जी.वी. ने 1981 में 380 किलोमीटर प्रति घंटे, 1990 में 515 किलोमीटर प्रति घंटे और 2007 में 574.8 किलोमीटर प्रति घंटे की रफ्तारवाले अनेक हाई स्पीड ट्रायल रिकॉर्ड बनाए।

स्पेन में विकास

जड़ पड़ी दक्षिण स्पेनिश अर्थव्यवस्था को पुनर्जीवित करने के लिए 1980

के दशक के आखिर में अंडालूसिया तक नई रेल लाइन बनाने का निश्चय किया गया। यह भी तय किया गया कि नई लाइन स्टैंडर्ड गेज की होगी, न कि परंपरागत आईबेरियन गेज की। हाई स्पीड रेल परियोजना के क्रियान्वयन में स्पेन सरकार की तेजी दिखाने का कारण सरविले में होनेवाली एक्सपो 92 और बार्सिलोना के ओलंपिक खेल थे। स्पेन इन दोनों आयोजनों से पहले मेड्रिड-सेविले हाई स्पीड रेल लाइन चालू करने में सफल रहा।

वर्ष 2005 में स्पेन ने एक महत्त्वाकांक्षी योजना की घोषणा की, जिसके तहत 2020 तक किसी भी स्टेशन के 50 किलोमीटर के दायरे में रहनेवाली 90 प्रतिशत आबादी को ए.वी.ई. रेल सर्विस की सेवा मुहैया होगी। इसके बाद स्पेन ने यूरोप के सबसे बड़े हाई स्पीड नेटवर्कों में से एक को बनाना शुरू किया।

ए.वी.ई. स्पेनिश रेलवे कंपनी द्वारा संचालित हाई स्पीड रेल सिस्टम का नाम है। स्पेनिश हाई स्पीड रेल सिस्टम यूरोप में सबसे लंबा और दुनिया में चीन के बाद दूसरा सबसे लंबा सिस्टम है।

इटली में विकास

इटली का पहला हाई स्पीड सेक्शन रोम-फ्लोरेंस-डिरेटिशिमा था, जो 1976 में शुरू हुआ था। इसके बाद 1978 में 250 किलोमीटर प्रति घंटे की गति का ट्रायल रन किया गया। 1996 में एपेनाइनेस को काटकर 79 किलोमीटर के हाई स्पीड मार्ग की महत्त्वाकांक्षी परियोजना शुरू की गई, जिसमें 72 किलोमीटर की सुरंग थी। इस प्रकार, यह दुनिया की सबसे महँगी रेल लाइन बनी।

उत्तरी अमेरिका में विकास

शिंकनसेन की सफलतापूर्वक शुरुआत के एक साल बाद अमेरिका ने हाई स्पीड ग्राउंड ट्रांसपोर्टेशन ऐक्ट 1965 लागू किया, ताकि देश में हाई स्पीड रेल के विकास की संभावनाएँ तलाशी जा सकें। इसके बाद 1969 में वॉशिंगटन डीसी और न्यूयॉर्क सिटी के बीच मेट्रोलाइनर्स की शुरुआत हुई, जिसकी अधिकतम गति 180-192 किलोमीटर प्रति घंटे थी। लोकोमोटिव से खींची जानेवाली ट्रेनों की जगह धीरे-धीरे हाई स्पीड इलेक्ट्रिक मल्टीपिल यूनिट ने ले ली। नेशनल रेलरोड पैसेंजर एसोसिएशन, यानी एमट्रेक ने मेट्रोलाइनर्स की जगह हाई स्पीड रेल सेवाओं की योजना बनाई। अमेरिका में हाई स्पीड रेल सिस्टम के विकास के गंभीर प्रयास 1992 में शुरू हुए, जब बोस्टन और न्यूयॉर्क सिटी के बीच का एक खंड विद्युतीकरण के

जरिए गति बढ़ाने के लिए चुना गया। स्वीडिश एक्स 2000 और जर्मन आई.सी.ई. 1 का परीक्षण न्यूयॉर्क सिटी और वॉशिंगटन डीसी के बीच किया गया। आखिरकार टी.जी.वी. से बनाई गई एक तिरछी ट्रेन दिसंबर, 2000 में चालू की गई।

इस नई सेवा का नाम एसेला एक्सप्रेस रखा गया, जो बोस्टन, न्यूयॉर्क सिटी, फिलाडेल्फिया, बाल्टीमोर और वॉशिंगटन डीसी को जोड़ती थी। इसने रोड आइलैंड और मेसाचुसेट्स के बीच एक छोटे से सेक्शन पर 214 किलोमीटर प्रति घंटे की अधिकतम गति हासिल करके दिखाई। एसेला एक्सप्रेस की बढ़ती लोकप्रियता के बीच मेट्रोलाइनर सर्विस का दौर खत्म हुआ। अंतिम मेट्रोलाइनर्स 27 अक्तूबर, 2006 को चली थी।

कोरिया में विकास

दक्षिण कोरिया का मुख्य ट्रैफिक कॉरीडोर सिओल-बुसान एक्सिस माना जाता है। इस लाइन पर दूसरे पैसेंजर रेल कॉरीडोर के बारे में सोचने की शुरुआत 1970 के दशक में हुई। परिणामस्वरूप कई अध्ययन हुए और आखिरकार 1989 में कोरियाई सरकार ने सिओल और बुसान के बीच हाई स्पीड रेल शुरू करने की योजना बनाई, जिसके लिए निर्माण कार्य 1992 में शुरू हुआ और यह तय किया गया कि फ्रांसीसी टी.जी.वी. प्रौद्योगिकी का इस्तेमाल किया जाएगा। सिओल-बुसान कॉरीडोर पर 1 अप्रैल, 2004 को संचालन शुरू हुआ। इस सेवा को कोरिया ट्रेन एक्सप्रेस (के.टी.एक्स.) नाम दिया गया।

वर्तमान में के.टी.एक्स. की नियमित सेवा में अधिकतम गति 305 किलोमीटर प्रति घंटे है। नेक्स्ट जेनरेशन की के.टी.एक्स. ट्रेन, हेमू-430 एक्स ने 2013 में 421.4 किलोमीटर प्रति घंटे की गति हासिल करके दिखाई थी और इस प्रकार, फ्रांस, जापान और कोरिया के बाद दक्षिण कोरिया परंपरागत रेल लाइन पर 420 किलोमीटर प्रति घंटे से ज्यादा की गतिवाली हाई स्पीड ट्रेन चलानेवाला चौथा देश बन गया।

चीन में विकास

चीन में हाई स्पीड रेल सिस्टम का सबसे पहला प्रमाण एशिया एक्सप्रेस थी, जो जापानी नियंत्रणवाले मैनचुरिया में 1934-1943 के बीच चलती थी। एशिया एक्सप्रेस वाष्प से चलनेवाली ट्रेन थी, जिसको अधिकतम 110 किलोमीटर प्रति घंटे की व्यावसायिक गति की अनुमति थी। 1943 में इस सेवा के बंद होने के बाद चीनी रेलवे में गति के हिसाब से ज्यादा प्रगति नहीं हुई।

एशिया एक्सप्रेस, स्रोत : en.wikipedia.org

चीनी रेलवे की औसत गति बहुत धीमी रही। 1993 में यह 48 किलोमीटर प्रति घंटा थी। चीनी रेलवे एयरलाइन और सड़क परिवहन का मुकाबला करने में सक्षम नहीं थी। चीनी रेलवे ने डबलिंग, विद्युतीकरण, ग्रेड स्मूदनिंग, कर्व रिएलाइनमेंट, लगातार वेल्डेड पटरियों के इस्तेमाल जैसे आधुनिकीकरण के परंपरागत उपाय आजमाए। इससे औसत गति में मामूली सुधार हुआ। चीनी रेलवे मंत्रालय ने देश में रेलवे यात्रा की गति बढ़ाने का अभियान शुरू किया। गुआंगझू-शेनझेन रेलवे लाइन का विद्युतीकरण 1998 में हुआ और स्वीडन की बनी एक्स 2000 ट्रेनों ने सेवा की गति 200 किलोमीटर प्रति घंटे तक बढ़ा दी। 2007 में इस लाइन पर चार अलग-अलग ट्रैक बन गए और हाई स्पीड पैसेंजर ट्रेनें तथा मालगाड़ियाँ अलग-अलग पथों पर चलने लगीं। परिणामस्वरूप गति बढ़ाने का अभियान चीनी रेल नेटवर्क के 22000 विस्तारित किलोमीटर तक बढ़ गया और पैसेंजर ट्रेन की औसत गति 70 किलोमीटर प्रति घंटा हो गई। योजना निर्माता हाई स्पीड रेल कॉरीडोर के अलग से विकास करने पर भी ध्यान दे रहे थे।

मैग्लेव प्रौद्योगिकी विवाद

परंपरागत रेल बनाम मैग्लेव प्रौद्योगिकी का विवाद 1998 में महत्त्वपूर्ण हो गया था। मैग्लेव संचालन एक विधि है, जिसमें वाहनों को चलाने के लिए पहियों, धुरी और बियरिंग यूनिट की बजाय चुंबक की सहायता से चुंबकीय उत्तोलन का इस्तेमाल किया जाता है। मैग्लेव सिस्टम में चुंबक के इस्तेमाल से उत्थान और आगे बढ़ने के लिए धक्का देने के लिए निर्धारित पटरी से कुछ दूरी पर उत्तोलित किया जाता है। यह सिस्टम कर्षण पर निर्भर नहीं होता और इस प्रकार, त्वरण और अवमंदन पहियोंवाले परिवहन से श्रेष्ठ साबित होता है।

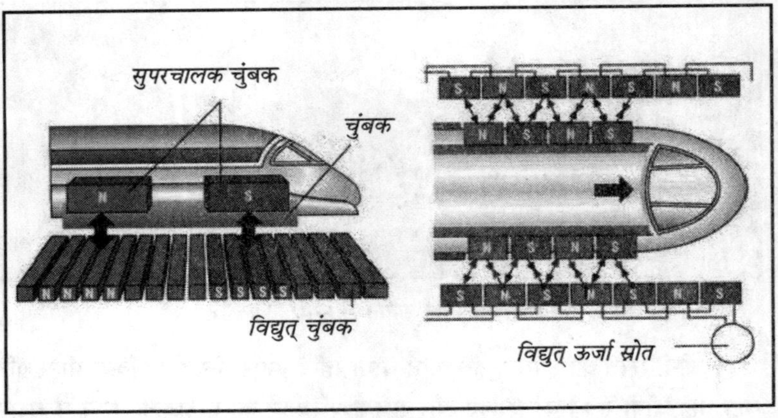

Superconductiong magnets—सुपरचालक चुंबक, magnets—चुंबक, electromagnet—विद्युत् चुंबक, electrical power source—विद्युत् ऊर्जा स्रोत

मैग्लेव प्रौद्योगिकी *स्रोत : wou.edu*

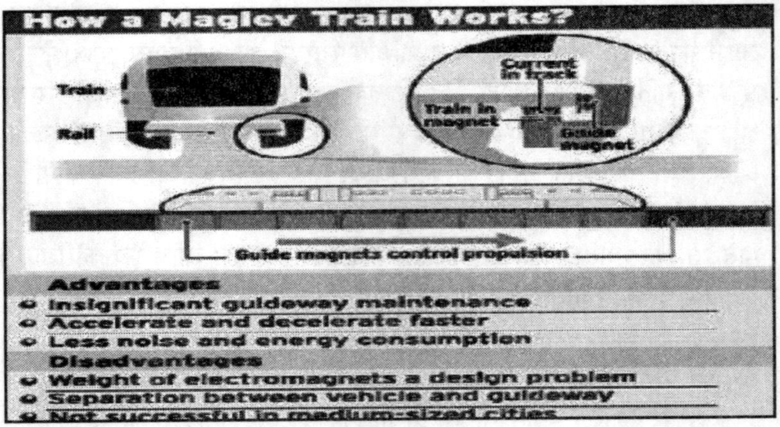

मैग्लेव ट्रेन की सरलीकृत प्रौद्योगिकी *स्रोत : thehindu.com*

मैग्लेव ट्रेन कैसे चलती है

ट्रेन पटरी में विद्युत् धारा

राल चुंबक में ट्रेन मार्गदर्शक चुंबक

मार्गदर्शक चुंबक प्रचालन को नियंत्रित करती है

लाभ

- पटरियों की मामूली देखभाल
- त्वरण और अवमंदन शीघ्र होता है
- कम शोर और कम ऊर्जा खपत

हानियाँ

- विद्युत् चुंबकों का भार और डिजाइन की समस्या,
- वाहन और पटरी का अलग रहना,
- मध्यम दरजे के शहरों में सफल नहीं रहना

बहस मैग्लेव प्रौद्योगिकी के पक्ष में रही और 2000 में चीनी सरकार ने शंघाई सिटी और उसके अंतरराष्ट्रीय हवाई अड्डे के बीच 30.5 किलोमीटर रेल लिंक के लिए जर्मनी से पहले से तैयार ट्रांसरेपिड ट्रेन सिस्टम खरीदने का निश्चय किया। शंघाई मैग्लेव ट्रेन को 2004 में पहली व्यावसायिक रूप से संचालित हाई स्पीड मैग्लेव होने का गौरव हासिल हुआ। इसकी अधिकतम गति 431 किलोमीटर प्रति घंटा थी।

मैग्लेव की रफ्तार बेजोड़ थी, लेकिन यह लोकप्रिय नहीं हो सकी; क्योंकि जर्मनी ने इसकी प्रौद्योगिकी चीन को देने से इनकार कर दिया और सुरक्षा तथा पर्यावरणीय खतरों के अलावा इसकी अत्यधिक लागत के कारण इसकी आगे की प्रगति रुक गई। चीन में हाई स्पीड रेल के मामले में आगे के विकास केवल परंपरागत रेल के साथ ही हुए।

एक और मुद्दा विदेशी प्रौद्योगिकी को अपनाने का था, जिस पर विवाद हुआ। आरंभ में चीन शिंकनसेन प्रौद्योगिकी अपनाने की योजना बना रहा था, क्योंकि उसकी सफलता का रिकॉर्ड बेहतर था। हालाँकि जापानी प्रौद्योगिकी के साथ चीनी हाई स्पीड रेल सिस्टम के विकास के मुद्दे का राजनीतिकरण हो गया और जापानी प्रौद्योगिकी अपनाने के खिलाफ भारी अभियान चलने लगे। इसके कारण आर्थिक से ज्यादा ऐतिहासिक थे। चीन के लोग जापान के विरुद्ध थे, क्योंकि उसने कथित तौर पर द्वितीय विश्वयुद्ध के समय ज्यादतियाँ की थीं। इन विरोधों के कारण एक विविधितापूर्ण तरीका अपनाने पर विचार हुआ और फ्रांस की एल्सटम, जर्मनी की सीमेंस और बॉमबार्डियर तथा जापान की एक संस्था को कावासाकी के नेतृत्व में

हाई स्पीड रेल के कार्यों के अनुबंध किए गए। इन सारी एजेंसियों को स्थानीय संयुक्त उपक्रमों के जरिए इकाइयों को एसेंबल करना था और सारे हाई स्पीड ट्रेन सेट चीन के मानकों के अनुकूल होने थे। चीनी सरकार ने स्थानांतरित विदेशी प्रौद्योगिकी हासिल करने के बाद पुर्जे बनाने की स्वदेशी तकनीक विकसित करने और विदेशी डिजाइनों में सुधार करने का निश्चय किया।

2007 तक 250 किलोमीटर प्रति घंटे की अधिकतम गति वाली क्विनहुआंगदो-शेनयांग पैसेंजर लाइन ही चीन की विशिष्ट हाई स्पीड रेल लाइन थी। व्यावसायिक प्रचालन के लिए यह लाइन 2003 में 200 किलोमीटर प्रति घंटे की डिजाइन स्पीड के साथ शुरू हुई। 2007 के बाद चीन में हाई स्पीड रेलवे निर्माण में बूम आया और 2011 तक चीन के पास 8358 किलोमीटर का दुनिया का सबसे लंबा हाई स्पीड रेल नेटवर्क हो गया, जो कि 200 किलोमीटर या इससे भी ज्यादा प्रति घंटे की रफ्तार के अनुकूल था। इसमें से 2197 किलोमीटर का रेल नेटवर्क तो 350 किलोमीटर प्रति घंटे की अधिकतम स्पीड की क्षमतावाला है।

चीन की हाई स्पीड रेल परियोजना में भ्रष्टाचार और दुर्घटनाएँ

फरवरी में चीन के रेल मंत्री लियू झीजुन को हाई स्पीड रेल परियोजनाओं में भ्रष्टाचार के आरोपों के कारण उनके पद से हटा दिया गया। इस घटना से हाई स्पीड रेल परियोजनाओं की सुरक्षा, महँगी टिकट दरों, वित्तीय टिकाऊपन और पर्यावरणीय प्रभावों पर बहस शुरू हो गई। हालात तब और बिगड़ गए, जब 23 जुलाई, 2011 को वेनझोऊ में दो हाई स्पीड ट्रेनें टकरा गईं और अनेक लोगों की मौत हो गई। पहली हाई स्पीड ट्रेन की आगे बढ़ते हुए लाइट बंद हो गई और उसकी बिजली बंद हो गई तथा इस प्रकार वह एक सेक्शन पर रुक गई। सिग्नल के ठीक काम न करने के कारण उसी समय पीछे से आ रही अगली ट्रेन उससे भीषण तरीके से टकरा गई। डिजाइन के हिसाब से तो अगली ट्रेन को आगे सेक्शन पर खड़ी ट्रेन का संकेत मिल जाना चाहिए था और एक सुरक्षित दूरी पर अपने आप रुक जाना चाहिए था। इस दुर्भाग्यपूर्ण हादसे के बाद भ्रष्टाचार के मसले पर जनता में आक्रोश पैदा हो गया। परिणामस्वरूप, कई सेक्शनों पर रफ्तार धीमी कर दी गई और हाई स्पीड रेल पर सवारी करनेवालों की संख्या में भारी गिरावट आई। रेल निर्माण परियोजनाओं के लिए ऋण देनेवाले बैंकों ने अपने कदम पीछे खींच लिये। इस प्रकार, नई परियोजनाएँ रुक गईं और जारी परियोजनाओं के पूरा होने की तारीखें आगे बढ़ानी पड़ीं। चीन सरकार ने हाई स्पीड रेल सिस्टम को बढ़ावा देने

के लिए 2012 में हाई स्पीड रेल में निवेश की समीक्षा की, जिसके बाद निर्माण में तेजी आई और दिसंबर 2013 तक देश में हाई स्पीड रेल पटरियों की लंबाई करीब 10000 किलोमीटर तक हो गई।

भारत में विकास

भारतीय रेलवे ट्रेनों में पैसेंजर ट्रेन, एक्सप्रेस ट्रेन, सुपरफास्ट ट्रेन, राजधानी एक्सप्रेस और शताब्दी एक्सप्रेस जैसे कई नाम प्रचलित हैं। इन सबमें मुख्य अंतर रफ्तार का ही है। एक्सप्रेस ट्रेनों में औसत रफ्तार स्टेशनों पर रुकने के समय को अलग करके औसत 36 किलोमीटर प्रति घंटे की होती है। सुपरफास्ट ट्रेनों की औसत रफ्तार 55 किलोमीटर प्रति घंटे है। राजधानी एक्सप्रेस नई दिल्ली को महत्त्वपूर्ण भारतीय शहरों से जोड़ती है। इनकी अधिकतम अनुमत रफ्तार 140 किलोमीटर प्रति घंटे है। पहली राजधानी ट्रेन नई दिल्ली और हावड़ा के बीच 1969 में चली थी। भारत की आर्थिक और प्रौद्योगिकीय प्रगति को देखते हुए हाई स्पीड रेल सिस्टम के विकास पर विचार करने की जरूरत पैदा हुई।

जीका (जापान इंटरनेशनल कॉरपोरेशन एजेंसी) के सक्रिय सहयोग से दिल्ली-कानपुर सेक्शन पर वाया आगरा 250 किलोमीटर प्रति घंटे की रफ्तार से ट्रेनें चलाने के लिए एक व्यावहारिक अध्ययन किया गया। जीका ने 1987 में पेश अपनी रिपोर्ट में दिल्ली, आगरा और कानपुर में टर्मिनल स्टेशनोंवाले नए हाई स्पीड कॉरीडोर का सुझाव दिया। रेल मंत्रालय की इंजीनियरिंग और कंसल्टेंसी यूनिट रेल इंडिया टेक्निकल ऐंड इकोनॉमिक सर्विस, यानी राइट्स ने अहमदाबाद-वडोदरा-मुंबई-पुणे सेक्शन पर व्यावहारिकता का अध्ययन किया।

भारतीय रेलवे रिसर्च विंग रिसर्च डिजाइन ऐंड स्टैंडर्डाइजेशन, यानी आर.डी.एस.ओ. ने 1988 में अपनी पहली गवर्निंग काउंसिल की बैठक में 160 किलोमीटर प्रति घंटे की रफ्तार से मिश्रित मार्गों पर पैसेंजर ट्रेन सर्विस के लिए और 200 किलोमीटर प्रति घंटे की रफ्तार से विशिष्ट मार्गों के लिए प्रौद्योगिकी विकास करने की योजना बनाई। आर.डी.एस.ओ. ने हाई स्पीड टेक्नोलॉजी के सभी पहलुओं के अध्ययन के लिए कार्यबल भी बनाया है। इसके अलावा राइट्स ने हाई स्पीड सेवाओं के लिए तीन कॉरीडोरों का अध्ययन किया। ये कॉरीडोर थे—

(i) मुंबई—अहमदाबाद (492 किमी.)
(ii) नई दिल्ली—कानपुर—लखनऊ (507 किमी.)
(iii) नई दिल्ली—आगरा (192 किमी.)

मुंबई-अहमदाबाद सेक्शन को अनुमानित यातायात के आधार पर सर्वाधिक योग्य पाया गया। हालाँकि लागत को देखते हुए इसे सही नहीं पाया गया। 1987 में इसकी लागत 4.7 करोड़ रुपए प्रति किलोमीटर अनुमानित की गई थी और इसलिए मिशन को बंद कर दिया गया। एकीकृत रेलवे आधुनिकीकरण योजना (2005-2010) में नई दिल्ली-चेन्नई और नई दिल्ली-हावड़ा मार्ग पर पैसेंजर ट्रेनों की गति 150 किलोमीटर प्रति घंटे का विचार किया गया था।

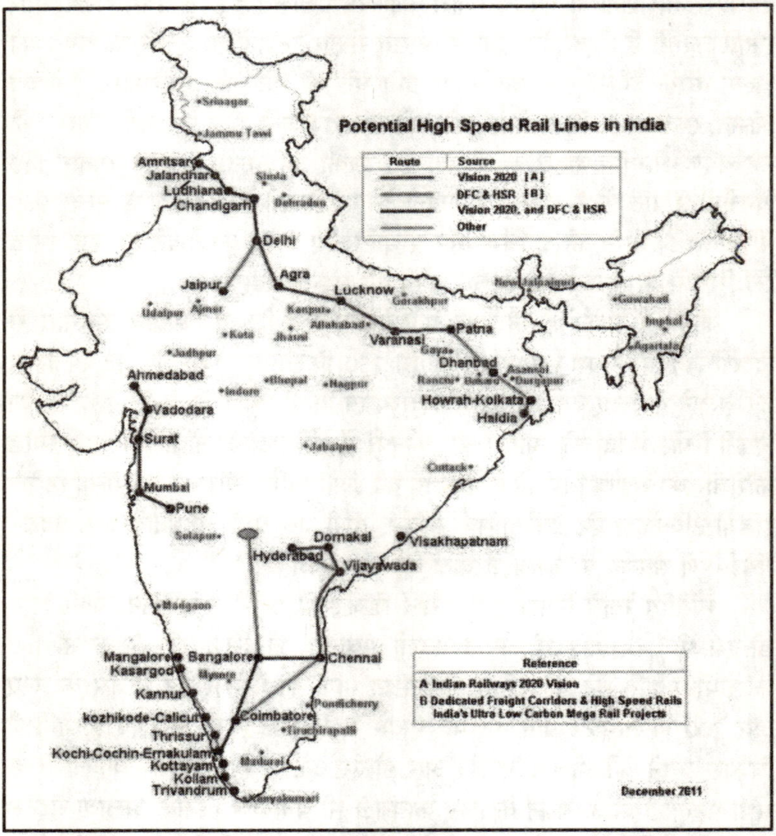

2011 तक चिह्नित की गईं हाई स्पीड रेल लाइनें, स्रोत : en.wikipedia.org

संसद् में पेश किए गए दिसंबर 2009 में तैयार भारतीय रेलवे के विजन 2020 में कहा गया था, ''पहला प्रस्ताव ट्रंक रूटों पर परंपरागत प्रौद्योगिकी का इस्तेमाल

करते हुए अलग यात्री कॉरीडोर पर गति को 160 से 200 किलोमीटर प्रति घंटे करना होगा। दूसरा प्रस्ताव व्यावहारिकता के अनुसार, इंटरसिटी रूटों की संख्या की पहचान करना, और राज्य सरकारों के साथ पब्लिक-प्राइवेट पार्टनरशिप के मॉडल से 350 किलोमीटर प्रति घंटे तक गति बढ़ाने के लिए अत्याधुनिक हाई स्पीड कॉरीडोर बनाना होगा। राज्य सरकारों के साथ पार्टनरशिप बहुत महत्त्वपूर्ण होगी, क्योंकि रियल-एस्टेट डेवलपमेंट इन उच्च लागत परियोजनाओं की व्यावहारिकता के लिए महत्त्वपूर्ण कारक होगा। 2020 तक कम-से-कम 2000 किलोमीटर का विकास किया जाएगा और आठ कॉरीडोर प्रगति के विभिन्न चरणों में होंगे।''

रेलवे मंत्रालय ने सेम पित्रोदा की अध्यक्षता में भारतीय रेलवे के आधुनिकीकरण के बारे में एक विशेषज्ञ समूह नियुक्त किया था। विशेषज्ञ समूह ने अपनी रिपोर्ट 2012 में पेश की थी। विशेषज्ञ समूह ने अहमदाबाद और मुंबई के बीच अगले दस सालों में 60000 करोड़ रुपए की अनुमानित लागत से हाई स्पीड (350 किलोमीटर प्रति घंटे) रेलवे लाइन के निर्माण की अनुशंसा की थी। भारतीय रेलवे ने हाई स्पीड रेल परियोजनाओं के लिए 2012 में भारतीय हाई स्पीड रेल निगम का गठन किया था। यह निगम भारत में हाई स्पीड रेल परियोजनाओं की निविदा, पूर्व व्यावहारिकता अध्ययन, ठेके देने और निष्पादन का काम देखेगा।

हाई स्पीड रेल परियोजनाओं की पृष्ठभूमि और इतिहास से ऊपर बताए गए अनुसार, संकेत मिलता है कि आर्थिक और प्रौद्योगिकीय उन्नति के साथ दुनिया के सभी प्रमुख रेल सिस्टमों ने अपने व्यस्ततम और आर्थिक रूप से मजबूत सेक्शनों पर आधुनिक हाई स्पीड रेल प्रौद्योगिकी अपनाने का प्रयास किया है। इस अध्याय की शुरुआत में हमने रफ्तार बढ़ाने के लिए उस प्रौद्योगिकीय विकास की झलक पाई, जो आज संभव है। बुलेट ट्रेन प्रौद्योगिकी को विस्तार से समझना उचित होगा।

□

उल्लू के पंख और किंगफिशर का झपट्टा : बुलेट ट्रेन का प्रौद्योगिकीय विवरण

बुलेट ट्रेनों की कोई एक मानक परिभाषा नहीं है और न ही हाई स्पीड या बहुत हाई स्पीड शब्दावली के इस्तेमाल का कोई मानक उपयोग है। एक सामान्य स्वीकार्य परिभाषा यूरोपीय संघ के निर्देशक में दी गई है, जिसके अनुसार, हाई स्पीड रेल निम्न तीन मापदंडोंवाले तीन तत्त्वों का समूह होता है—

1. अधोसंरचना

(a) हाई स्पीड सिस्टम की अधोसंरचना

- वह है, जो हाई स्पीड यात्रा के लिए विशेष तौर पर बनाई गई हो।
- वह है, जिसका स्तर हाई स्पीड यात्रा के लिए विशेष तौर पर सुधारा गया हो। इसमें लाइनें जोड़ना, खासतौर पर नगरीय केंद्रों में हाई स्पीड के लिए उच्च स्तरीकृत नई लाइनों के विशिष्ट जंक्शनों की लाइनें जोड़ना शामिल है, जिन पर स्थानीय परिस्थितियों को ध्यान में रखा गया हो।

(b) हाई स्पीड लाइनों में—

- आमतौर पर 250 किलोमीटर प्रति घंटे या उससे ज्यादा की रफ्तारों के लिए विशेष तौर पर बनाई गई हाई स्पीड लाइनें शामिल हैं।
- 200 किलोमीटर प्रति घंटे की रफ्तार के लिए विशेष तौर पर अपग्रेडेड हाई स्पीड लाइनें शामिल हैं।
- विशेष तौर पर अपग्रेडेड हाई स्पीड लाइनें शामिल हैं, जिनमें स्थलाकृतिक, राहत या नगर नियोजन संबंधी प्रतिबंधों के

परिणामस्वरूप विशिष्ट फीचर हों, जिन पर रफ्तार को हर मामले में अपनाना हो।

2. रोलिंग स्टॉक

हाई स्पीड उन्नत प्रौद्योगिकी ट्रेनों का डिजाइन इस तरह से हो कि सुरक्षित और बाधारहित यात्रा सुनिश्चित हो सके—

- विशेष तौर पर हाई स्पीड के लिए बनाई गई लाइनों पर न्यूनतम 250 किलोमीटर प्रति घंटे की रफ्तार की यात्रा, जबकि उचित परिस्थितियों में यह स्पीड 300 किलोमीटर प्रति घंटा हो सके।
- मौजूदा लाइनों पर 200 किलोमीटर प्रति घंटे की रफ्तार, जो विशिष्ट तौर पर अपग्रेडड हो।
- अन्य लाइनों पर यथासंभव तीव्रतम रफ्तार पर।

3. अधोसंरचना और रोलिंग स्टॉक की सुसंगतता

हाई स्पीड ट्रेन सेवाओं में अधोसंरचना और उनके रोलिंग स्टॉक के बीच उत्कृष्ट सुसंगतता पहले से ही मानकर चली जाती है। प्रदर्शन के स्तर, सुरक्षा, सेवा की गुणवत्ता और लागत सुसंगतता पर निर्भर होती है।

(I) **अधोसंरचना**—हाई स्पीड यात्रा के लिए विशेष तौर पर बनाई गई पटरियाँ।

(II) **अधिकतम गति सीमा**—हाई स्पीड के लिए विशेष तौर पर बनी लाइनों पर 250 किलोमीटर प्रति घंटे की न्यूनतम रफ्तार और विशेष तौर पर अपग्रेडेड मौजूदा लाइनों पर 200 किलोमीटर प्रति घंटे की रफ्तार।

(III) **संचालन की परिस्थितियाँ**—रोलिंग स्टॉक का डिजाइन इस तरह से होना चाहिए कि वह अधोसंरचना के साथ सुसंगतता, सुरक्षा और सेवा की गुणवत्ता के अनुकूल हो।

उक्त परिभाषा अंतरराष्ट्रीय रेल संघ (UIC) भी इस्तेमाल करता है।

हाई स्पीड रेल सिस्टम 15 देशों में 21,161 किलोमीटर से ज्यादा के नेटवर्क पर संचालित हो रहा है। ये आँकड़े 1 नवंबर, 2013 तक यू.आई.सी. की रिपोर्ट के अनुसार अद्यतन हैं।

क्रमांक	देश	संचालन के किलोमीटर
1.	चीन	9867
2.	जापान	2664
3.	स्पेन	2515
4.	फ्रांस	2036
5.	जर्मनी	1334
6.	इटली	923
7.	तुर्की	444
8.	दक्षिण कोरिया	412
9.	अमेरिका	362
10.	बेल्जियम	209
11.	नीदरलैंड	120
12.	ब्रिटेन	113
13.	ऑस्ट्रिया	93
14.	स्विट्जरलैंड	35
15.	ताइवान	34

हाई स्पीड रेल सिस्टम के संचालनवाले इन 15 देशों के अतिरिक्त पोलैंड, पुर्तगाल, रूस, मोरक्को, सऊदी अरब, ब्राजील और भारत में भी हाई स्पीड रेल सिस्टम पर विचार हो रहा है।

बुलेट ट्रेन दुनिया का चमत्कार है। जब मन में बुलेट ट्रेन की प्रौद्योगिकी की बात आती है, तो निम्न सवाल मन में आते हैं।

क्या ये इन्हीं पटरियों पर चलेंगी?

पुलों और सुरंगों का क्या होगा?

क्या उनका डिजाइन अलग तरह का होगा?

क्या उनमें यही डिब्बे इस्तेमाल हो सकेंगे?

इतनी ज्यादा रफ्तार पर ट्रेन का ड्राइवर सिग्नल कैसे देखेगा?

क्या उनके इंजन अलग होंगे ?

सुरक्षा कैसे सुनिश्चित होगी ?

ये तो कुछ उदाहरण मात्र हैं। सवाल तो अनगिनत हो सकते हैं। इस प्रौद्योगिकी के बारे में जानने की भूख शांत होनी चाहिए। इसके ल्िए इस हैरतअंगेज प्रौद्योगिकी को विस्तार से समझना पड़ेगा। हाई स्पीड ट्रेन के लिए बहुत आधुनिक प्रौद्योगिकीय सेट-अप चाहिए होता है। यह जटिल सिस्टम है और इसके लिए निम्न अत्याधुनिक प्रौद्योगिकीय घटक जरूरी होते हैं—

(1) भौतिक प्रणाली, मसलन, ग्रेड, सुरंग, पुल, पटरी, स्टेशन डिजाइन आदि।

(2) विद्युतीकरण प्रणाली, मसलन बिजली आपूर्ति प्रणाली और रोलिंग स्टॉक, जिसे आम बोलचाल में रेल के डिब्बे कहा जाता है।

(3) संचालन एवं सिग्नल सिस्टम

प्रत्येक प्रौद्योगिकीय घटक की अलग-अलग चर्चा की जाएगी।

1. बुलेट ट्रेनों की भौतिक व्यवस्था

हाई स्पीड रेल सिस्टम अन्य यातायात के तरीकों से अलग होना चाहिए। इस तरह से सतह से ग्रेड पृथक्करण होना चाहिए। यह कैसे हो सकता है। यह पुल बनाकर भूमिगत प्रणाली अथवा हवाई या ऐलीवेटिड (elevated) सिस्टम अपनाकर किया जा सकेगा। अन्य प्रणालियाँ ग्रेड सिस्टम या सेमी ऐलीवेटिड सिस्टम के साथ परंपरागत हो सकती हैं। इन संचालनों की चर्चा अलग से की गई है—

(i) भूमिगत या अंडरग्राउंड प्रणाली : भूमिगत प्रणाली अपनाना सबसे महँगा पड़ता है। लागत के हिसाब से यह विकल्प तभी व्यावहारिक लगता है, जब हवाई या ऐलीवेटिड सिस्टम के लिए जमीन उपलब्ध न हो या पर्यावरणीय या सौंदर्यीकरण के नजरिए से भूमिगत प्रणाली ही जरूरी लगे। भूमिगत प्रणाली निर्माण करने के दो तरीके होते हैं। पहला तरीका कट और कवर तरीका है। इस तरीके में इलाके को खाई के आकार में खोदा जाता है और निर्माण को तैयार किया जाता है, ट्रेनों की पटरियाँ जमाई जाती हैं और बिजली आपूर्ति का सिस्टम उपलब्ध कराया जाता है और तब खाई को फिर से पहले जैसा करके मैदान ढक दिया जाता है। पहले जमीन को काटा जाता है और फिर ढक दिया जाता है, इसलिए इसे कट ऐंड कवर तरीका कहते हैं।

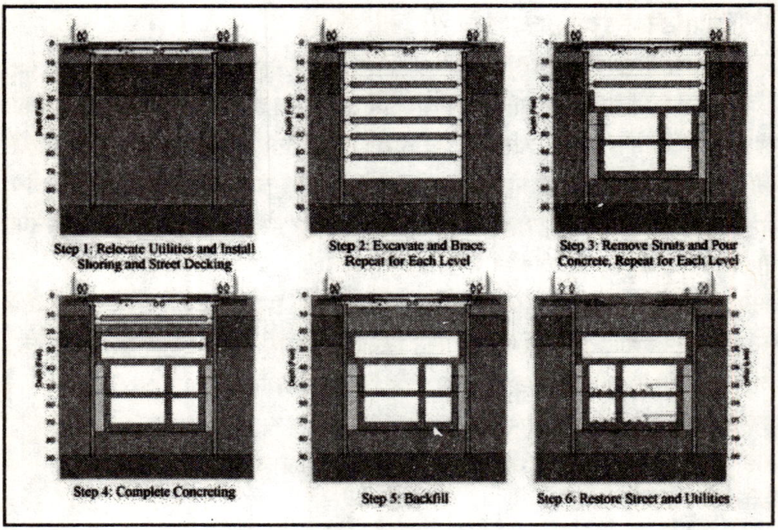

आरेखीय कट ऐंड कवर रेखाचित्र

चरण-1 : सुविधाओं और सेवाओं को हटाया जाता है और सामान जमाया जाता है।

चरण-2 : खुदाई की जाती है और घेरा जाता है, हर स्तर पर इसे दोहराते हैं।

चरण-3 : खंभे हटाते हैं और कंक्रीट डालते हैं। हर स्तर पर इसे दोहराते हैं।

चरण-4 : कंक्रीट का काम पूरा करते हैं।

चरण-5 : सतह को फिर से भरा जाता है। चरण-6 सड़क और सुविधाओं को फिर से बहाल कर दिया जाता है।

भूमिगत प्रणाली बनाने का एक अन्य उपाय जमीन की काफी गहराई में सुरंग डालने का है। सुरंग भेदन इस उद्देश्य में इस्तेमाल किया जाता है।

भूमिगत प्रणाली में जमीन का अच्छी तरह से इस्तेमाल हो जाता है और जमीन अन्य उद्देश्यों के लिए भी उपयोग में लाई जा सकती है। न तो इसमें कोई रोड क्रॉसिंग होती है और न ही किसी की अवैध घुसपैठ, इसलिए ट्रेन सेवाएँ बिना किसी बाधा के और उच्च बारंबारता के साथ चल सकती हैं और इस प्रकार भूमिगत

प्रणाली में यात्रियों को लाने-ले जाने की क्षमता बहुत ज्यादा होती है। भूमिगत प्रणाली की मुख्य कमी इसकी भारी लागत है। इसके अलावा नालियों और हवा के लिए विशेष इंतजाम करने पड़ते हैं, यहाँ तक कि निर्माण कार्य के दौरान भी आम जनता को होनेवाली असुविधाओं को टालने के लिए बहुत सारी सेवाओं को दूसरे मार्ग पर मोड़ दिया जाता है।

(ii) हवाई या ऐलीवेटिड सिस्टम : हाई स्पीड रेल सिस्टम के इस प्रकार में आम तौर पर आठ मीटर की ऊँचाई पर रेलमार्ग बनाया जाता है। पटरियों का आधार खंभों पर रखा जाता है। इसे पुल भी कहते हैं, यहाँ तक कि प्लेटफॉर्म और स्टेशन भी ऊँचाई पर बनाए जाते हैं। इस सिस्टम के लिए अलग से जमीन की जरूरत नहीं पड़ती, क्योंकि पटरियाँ और अन्य संरचनाएँ ऊँचाई पर होती हैं। इस प्रणाली में सड़क के बीचोबीच या दाहनी ओर खंभे बनाए जाते हैं और इस प्रकार यह प्रणाली भीड़भाड़वाले इलाके में भी स्थापित की जा सकती है। हवाई सिस्टम की सीमा यह है कि इसमें बहुत तेज ध्वनि प्रदूषण होता है। इसके अलावा, किसी दुर्घटना के समय संपत्ति का भारी नुकसान होता है और पुल के नीचे का इलाका भी नुकसान की चपेट में आ जाता है।

हवाई पुल प्रणाली

(iii) ग्रेड सिस्टम : यह परंपरागत सिस्टम है, जिसमें जमीन को ही थोड़ा सा ऊपर उठाकर उस पर पटरियाँ डाली जाती हैं। पटरियाँ जमीन पर ही होती हैं, इसलिए पुल पर सड़क (रोड ओवर ब्रिज) और पुल के नीचे सड़क (रोड अंडर ब्रिज) बहुत सारे हो जाते हैं। जानवरों के पटरी पार करने और लोगों की आवाजाही की इसमें गंभीर समस्या रहती है। सुरक्षा की जरूरतों के हिसाब से इसमें बाड़ लगाना बहुत अहम् होता है।

(iv) अर्ध-हवाई या सेमी ऐलीवेटिड सिस्टम : इसकी संरचना हवाई या ऐलीवेटिड सेतु सिस्टम की ही तरह होती है, लेकिन इसमें ऊँचाई काफी कम, जमीन से करीब 2.5–3.0 मीटर होती है। इन रेल लाइनों में पटरी पार करनेवालों को रोकने के लिए करीब दो फीट की उर्ध्व दीवार होती है। गाँवों और कॉलोनी की सड़कों पर जहाँ केवल हलके मोटर वाहन चलते हैं, वहाँ क्रॉसिंग के लिए पुल के ऊपर 3–3.5 मीटर ऊँचाई पर रोड होता है। इस प्रणाली का लाभ यह है कि यह पारंपरिक ग्रेड सिस्टम की तुलना में सस्ता होता है और इसमें हवाई सिस्टम की तुलना में जगह भी कम लगती है। जब एक बार सड़क का यातायात बढ़ जाता है, तब इस प्रणाली में विकास की गुंजाइश सीमित हो जाती है और ग्रेड सेपरेटर या पुल के ऊपर या नीचे रोड बना पाना संभव नहीं हो पाता।

1. हाई स्पीड रेल नेटवर्क के लिए पटरियाँ

दो पट्टियाँ जिन पर कोई ट्रेन चलती है, उसे और दोनों पटरियों को जोड़नेवाले तथा ट्रेन को सुचारु रूप से चलानेवाले घटकों को ट्रैक कहते हैं।

ट्रैक या पटरियाँ दो तरह की होती हैं, गिट्टीयुक्त या गिट्टी-रहित। गिट्टीयुक्त पटरियाँ रेलवे की शुरुआत के समय ही इस्तेमाल होती रही हैं। गिट्टी-रहित पटरियों

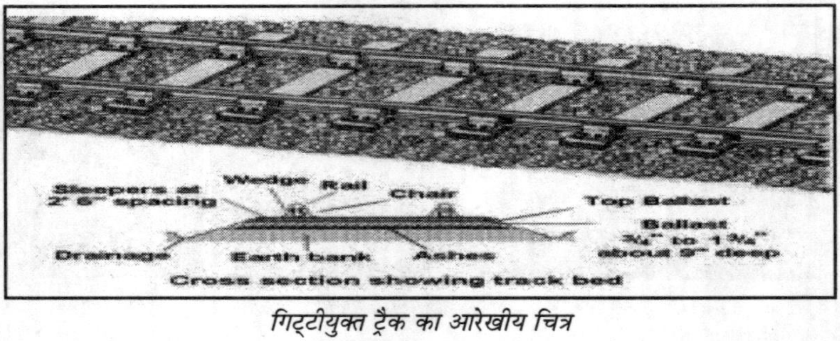

गिट्टीयुक्त ट्रैक का आरेखीय चित्र

की निर्माण लागत ज्यादा होती है, लेकिन उनकी देख-रेख की लागत कम होती है।

गिट्टीयुक्त पटरियों की विशेषताएँ : इस प्रकार के ट्रैक में पटरियों को गिट्टी के धरातल पर ट्रैक पैनल से कसा जाता है। इस प्रकार के ट्रैक के कई लाभ होते हैं, मसलन, कम निर्माण लागत, मरम्मत में आसानी, कम शोर और कम कंपन।

इनकी कुछ कमियाँ भी हैं, जिनमें बार-बार मरम्मत की जरूरत शामिल है और जैसे-जैसे इन पर भारी माल गुजरता है, वैसे-वैसे इनकी मरम्मत की जरूरत बढ़ती जाती है। इसके अलावा, जब कोई ट्रेन तेज रफ्तार से चलती है तो गिट्टियाँ हवा के दबाव के कारण उछलती हैं। इसे नियंत्रित करने के लिए ट्रैक आधार स्थिरक या ट्रैक बेड स्टेबलाइजर इस्तेमाल किया जाता है।

गिट्टी-रहित पटरियों की विशेषताएँ : ट्रेनों की संख्या और उनकी आवाजाही बढ़ने के साथ ही गिट्टीयुक्त ट्रैकों की देखभाल ज्यादा करनी पड़ती है और इसका खर्चा भी बढ़ जाता है। इसे देखते हुए गिट्टी-रहित पटरियों का विकास किया गया। ये पटरियाँ या तो ठोस कंक्रीट से या प्री-स्ट्रेस्ड कंक्रीट से बनती हैं। ठोस कंक्रीट मूल रूप से ऐसा कंक्रीट होता है, जिसमें स्टील की छड़ें लगाकर मजबूती दी जाती है। प्री-स्ट्रेस्ड कंक्रीट में स्टील की छड़ों पर संपीड़ित दबाव डालने के लिए जकड़ा हुआ भार डालते हैं और प्री-स्ट्रेस्ड छड़ों के आसपास कंक्रीट फेंका जाता है। गिट्टी-रहित ट्रैक की निर्माण लागत गिट्टीयुक्त ट्रैक की लागत से दोगुनी हो सकती है, लेकिन बाद में इसकी संचालन लागत काफी कम पड़ती है। बोएग्ल ट्रैक गिट्टी रहित ट्रैक का एक प्रकार है और चीन के हाई स्पीड रेल सिस्टम के कुछ हिस्से में इसका इस्तेमाल किया जाता है। इसी तरह से रेडा ट्रैक भी गिट्टी-रहित ट्रैक का एक रूप है और स्पेन, नीदरलैंड, कोरिया, ताइवान तथा चीन में इसका इस्तेमाल किया जाता है।

ट्रैक गेज दो पटरियों के बीच की चौड़ाई है। ट्रैक गेज के प्रकार दुनिया में अलग-अलग तरह के होते हैं। नीचे दी गई तालिका में ट्रैक गेज के अलग-अलग प्रकारों के बारे में बताया गया है।

गेज	नाम	मुख्य देश
1676 mm	ब्रॉडगेज या भारतीय गेज	भारत, पाकिस्तान, श्रीलंका, अर्जेंटीना, चिली
1668 mm	आइबीरियन गेज	स्पेन (हाई स्पीड लाइनों को छोड़कर) पुर्तगाल

1600 mm	आइरिश गेज	आयरलैंड, दक्षिण ऑस्ट्रेलिया, ब्राजील
1524 mm	रूसी गेज	फिनलैंड
1520 mm	रूसी गेज	राष्ट्रकुल के सदस्य देश
1435 mm	मानक गेज	यूरोप, अमेरिका, कनाडा, चीन, दक्षिण और उत्तरी कोरिया, मध्य पूर्व तथा स्पेन और ताइवान में हाई स्पीड लाइन
1000 mm	मीटर गेज	दक्षिण पूर्व एशिया, भारत

ट्रैक गेजों के विभिन्न प्रकार

दुनिया की करीब 60 प्रतिशत रेलवे में मानक गेज का इस्तेमाल होता है और अधिकतर हाई स्पीड ट्रैक मानक गेज के ही हैं।

रेल पटरियाँ निश्चित लंबाई की तैयार की जाती हैं और उनके सिरों को एक के बाद एक जोड़ने की जरूरत पड़ती है, ताकि बननेवाली सतह पर ट्रेन चल सके। पटरियों को जोड़ने का परंपरागत तरीका धातु की फिशप्लेटों को बोल्ट से कसने का है और ऐसे ट्रैक ज्वॉइंटेड ट्रैक या जुड़े ट्रैक कहलाते हैं। दोनों जोड़ों के बीच थोड़ा सा अंतराल छोड़ा जाता है, क्योंकि गरमियों में पटरियों में कुछ फैलाव होता है।

जुड़े ट्रैक

रेल की पटरियों के जोड़ों के बीच छोड़े गए हलके से अंतराल के कारण, जब ट्रेन इन पर से गुजरती है तो इनसे तेज और लयात्मक ध्वनि निकलती है। हालाँकि ये जुड़े हुए ट्रैक हाई स्पीड संचालनों के लिए अनुपयुक्त हैं, क्योंकि इतनी बड़ी संख्या में जोड़ों और बोल्टों की देख-रेख कर पाना कठिन होता है तथा जोड़ों के टूटने के कारण कई हादसे हो जाते हैं। इस तरह से, ये ट्रैक हाई स्पीड ट्रेनों के लिए सही नहीं हैं।

हाई स्पीड ट्रेनों के लिए रेल पटरियों को लंबाई में वेल्डिंग से जोड़कर

कंटीन्युअसर वेल्डेड रेल (सी.ड्ब्ल्यू.आर.) बनाई जाती हैं। ट्रैक के इस प्रकार में रेल पटरियाँ फ्लैश बट वेल्डिंग के इस्तेमाल से जोड़कर एक सतत पटरी बनाई जाती है, जो कि कई किलोमीटर लंबी हो सकती है। यहाँ फ्लैश बट वेल्डिंग के बारे में समझाना जरूरी है। इस टाइप की वेल्डिंग में पटरियों के जिन टुकड़ों को जोड़ना है, उन्हें एक पूर्वनिर्धारित दूरी पर रखा जाता है और पटरी में करंट प्रवाहित किया जाता है और दोनों टुकड़ों के बीच का अंतराल प्रतिरोध पैदा करता है और पटरी को गलाने के लिए जरूरी चिनगारी पैदा करता है। एक बार जब टुकड़े उचित तापक्रम तक पहुँच जाते हैं, तो उन्हें एक साथ मिलाकर दबाया जाता है और कारगर तरीके से उन्हें एक साथ जोड़ दिया जाता है। बीच में जोड़ने के लिए कोई सामग्री इस्तेमाल नहीं की जाती, इसलिए यह वेल्डिंग बहुत मजबूत होती है। पटरियाँ चिकनी होने के कारण घिसती कम हैं और इस प्रकार बार-बार देख-रेख और जाँच-पड़ताल की जरूरत कम पड़ती है।

कंटीन्युअस वेल्डेड रेल

पटरियाँ धातु की बनी होती हैं, इसलिए उनके अंदर गरमियों में फैलने और सर्दियों में सिकुड़ने का गुणधर्म होता ही है। इस कारण इन्हें स्लीपर के साथ गति करने से रोकने के लिए क्लिप का इस्तेमाल करते हैं, जो कि पटरियों की लंबाई में गति को रोकते हैं। वेल्डेड पटरी की लंबाई की कोई सैद्धांतिक सीमा नहीं है, लेकिन अगर लंबवत तथा इसके आगे का अवरोध अपर्याप्त है तो ट्रैक अत्यधिक खराब मौसम में विकृत हो सकता है। ऐसी विकृतियों को रोकने के लिए कंटीन्युअस वेल्डेड रेल और इनके कसाव को उस स्थान के सबसे कम और सबसे ज्यादा तापमान के अनुमानित बीच के तापमान पर रखा जाता है। दबाव की यह प्रक्रिया पटरियों को गरमी में झुकने से या सर्दियों में दूर हो जाने से रोकती है।

अन्य महत्त्वपूर्ण ट्रैक प्रतिमान ढाल (कैंट) है, जिसे दो पटरियों के बीच ऊँचाई के अंतर के रूप में परिभाषित किया जा सकता है। यह पहियों के उभरे किनारों

को पटरियों को छूकर, घर्षण और रगड़ को कम करके, ट्रेन को मोड़ पर चलाने में सहायक होता है। यह ढाल (कैंट) ट्रेन को दोनों पटरियों पर फैलाने में सहायक होता है, पटरी और पहिए के घर्षण को कम करता है, पार्श्व बलों के प्रभाव को उदासीन करता है और यात्रियों की सुविधा को बढ़ाता है।

किसी एक खास मोड़ के लिए केवल एक रफ्तार होती है, जिसके लिए सुपर ऐलीवेशन उचित होता है। उदाहरण के लिए, मानक गेज ट्रैक पर 4000m के अर्धव्यास-वाले मोड़ पर, 80 किलोमीटर प्रति घंटे की गति से चलनेवाली मालगाड़ी के लिए केवल 19mm का साम्य ढाल (कैंट) चाहिए, इस कारण से 300 किलोमीटर प्रति घंटे की रफ्तार से दौड़नेवाली हाई स्पीड यात्री ट्रेनों के लिए 265mm के साम्य ढाल (कैंट) की जरूरत होगी। ये परस्पर विरोधी जरूरतें हैं और डिजाइन के समय कोई मध्यमार्गीय मूल्य इसके उद्देश्य को पूरा नहीं करता, क्योंकि ढाल (कैंट) त्रुटि तथा ढाल (कैंट) आधिक्य, दोनों की अनुमति-प्राप्त सीमाओं का उल्लंघन नहीं हो सकता। इस प्रकार, हाई स्पीड रेल नेटवर्क पर ट्रेनों के बीच रफ्तार का इतना ज्यादा अंतर नहीं होना चाहिए।

ढाल (कैंट) से जुड़ा एक और अहम् पहलू ट्रेन की पटरी से उतरने और यात्रियों के आराम का है। ढाल (कैंट) यह सुनिश्चित करने लायक होना चाहिए कि वाहन चलते समय उतर न जाए, चाहे वह निर्धारित रफ्तार पर हो या बहुत धीमी रफ्तार पर, साथ ही यात्रियों को भी ट्रेन के मुड़ते समय कोई असुविधा महसूस नहीं होनी चाहिए। यूरोप में हाई स्पीड के लिए अधिकतम ढाल (कैंट) 180mm है और उन ट्रैकों पर धीमी मालगाड़ियाँ नहीं चलने दी जातीं।

ढाल (कैंट) या सुपर ऐलीवेशन के अतिरिक्त, ढाल (कैंट) त्रुटि या ढाल (कैंट) आधिक्य को भी समझने की जरूरत है। ट्रेन की साम्य गति वह गति होती है, जिस पर अपकेंद्रीय बल का प्रभाव पूरी तरह से उपलब्ध कराए गए ढाल (कैंट) से संतुलित हो जाता है। किसी दिए गए अर्धव्यास पर संगत ढाल और वाहन की दी गई गति को साम्य ढाल (C_{eq}) कहते हैं। किसी मोड़ पर ट्रेनों को हमेशा एक नियत गति से दौड़ने की अनुमति संभव नहीं होती। संभव है कि ट्रेन किसी मोड़ पर रुक जाए या धीमी हो जाए। यही कारण है कि अधिकतम ढाल को सीमित करना पड़ता है। जब वास्तविक ढाल साम्य ढाल (C_{eq}) से कम हो तो ढाल त्रुटि (C_d) पैदा हो जाती है। यह ढाल त्रुटि वह अतिरिक्त ढाल है, जो साम्य ढाल को हासिल करने के लिए जरूरी होती है।

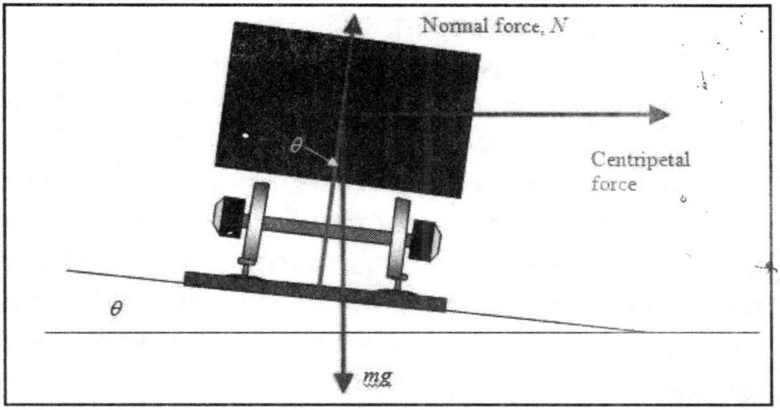

Normal Force—सामान्य बल Centripetal Force—अभिकेंद्रीय बल

सुपर ऐलीवेशन

हाई स्पीड के लिए खास तौर पर बनी लाइनों के लिए बिना झुकाव के ढाल त्रुटि का प्रतिबंधक मूल्य 250 किलोमीटर प्रति घंटे से 300 किलोमीटर प्रति घंटे के लिए 100 mm है और 300 किलोमिटर प्रति घंटे से ज्यादा की गति के लिए प्रतिबंधक त्रुटि 80 mm है।

ढाल आधिक्य (C_e) असंतुलित पार्श्व त्वरण को प्रदर्शित करता है। यह तब होता है, जब कोई वाहन साम्य गति से कम गति पर किसी मोड़ पर चलता है। वास्तविक ढाल और सैद्धांतिक ढाल के बीच का अंतर ही धीमी गति के लिए जरूरी होता है। सामान्य तौर पर ढाल आधिक्य का अनुशंसित प्रतिबंधक मूल्य 110 mm और अधिकतम प्रतिबंधक मूल्य 130 mm होता है।

ढाल त्रुटि की दर समय के कार्य के रूप में पार्श्व त्वरण को दरशाती है। इसे पार्श्व झटका भी कहते हैं। इसका सीधा असर यात्री के आराम से है। हाई स्पीड लाइनों पर विशिष्ट सवारी यातायात के लिए अनुशंसित मूल्य 50 mm/ सेकेंड होता है।

ढाल प्रावण्य (कैंट ग्रेडिएंट) का आशय उस मात्रा से है, जो किसी दी गई लंबाई के पारगमन में किसी ढाल में घटती या बढ़ती है। उदाहरण, 1000 में 1 का मतलब है हर 1000 mm लंबाई पर 1 mm का ढाल हासिल होता है या घटता है।

आमतौर पर अनुशंसित मूल्य 2.25 mm/m होता है, लेकिन यह मूल्य हाई

स्पीड संचालन के लिए बहुत महत्त्वपूर्ण नहीं होता है।

हाई स्पीड ट्रैक पर सामान्य तौर पर हलका क्षैतिज मोड़ अपनाया जाता है। अलग-अलग देशों में मानक गेज के लिए अलग-अलग हाई स्पीड लाइनों के लिए मोड़ का अधिकतम अर्धव्यास 4000 m से 7000 m होता है। क्षैतिज मोड़ों से पार होते समय यात्रियों का संबंध पार्श्व त्वरण से होता है, इसलिए विशिष्ट सीमाएँ आवश्यक हैं। इसी तरह से उर्ध्व त्वरण (ऊँचाई के मामले में ऊपर की ओर तथा मोड़ के मामले में नीचे की ओर) की तीव्रता कुछ विशिष्ट सीमाओं से अधिक हो तो यह यात्रियों के लिए असुविधा पैदा करता है। उर्ध्व त्वरण की विशिष्ट सीमा 0.3 से 0.45 m/sec^2 है। परिणामस्वरूप, उर्ध्व मोड़ के अर्धव्यास का डिजाइन मूल्य $0.4V^2$ और सीमा मूल्य $0.25V^2$ होता है।

ट्रैक का आकार और डिजाइन ही महत्त्वपूर्ण नहीं होता, बल्कि ट्रैक के तमाम घटक समान रूप से महत्त्वपूर्ण होते हैं। ट्रैक की सबसे महत्त्वपूर्ण घटक पटरी ही होती है। पटरी 60 किलोग्राम 90 यूटीएस प्रकार की होती है। 60 किलोग्राम का अर्थ है कि एक मीटर पटरी का वजन 60 किलोग्राम है और 90 यूटीएस का अर्थ 90 किलोग्राम/mm^2 की अल्टीमेट टेंसाइल स्ट्रेंथ है। यात्रा की गुणवत्ता बढ़ाने और शोर तथा कंपन कम करने के लिए पटरियों की लगातार वेल्डिंग की जाती है।

1666 स्लीपर प्रति किलोमीटर के स्लीपर घनत्ववाला प्री-स्ट्रेस्ड कंक्रीट स्लीपर हाई स्पीड रेल के लिए उचित माना जाता है।

पटरियों के गद्दे, कसने की प्रणालियाँ और मजबूती पहियों और पटरियों के बीच के उर्ध्वगतिक बलों को घटाने के लिए उचित होनी चाहिए। गिट्टीयुक्त हाई स्पीड रेल ट्रैक के लिए पटरियों के गद्दों की गतिक दृढता 600 MN/m के विशिष्ट मान से ज्यादा नहीं होनी चाहिए। इसी तरह से स्लेब ट्रैक सिस्टम की कुल गतिक दृढता 150 MN/m से ज्यादा नहीं होनी चाहए।

ट्रैक का विस्तारित मार्ग यांत्रिक व्यवस्थापन होता है, जो रेलवे ट्रेनों को एक ट्रैक से दूसरे ट्रैक पर जाने का मार्गदर्शन करता है। हाई स्पीड रेल गतिविधि के लिए विशेष ध्यान देने की जरूरत होती है जैसे—ऊपरी आकार, मजबूत वेब स्विच, गतिशील अग्रभाग क्रॉसिंग, क्रॉसिंग का कोण आदि। अगर विस्तारित मार्ग इस तरह से डिजाइन किया जाता है तो यात्रियों की सुविधा और सुरक्षा को अधिकतम किया जा सकता है।

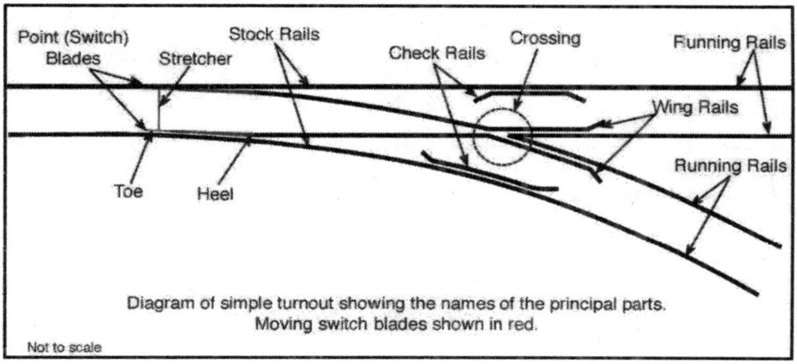

रेलवे ट्रैक का सामान्य विस्तारित मार्ग

Point (Switch) Blades—पॉइंट (स्विच) ब्लेड Strecher—स्ट्रेचर
Stock rails—पटरियों का भंडार,
Check Rails—चेक रेल, Crossing—क्रॉसिंग Running Rails—गतिशील रेल,
Wing Rails—विंग रेल Running Rails—रनिंग रेल
Toe—पद का अग्रभाग, Heel—पद का पश्चभाग

सामान्य विस्तारित मार्ग का चित्र, जिसमें मुख्य अवयवों के नाम दिए गए हैं। गतिशील स्विच ब्लेड लाल रंग से दिखाए गए हैं।

हाई स्पीड रेलों के मोड़ों और विस्तारित मार्गों की चर्चा करते समय टिल्टिंग ट्रेनों (झुकी ट्रेनों) की अवधारणा को समझना महत्त्वपूर्ण है। जब कोई ट्रेन किसी गति से किसी मोड़ पर घूमती है, तो ट्रेन के अंदर जड़त्व पैदा होता है। इसके कारण अभिकेंद्रीय बल की वजह से ट्रेन के अंदर का सामान झुक जाता है या यात्री हत्थे से टकरा जाते हैं। उक्त कारकों के कारण खड़े हुए यात्री अपना संतुलन खो बैठते हैं। टिल्टिंग ट्रेनें इस तरह से डिजाइन की जाती हैं कि इस असुविधा का निदान हो सके। बाईं तरफ के मोड़ में ट्रेन बाईं ओर मुड़ जाती है, ताकि बल को दाहिनी ओर और इसके विपरीत करके संतुलन बनाए रखा जा सके। ट्रेन इस तरह से बनाई जाती है कि जड़त्व बल (निष्क्रिय) झुकाव पैदा करे या इसमें कंप्यूटर नियंत्रित तंत्र (सक्रिय झुकाव) होता है। एक्टिव टिल्टिंग ट्रेनें 200 किलोमीटर प्रति घंटे या उससे ज्यादा की रफ्तार से चलती हैं। ऐसी ट्रेनें अमेरिका में एसेला एक्सप्रेस, स्वीडन में एक्स 2000, ब्रिटेन में वेस्ट कॉस्ट मेन लाइन पर पेंडोलिनोस और सुपर वॉएगर्स तथा जर्मनी में आई.सी.ई.टी.डी. समेत अपग्रेडेड ट्रैक पर चलती हैं। आधुनिक

टिल्टिंग ट्रेनें अत्याधुनिक सिग्निल प्रक्रिया युक्त होती हैं, जो आगे की लाइन का अनुमान लगा लेती हैं और हर डिब्बे के लिए अधिकतम कंट्रोल सिग्नलों को भाँपने में सक्षम होती हैं।

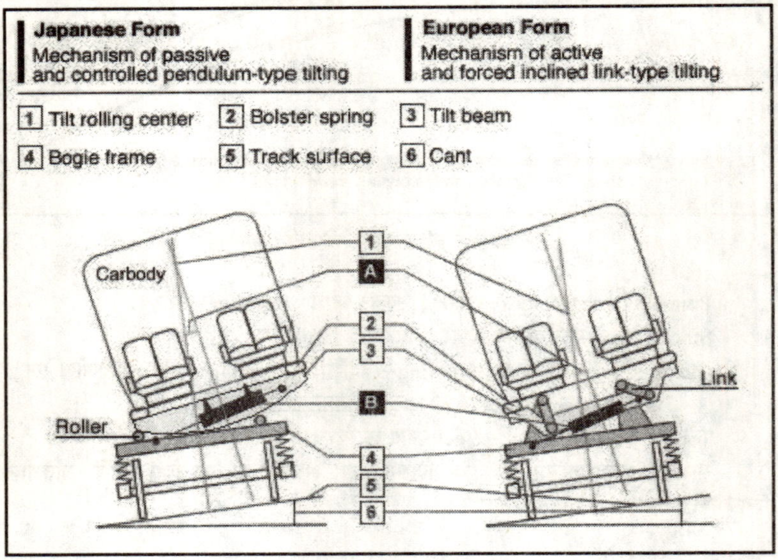

टिल्टिंग ट्रेन का अवधारणात्मक आरेख

जापानी रूप
निष्क्रिय और नियंत्रित दोलन प्रकार के झुकाव का तंत्र

यूरोपीय रूप
सक्रिय एवं दबावयुक्त लिंक प्रकार के झुकाव का तंत्र

1. टिल्ट रोलिंग सेंटर 2. सहारा देनेवाला स्प्रिंग 3. झुकी बीम
4. बोगी फ्रेम कार–बोडी 5. ट्रैक सतह 6. ढाल
रोलर लिंक

हाई स्पीड रेल नेटवर्क में सुरंगें और पुल विशिष्ट रूप से डिजाइन किए जाते हैं, क्योंकि जब ट्रेन बहुत तेज रफ्तार से किसी सुरंग में प्रवेश करती है तो सुरंग के द्वार पर एक संपीडन तरंग पैदा होती है। यह तरंग सुरंग के अंदर फैलती है और जब यह निकास द्वार पर पहुँचती है तो इसके एक हिस्से से कंपित संपीडन तरंग बाहर की ओर विकिरित होती है। इससे प्रवेश द्वार पर विस्फोट जैसी ध्वनि पैदा होती है,

जो कि यात्रियों के लिए दर्दनाक और नुकसानदायक हो सकती है। विस्फोट ध्वनि से खिड़की और दरवाजे टूट सकते हैं। इस तरह की स्थिति से बचने के लिए सुरंग के अनुप्रस्थ काट का क्षेत्र बढ़ाने की जरूरत होती है, ताकि वायुगतिकीय बलों की तीव्रता न्यूनतम की जा सके। हाई स्पीड रेल के डिब्बे वायुरोधी होने चाहिए, ताकि सूक्ष्म दबाव तरंगें डिब्बे के अंदर किसी तरह का नुकसान न पहुँचा सकें। सुरंग की विशेष डिजाइनवाली छतें और सुरंग में दबाव निकासी का प्रावधान महत्त्वपूर्ण उपाय हैं, जो हाई स्पीड ट्रेनों का डिजाइन करते समय ध्यान में रखे जाते हैं।

न्यूरेमबर्ग–म्यूनिख हाई स्पीड रेल मार्ग की सुरंग, स्रोत : en.wikipedia.org.

हाई स्पीड रेल नेटवर्क पर पुल और पुलों तक पहुँचने के रास्ते संवेदनशील केंद्र होते हैं। क्रॉसिंग पॉइंट के पास खंभे आदि नहीं लगाए जाते और खंभों को

ग्रांड वीनैन ब्रिज, चीन पर हाई स्पीड ट्रेन (स्रोत : शिन्हुआ एजेंसी)

सुरक्षा प्रदान की जाती है तथा पुलों पर विस्तार उपकरण जहाँ तक संभव हो, कम-से-कम या बिल्कुल नहीं लगाए जाते हैं।

स्टेशन का आकार और डिजाइन बुलेट ट्रेनों के लिए महत्त्वपूर्ण भौतिक अधोसंरचना है। स्टेशन डिजाइन में स्टेशन से संबंधित तमाम क्षेत्रों और यात्रियों की आवाजाही का खयाल रखना होता है। ये क्षेत्र हैं—भीड़, गलियारा, सीढ़ियाँ, लिफ्ट, स्वचालित सीढ़ियाँ, टिकट कार्यालय, टिकट बैरियर, सूचना डेस्क, प्रतीक्षालय, प्रसाधन, विभिन्न लाइनों के बीच ट्रेन बदलने की सुविधा, साथ ही सार्वजनिक परिवहन तथा पार्किंग आदि की सुविधा आदि।

इसके अतिरिक्त, प्लेटफॉर्म की स्थिति और संरचना भी महत्त्वपूर्ण है और स्टेशन पर तथा ट्रेनों में यात्रियों को उचित तरीके से आने-जाने की सुविधा होनी चाहिए।

स्टेशन में ट्रेनों तथा यात्रियों के चढ़ने या कतार में लगने आदि की निगरानी की सुविधा होनी चाहिए। स्टेशन परिसर, जहाँ तक संभव हो, सीधा होना चाहिए तथा सीधे दृश्य देखने में किसी तरह की बाधा नहीं होनी चाहिए। स्टेशन न केवल रेलयात्रियों के लिए महत्त्वपूर्ण हैं, बल्कि ट्रेन संचालन के लिए भी महत्त्वपूर्ण हैं, सेवाओं में मुख्य तथा मध्यवर्ती स्टेशनों पर शटल संचालन की अनुमति होनी चाहिए तथा अन्य मध्यवर्ती स्टेशनों पर साइडिंग (बगल की छोटी पटरी) या ओवरटेकिंग की सुविधा होनी चाहिए।

इसके अतिरिक्त, स्टेशनों में कार्यालय, तकनीकी कक्ष, स्टोर, सुरक्षा उपकरण, ट्रेन क्रू कंट्रोल और रेलवे संचालन की अन्य सुविधाएँ होनी चाहिए।

हाई स्पीड रेलवे स्टेशनों का लेआउट परंपरागत स्टेशनों की तुलना में अधिक सरल होना चाहिए। परंपरागत स्टेशनों में ट्रेन संचालन ज्यादा जटिल होता है, क्योंकि उनमें सवारी ट्रेनें और मालगाड़ियाँ, दोनों ही चलती हैं और उनकी रफ्तारों में अंतर बहुत ज्यादा होता है।

धीमी गति की ट्रेन को हाई स्पीड ट्रेन से ओवरटेक आमतौर पर स्टेशनों पर किया जाता है, जहाँ यात्रियों के लिए प्लेटफॉर्म के अलावा नॉन-स्टॉप ट्रेनों के ट्रैक भी होते हैं। नॉन स्टॉप ट्रेनों के ट्रैक मेन लाइन कहलाते हैं और जिन लाइनों पर ट्रेनें रुकती हैं, वे लूप लाइनें कहलाती हैं। इस उद्‌देश्य के लिए ओवर टेकिंग तथा साइडिंग हेतु रूट तय करने तथा डिसप्ले करके लिए विस्तारित मार्ग और सिग्नल उपकरणों की जरूरत पड़ती है, साथ ही ट्रेनों के समूह को समायोजित करने के लिए पर्याप्त लंबाई के ट्रैक भी चाहिए होते हैं।

स्टेशन लेआउट के विभिन्न प्रकार—

अब तक हम समझ चुके हैं कि बुलेट ट्रेनों के लिए ट्रैकों को डिजाइन करते समय पॉइंट क्रॉसिंग, मोड़, सुपर ऐलीवेशन, सुरंग, पुल आदि पर विशेष ध्यान देना होता है। यू.आई.सी. की अनुशंसा के अनुसार अधोसंरचना की कुछ विशेषताएँ नीचे दी जा रही हैं—

गिट्टी के उड़ने की परिस्थिति का भी अध्ययन किया जाना चाहिए। हर 20-30 किलोमीर पर पुल होने चाहिए और हर 30-40 किलोमीटर पर साइडिंग होनी चाहिए। विस्तारित मार्ग (टर्न आउट) गतिशील फ्रॉग क्रॉसिंग के साथ 200 मीटर से अधिक होना चाहिए। अधिकतम प्रावण्य 40 प्रतिशत से ज्यादा नहीं होना चाहिए तथा अधिकतम धुरी भार 17 टन से ज्यादा नहीं होना चाहिए। न्यूनतम अर्धव्यास 3000-7250 मीटर की रेंज में होना चाहिए और क्षैतिज तथा उर्ध्व पारगमन मोड़ों की लंबाई ज्यादा होनी चाहिए। अधिकतम ढाल 160-180 मीटर की रेंज में होनी चाहिए। यह बात ध्यान में रखना चाहिए कि ये केवल अनुशंसाएँ हैं और वास्तविक मान विभिन्न कारकों पर निर्भर होने के कारण अलग हो सकते हैं।

ट्रैक के अलावा, विद्युतीकरण और रोलिंग स्टॉक का डिजाइन भी सतर्कतापूर्वक करना चाहिए, ताकि यह हाई स्पीड रेल सिस्टम की जरूरतों को पूरा कर सके।

2. हाई स्पीड रेल के लिए विद्युतीकरण और रोलिंग स्टॉक

सामान्य जनता मानती है कि हाई स्पीड ट्रेन को चलाने के लिए बहुत सारी ऊर्जा की जरूरत पड़ती होगी। ऊर्जा और ट्रेनों के रेलवे संचालन के बीच संबंधों के बारे में रेलवे विशेषज्ञों समेत तमाम उच्च शिक्षित लोगों के मन में दो तरह के विचार हैं, जो कि बहुत व्यापक हैं।

(क) पहला विचार, घन नियम कहलाता है। इसके अनुसार ट्रेन की शक्ति इसकी गति के घन के अनुसार बढ़ेगी।

(ख) दूसरा विचार ऊर्जा नियम या वर्ग नियम कहलाता है। इसके अनुसार ऊर्जा की खपत गति के वर्ग के अनुपात में बढ़ेगी।

यह गलत अवधारणा हाई स्पीड रेल परियोजनाओं की आलोचना के रूप में इस्तेमाल की जाती है। हालाँकि हम इस तथ्य की अनदेखी कैसे कर सकते हैं कि किसी कार के ईंधन की खपत 40 किलोमीटर प्रति घंटे की औसत गति से शहरी सीमाओं के अंदर उसी कार की शहरों के बीच 100 किलोमीटर प्रति घंटे की औसत गति से ड्राइविंग की तुलना में करीब 60 प्रतिशत ज्यादा होती है। यही बात बसों

और कोचों के साथ होती है—शहरी सेवाओं में (20 किलोमीटर प्रति घंटे) ऊर्जा खपत अंतरनगरीय मार्गों पर 70 किलोमीटर प्रति घंटे की गति की तुलना में करीब 30 प्रतिशत ज्यादा होती है। यूरोप में अनुभवसिद्ध अध्ययनों से साबित हुआ है कि ज्यादा रफ्तार से भागनेवाली ट्रेनों में ऊर्जा की खपत कम होती है।

चलनेवाली ट्रेन ऊपर के विद्युत् तंत्र से बिजली ग्रहण करती है। इस सिस्टम में रोलिंग स्टॉक के ऊपर लटके हुए ओवरहेड चालक होते हैं और वाहन पेंटोग्राफ के द्वारा ओवरहेड उपक्रम से बिजली ग्रहण करता है। पेंटोग्राफ का मतलब ऐसी दबनेवाली युक्ति से है, जो किसी विद्युत् इंजन या मोटर कोच की छत पर अवरोधी आवरण से पृथक् रहती है और ओवरहेड उपकरण से विद्युत् धारा ग्रहण करने के साधन के रूप में इस्तेमाल होती है। परंपरागत रेलवे सिस्टम पर आमतौर पर 25 KV AC कर्षण की प्रणाली इस्तेमाल होती है। हाई स्पीड रेल सिस्टम के लिए विद्युतीकरण प्रणाली अलग होती है। सामान्य 25kv बूस्टर सिस्टम हाई स्पीड रेल नेटवर्क के अनुकूल नहीं है, क्योंकि हाई स्पीड पर चलनेवाली ट्रेनें, जब बिजली खींचती हैं तो बूस्टर ओवरलैप पर चिनगारी पैदा होती है, क्योंकि ट्रेन पेंटोग्राफ ओवरलैप को पार करते समय अस्थायी रूप से बूस्टरों को शॉर्ट सर्किट कर देती है। लाइन का वोल्टेज रेगुलेशन बिजली की बेहद अलग-अलग माँग को देखते हुए 25 किलोवॉट बूस्टर सिस्टम में दुर्बल होता है। इन समस्याओं से उबरने के लिए पूरे सेक्शन में 2×25 KV ऑटो ट्रांसफॉर्मर सिस्टम में एक निगेटिव फीडर और 10-15 किलोमीटर के अभ्यंतर पर ऑटो ट्रांसफॉर्मर लगाए जाते हैं। इस प्रकार किसी लाइन का वोल्टेज प्रोफाइल बहुत अच्छा होता है और निगेटिव फीडर लाइन के चुंबकीय क्षेत्र को दमित करने में बहुत प्रभावशाली है। अधिकतर हाई स्पीड रेल नेटवर्क विद्युतीकरण के 2×25 KV AT सिस्टम को इस्तेमाल करते हैं, क्योंकि इसमें वोल्टेज प्रोफाइल और व्यवधान स्तर बेहतर होता है और बहुत ज्यादा बिजली माँग को पूरा करने के लिए इसमें अधिक सममितीय लोडिंग और क्षमता होती है।

हाई स्पीड रेल नेटवर्क के लिए ओवरहेड उपकरण का प्रकार सावधानीपूर्वक चुनना चाहिए, जो कि अधिकतम संचालन गति के लिए जरूरी ऊर्जा स्थानांतरण की जरूरत, कॉरीडोर में विभिन्न ट्रेनों की गति का विस्तार, प्रति ट्रेन पेंटोग्राफ की संख्या और उनके बीच का अंतर आदि पर निर्भर होता है। संपर्क तार टिन कॉपर या सिल्वर युक्त कॉपर से अथवा कॉपर लिपटे हुए स्टील तार (20 KN के तनावों के लिए) से आमतौर पर बनाया जाता है। संपर्क तार और शृंखलिक तार में तनाव 15 KN (फ्रांसीसी हाई स्पीड लाइनों में) से 20 KN (शिंकनसेन

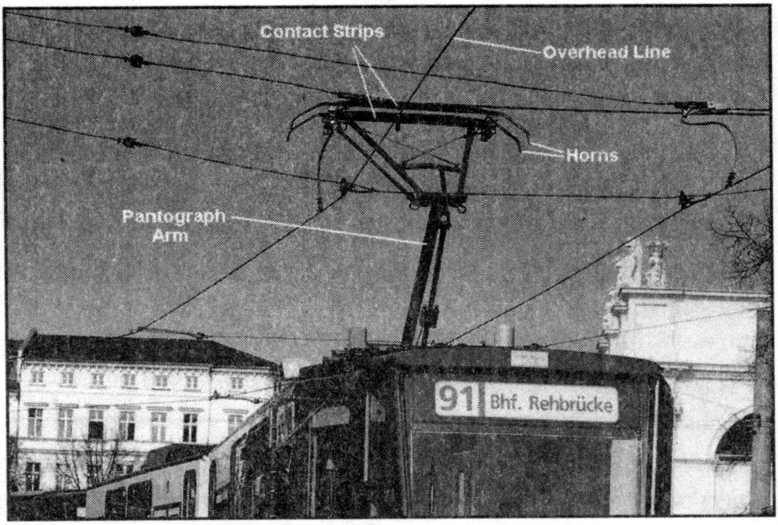

ओवरहेड कर्षण उपकरण, स्रोत : railway-technical.com.

नोंक—horns

पेंटोग्राफ भुजा—Pantograph Arm

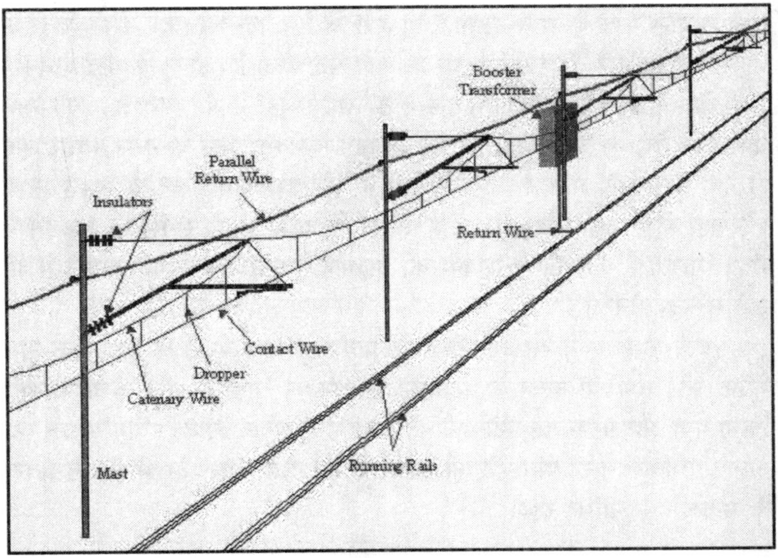

कर्षण प्रणाली का चित्र, स्रोत : railway-technical.com

लाइनों में) की रेंज में होता है। जर्मनी में वोल्टेज 162/3 Hz पर 15 KV होता है, लेकिन बाकी देशों ने 50 Hz पर 2×25 KV का सिस्टम अपनाया है। ये ऊर्जा प्रणालियाँ 350 किलोमीटर प्रति घंटे तक की स्पीड के लिए अनुकूल होती हैं।

हाई स्पीड ट्रेनों के पेंटोग्राफ आमतौर पर परंपरागत विद्युत् रोलिंग स्टॉक के पेंटोग्राफ की तुलना में हलके और आकार में भिन्न होते हैं। वाहन की छत पर लगे पेंटोग्राफ और ऊष्मारोधी उच्च गति पर शोर के प्रमुख जरिया होते हैं, इस प्रकार हलके भार के एकल भुजावाले पेंटोग्राफ या छल्लेनुमा विद्युत् धारा संग्राहक लगाए जाते हैं, जो शोर घटाने में अहम् भूमिका निभाते हैं। पेंटोग्राफ के आवरण वायुगतिकीय ध्वनि कम करते हैं। 25 KV बस युग्मकों के अपनाने से विद्युत् धारा का संग्रहण बेहतर होता है और शोर भी कम करने में मदद मिलती है।

पेंटोग्राफ का शोर विशेष तौर पर शिंकनसेन के लिए, घनी आबादी या अनेक सुरंगों से गुजरते समय बहुत गंभीर समस्या था। ओवरहेड तारों से ट्रेनों के संपर्क से बहुत ज्यादा शोर पैदा होता था। शिंकनसेन के तकनीकी विभाग के महाप्रबंधक इजी नाकात्सु के मन में उल्लुओं को उड़ते देखकर इस समस्या के समाधान का विचार आया। उल्लू के पंखों का अनोखा रूपांतरण प्राथमिक पंखों के कंघेनुमा अग्र सिरे की तरह का होता है, जिन्हें फिमब्री 'fimbriae' कहा जाता है। जब कोई पक्षी सामान्य पंखों के साथ उड़ता है तो हवा विक्षोभ पैदा करते हुए उसके पंखों के ऊपर से गुजरती है, जिससे घर्र-घर्र का शोर पैदा होता है। उल्लू के पंख कंघेनुमा सिरों के होते हैं, जिससे विक्षोभ कई छोटे-छोटे समूहों में बँट जाता है। इन समूहों को सूक्ष्म-विक्षोभ कहा जाता है। यह अनोखी विशेषता पंखों के ऊपर हवा रगड़ने से पैदा होनेवाली आवाज को दबा देती है और इसीलिए उल्लू के उड़ते समय शोर नहीं होता। ध्वनिरहित उड़ान के कारण उल्लू को चुपके से शिकार पकड़ने में मदद मिलती है और अपने शिकार की आवाज सुनकर उसका पता लगाने में भी उसे सुविधा होती है।

इजी नाकात्सु ने इन आकृतियों के प्रायोगिक रूप बनाने के लिए एक टीम गठित की। 1994 में उल्लू के पंखों के डिजाइन पर आधारित नया डिजाइन तैयार किया गया और परंपरागत पेंटोग्राफ की जगह इन्हें लगाया गया। प्रयोग सफल रहा और 320 किलोमीटर प्रति घंटे की रफ्तार से ट्रेन दौड़ी और शोर भी 70 डेसीबल के मानक तक सीमित रहा।

उल्लू के कंघेनुमा पंख जैसी संरचना

रोलिंग स्टॉक से आशय आमतौर पर पटरियों पर चलनेवाले वाहनों से होता है। हाई स्पीड ट्रेन संचालन के लिए ये वाहन भी अलग तरह के होते हैं।

अगर हम हाई स्पीड वाहनों के बारे में सोचें तो हमारे मन में इनका सुगठित और नुकीला आकार ही आता है। इस तरह के आकारों के पीछे एक और मजेदार कहानी है। सुरंग में हाई स्पीड ट्रेन संचालन से वायुमंडलीय तरंगें पैदा होती थीं, जो सुरंग के निकास पर ध्वनि की गति से पहुँचती थीं। ट्रेन हवा को कम आवृत्ति की तरंगों के रूप में धकेलती थी, जिससे भारी विस्फोटक ध्वनि और वायुगतिकीय परिवर्तन पैदा होते थे। वायु दबाव को कम करके, तेज ध्वनि कम करने के लिए सुरंगों के निकास द्वारों पर तेज छिद्रयुक्त परदे लगाए गए। हालाँकि इतना भर पर्याप्त नहीं था और ट्रेन के अनुप्रस्थ काट का क्षेत्रफल कम करने और इसकी नोक दोबारा डिजाइन करना भी जरूरी समझा गया। मूल समस्या वायु प्रतिरोध में अचानक होनेवाले परिवर्तन से थी, जो खुले मैदान से बंद सुरंग में जाने पर होता था। अबकी बार विचार पैदा हुआ किंगफिशर पक्षी के हवा से पानी में मारे जानेवाली डुबकी से। किंगफिशर हवा से 800 गुना ज्यादा घनत्ववाले पानी में बेहद तेज गति से झपट्टा मारता है और पानी में छपाक तक नहीं होती। जापानी रेलवे टीम ने किंगफिशर की शारीरिक संरचना का विश्लेषण किया और अनुमान लगाया कि घूर्णीय परवलयाकार शरीर ही मुख्य कारक है। उस पक्षी की ऊपरी और निचली चोंच के अनुप्रस्थ काट नियमित होते हैं और किनारे त्रिभुजाकार रूप से मुड़े होते हैं। दोनों मिलकर ठुँसे हुए हीरे की शक्ल बनाते हैं। कई डिजाइनों का परीक्षण किया गया और निष्कर्ष निकाला गया कि रोलिंग स्टॉक का आकार किंगफिशर जैसा रखना सबसे अच्छा होगा और फिर ऐसा ही किया गया। नई शिंकनसेन 500 में वायु प्रतिरोध 30 प्रतिशत कम रहा और इस प्रकार इसकी ऊर्जा क्षमता बेहतर रही।

किंगफिशर की डुबकी

रोलिंग स्टॉक ऊर्जा संकेंद्रण या ऊर्जा वितरण के आधार पर काफी अलग-अलग किस्म के होते हैं। ऊर्जा संकेंद्रण सिस्टम में ऊर्जा इकाइयाँ ट्रेन सेट के अंत में होती हैं और मध्यवर्ती कारों में कोई कर्षण प्रणाली नहीं होती। इस सिस्टम के निम्न लाभ होते हैं—

- मध्यवर्ती कारों को स्थापित करने की लागत कम होती है।
- देख-रेख में कम लोग लगते हैं, क्योंकि मध्यवर्ती कारों को कम लोग भी सँभाल सकते हैं।
- कार के अंदर कंपन और शोर कम होता है।

- ट्रेन सेट के डिजाइन में परिवर्तन हो सकता है, क्योंकि मध्यवर्ती कारों में कोई कर्षण प्रणाली नहीं होती, इसलिए ट्रेन सेट आसानी से घटाए या बढ़ाए जा सकते हैं।
- लोकोमोटिव बदलने के जरिए अंतरसंचालन बहुत आसान हो जाता है।

हालाँकि इस सिस्टम में कुछ खामियाँ भी हैं—

- पावर कारों का धुरी भार बहुत ज्यादा होता है और इस प्रकार ट्रैक्स की निर्माण और देख-रेख की लागत बढ़ जाती है।
- कर्षण धुरियाँ कम ही होती हैं, इसलिए त्वरण और अवमंदन कम होता है।
- ऊर्जा खपत ज्यादा है, क्योंकि इसमें कोई पुनरुत्पादक ब्रेक नहीं होते।
- ब्रेक शू की टूट-फूट बढ़ जाती है।

ऊर्जा वितरण प्रणाली में कई ऊर्जा इकाइयाँ होती हैं। आमतौर पर एक इकाई में दो या तीन कारें होती हैं और ऊर्जा का वितरण कर्षण तथा नियंत्रण प्रणाली से होता है। ऊर्जा वितरण प्रणाली के निम्न फायदे हैं—

- कर्षण धुरियाँ अधिक होती हैं, इसलिए त्वरण और अवमंदन का कार्य ज्यादा हो सकता है।
- कर्षण कारों का धुरी भार कम होता है, नतीजतन ट्रैक्स का निर्माण और देख-रेख की लागत कम होती है।
- पुनरुत्पादक ब्रेकिंग सिस्टम के कारण यह सिस्टम ऊर्जा सक्षम हो जाता है।
- ऊर्जा इकाइयों की संख्या बहुतायत में है, इसलिए अगर कुछ ऊर्जा इकाइयाँ खराब भी हो जाती हैं, तो भी ट्रेन चलती रह सकती है।

इस सिस्टम की निम्न खामियाँ भी हैं—

- निर्माण लागत बहुत ज्यादा है।
- देख-रेख के लिए बहुत ज्यादा लोग चाहिए होते हैं।
- कारों के अंदर शोर और कंपन ज्यादा होता है।

जापानी हाई स्पीड रेलवे में ऊर्जा वितरण प्रणाली इस्तेमाल होती है और अनेक यूरोपीय देशों में ऊर्जा संकेंद्रण प्रणाली इस्तेमाल होती है। ताजा रुझान ऊर्जा वितरण प्रणाली की ओर ज्यादा होने लगा है।

स्वरूप के आधार पर रोलिंग स्टॉक को भी मोटे तौर पर वर्गीकृत किया जा सकता है।

आर्टिकुलेटिड ट्रेनों में कारों के ढाँचे होते हैं, जो एक बोगी से सीधे ही, बिना संयोजन के जुड़े होते हैं।

आर्टिकुलेटिड ट्रेन सेट का बाहरी चित्र, स्रोत : dutchhrca.nl

और इस तरह से किनारों पर कंपन नहीं होता। इस तरह की ट्रेन तीखे मोड़ों पर तेज रफ्तार से गुजर जाती है, क्योंकि बोगियाँ कार के सिरे पर सेट होती हैं और शोर अवरोध के लिए छत का स्थान घटा पाना संभव होता है। ऐसे में यात्रियों के लिए स्थान भी ज्यादा मिलता है और कार के अंदर शोर भी कम हो जाता है। हालाँकि आर्टिकुलेटिड ट्रेन सेट की हर कार अलग नहीं की जा सकती और उसके लिए मेंटेनेंस कार्य ज्यादा चाहिए होता है। कम बोगियों और कार के भार को सहारा देनेवाली धुरियों के साथ कार का भार कम करने की जरूरत होती है और इसके लिए हर कोच की कार लंबाई भी कम करनी चाहिए। कम धुरियों के कारण ट्रेन सेटों की ताकत सीमित हो जाती है। फ्रांसीसी रेलवे में इसी तरह के ट्रेन सेट इस्तेमाल होते हैं।

दूसरा प्रकार नॉन आर्टिकुलेटिड ट्रेन सेट होता है। नॉन आर्टिकुलेटिड ट्रेन सेट का अर्थ होता है कि ट्रेन सेट की हर कार में दो बोगियाँ होती हैं। आर्टिकुलेटिड ट्रेन सेट की तुलना में इसमें मध्यवर्तीकारों की पूरी लंबाई (करीब 25 मीटर) होती है। भारतीय हाई स्पीड रेल सिस्टम में नॉन आर्टिकुलेटिड ट्रेन सेट डिजाइन किए जाने चाहिए, क्योंकि यहाँ पर ज्यादा अर्धव्यासवाले काफी संख्या में मोड़ हो सकते हैं और कार की लंबाई भी ज्यादा होती है, इसलिए यात्री ज्यादा खुलापन महसूस कर सकेंगे। जापानी और जर्मन रेलवे में ये ही ट्रेन सेट इस्तेमाल किए जाते हैं।

आर्टिकुलेशन या जोड़ों के अतिरिक्त रोलिंग स्टॉक के अन्य महत्त्वपूर्ण डिजाइन निम्नानुसार होते हैं।

1. कार की चौड़ाई और ढुलाई क्षमता : विभिन्न रेलवे द्वारा ट्रैक गेज और रोलिंग स्टॉक के आकार निम्नानुसार हैं—

क्षेत्र	ट्रैक गेज (मिलीमीटर)	कार की चौड़ाई (मिलीमीटर)	कार की ऊँचाई (मिलीमीटर)
भारत	1676	3250	4140
जापान (शिंकनसेन)	1435	3400	4500
जापान(परंपरागत लाइन)	1067	3000	4100
यूरोप	1435	3150	4280
पूर्वी एशिया	1435	3400	4500
स्पेन और पुर्तगाल	1668	3274	4300

तालिका : ट्रैक गेज और रोलिंग स्टॉक का आकार

भारतीय परिस्थितियों में परिवहन क्षमता को अधिकतम करने के लिए अधिकतम लंबाई-चौड़ाईवाली कारें इस्तेमाल करना उचित होगा और 3400 मिलीमीटर चौड़ाई की शिंकनसेन जैसी कारें उचित हो सकती हैं, हालाँकि चयन

शिंकनसेन की ई 1 टाइप में प्रत्येक कतार में 6 सीटें

में कई तकनीकी-सामाजिक कारकों का ध्यान रखना होगा।

सीटिंग व्यवस्था भी महत्त्वपूर्ण होती है। छोटी यात्री सेवाओं के लिए हर कतार में छह सीटें रखी जा सकती हैं, जैसा कि जेआर ईस्ट की ई 1 और ई 4 सेवाओं में होता है। लंबी दूरी की यात्राओं के लिए हर कतार में पाँच सीटें ज्यादा उचित हो सकती हैं, जैसा कि सी.आर.एच. 3 ट्रेनों में होता है।

हाई स्पीड ट्रेनों के विभिन्न रोलिंग स्टॉक्स की महत्त्वपूर्ण विशेषताएँ संक्षेप में नीचे बताई जा रही हैं।

I. **ट्रेन की लंबाई :** ट्रेन की अधिकतम उपयोगी लंबाई 400 मीटर होती है। लंबे सिंगल सेट और युग्मित शॉर्ट ट्रेन सेटों का संचालन पहले से मौजूद है (उदाहरण के लिए जर्मनी में 400 मीटर 1CE1 और 2×200 m ICE2 अथवा चीन में 400 मीटर CRH2 और 2×200m CRH2)

II. **कार की लंबाई :** आर्टिकुलेटिड हाई स्पीड ट्रेन में मूल कार की लंबाई 13-19 मीटर की होती है। नॉन आर्टिकुलेटिड ट्रेनों में कारों की लंबाई करीब 25 मीटर होती है। **आर्टिकुलेटिडड कारें वे रेल वाहन होते हैं, जिनमें बहुत सारी कारें होती हैं, जो अर्ध-स्थायी रूप से एक-दूसरे से जुड़ी होती हैं और एक ही जेकब्स बोगियों से जुड़ी होती हैं।** किसी रोलिंग स्टॉक के नीचे होने की बजाय, जैकब्स बोगियाँ दो कार ढाँचों के खंडों के बीच रखी जाती हैं। हर कार का भार आधी जैकब्स बोगी पर पड़ता है।

III. **टक्कर सहनीयता :** हाई स्पीड रोलिंग स्टॉक इस तरह से बनाए जाने चाहिए कि वे दबाव निरोधक हों, ताकि यात्रियों और ड्राइवरों को होनेवाले नुकसान को रोका जा सके।

IV. **अग्नि सुरक्षा :** हाई स्पीड रोलिंग स्टॉक में अग्नि से अधिकतम सुरक्षा होनी चाहिए। इसमें इस्तेमाल होनेवाली सामग्री अज्वलनशील, वजन में हलकी और पर्यावरण के अनुकूल होनी चाहिए।

V. **क्रॉस विंग प्रतिरोध :** तिरछी हवा के कारण डिब्बों के पलटने की आशंका को भी हाई स्पीड ट्रेनों के डिजाइन में ध्यान में रखना चाहिए, क्योंकि हाई स्पीड ट्रेनों की संचालनीय परिस्थितियाँ तिरछी हवा का प्रतिरोध पैदा करती हैं।

VI. **कम ऊर्जा खपत और CO_2 उत्सर्जन :** कार्बन डाइऑक्साइड के उत्सर्जन और ऊर्जा खपत में कमी को ऊर्जा इकाई से ऊर्जा ह्रास घटाकर,

पुनरुत्पादक ब्रेक का इस्तेमाल करके और चालन प्रतिरोध घटाकर हासिल किया जा सकता है।

VII. **वायुगतिकीय प्रतिरोध :** हाई स्पीड ट्रेनों के लिए वायुगतिकीय बहुत महत्त्वपूर्ण है। हाई स्पीड ट्रेनों का सुव्यवस्थित ढाँचा उसे वायुगतिकीय सक्षम बनाने में बहुत महत्त्वपूर्ण है। लोडिंग गेज घटाने से वायुगतिकीय प्रतिरोध घटाने में मदद मिलती है। चिकना ढाँचा, मसलन सपाट खिड़की, सपाट द्वार, कारों के बीच का ढका हुआ अंतराल, वायुगतिक उभार आदि भी प्रतिरोध घटाने में सहायक होते हैं। सुरंग में घुसते समय इन ट्रेनों का नाकनुमा आकार वायु प्रतिरोध और दबाव परिवर्तनों को न्यूनतम करता है। पीछे का नाकनुमा आकार लुढ़कने से रोकने में मददगार होता है। लंबी नोक का वायुगतिकीय प्रतिरोध पर सीमित प्रभाव होता है, क्योंकि प्रतिरोध मुख्य रूप से ढाँचे की सतह से होता है और इसलिए ढाँचे की सतह भी यथासंभव चिकनी और सपाट बनाई जाती है।

VIII. **सुरंग सूक्ष्म दबाव तरंगें :** जब हाई स्पीड ट्रेनें बहुत सारी सुरंगों से होकर गुजरती हैं तो सूक्ष्म दबाव तरंगों का मसला महत्त्वपूर्ण हो जाता है। नोक को लंबा करके, नाकनुमा आकार को अधिकतम उपयोगी बनाकर और लोडिंग गेज को छोटा करके सूक्ष्म दबाव तरंगों का असर कम किया जाता है।

IX. **ढाँचा और बोगी की संरचना :** हाई स्पीड के ज्यादातर मौजूदा वाहन (रोलिंग स्टॉक) एल्यूमीनियम मिश्रधातु, इस्पात और जंगरोधी इस्पात के बनाए जाते हैं। एल्यूमीनियम मिश्र धातु वजन में कम होती है, इस प्रकार कार के ढाँचे का वजन कम हो जाता है और ट्रेन की संभावित गति बढ़ जाती है। एल्युमीनियम में मिश्र धातु के साथ यांत्रिक शक्ति, क्षय और कंपन प्रतिरोध जैसे कई अन्य लाभ भी हैं, जिस कारण इसे सबसे ज्यादा प्राथमिकता दी जाती है। कार्बन मिश्र और एल्यूमीनियम हनीकॉम का भी संरचनात्मक घटकों के रूप में इस्तेमाल होता है। बोगी की संरचना भी आसान होनी चाहिए और उच्चतर तथा बड़ी संख्या में सेंसर बोगी में लगाए जा सकते हैं।

X. **पावर और ब्रेकिंग सिस्टम :** सबसे ज्यादा इस्तेमाल किया जानेवाला पावर सिस्टम इंडक्शन मोटर और तुल्यकालीन मोटरयुक्त एसी मोटर है। पुनरुत्पादक ब्रेकिंग ऊर्जा खपत घटाने के लिए आवश्यक है।

XI. **ट्रेन पर नियंत्रण और सूचना प्रणाली :** हाई स्पीड ट्रेनों में ऑन बोर्ड कंट्रोल और सूचना प्रणाली स्थापित की जानी चाहिए, जो मॉनीटर पर नियंत्रण करे, ट्रेन और उसके घटकों की पहचान करे और उन्हें प्रदर्शित करे। प्रणाली और घटकों के बीच अंतरफलक को प्रणाली के एकीकरण के लिए एकीकृत होना चाहिए।

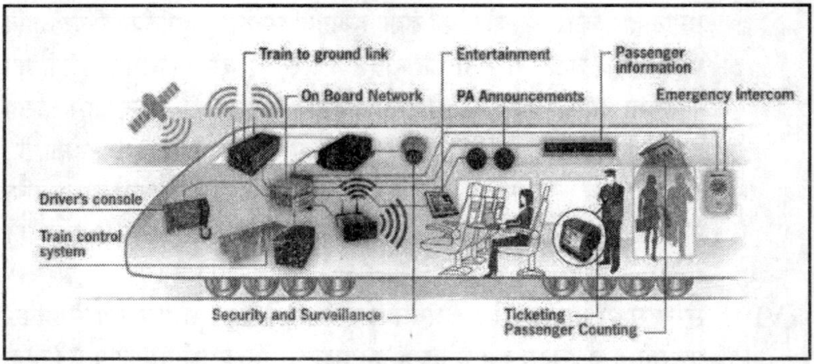

हाई स्पीड रोलिंग स्टॉक का ऑन बोर्ड सिस्टम, स्रोत : eurotech.com.

Train to ground link—ग्राउंड लिंक के लिए ट्रेन
Enterntainment—मनोरंजन
Passenger Information—यात्री सूचना
On Board Network—ऑन बोर्ड नेटवर्क
PA Announcements—पी ए घोषणाएँ
Emergency Intercom—आपातकालीन इंटरकॉम
Driver's console—ड्राइवर का कंसोल,
Train control system—ट्रेन नियंत्रण प्रणाली
Security and Surveillace—सुरक्षा और निगरानी
Ticketing Passenger Counting—टिकटिंग यात्री गणना

3. प्रचालन एवं सिग्नलिंग सिस्टम

किसी सिग्नल का मुख्य उद्देश्य ट्रेनों के बीच सुरक्षित अंतराल रखना और प्रतिबंधात्मक स्थितियों में ट्रेनों को पहले से रोकना या धीमा करना होता है। हाई स्पीड प्रचालन के लिए बुनियादी सिग्नलिंग सिद्धांत निम्नानुसार होते हैं—

1. लाइन की बगल में कोई सिग्नल नहीं होना चाहिए, क्योंकि 200 किलोमीटर प्रति घंटे से ज्यादा की रफ्तार पर उन्हें देख पाना कठिन होता है और रफ्तार बढ़ने के साथ ही रुकने की दूरी भी बढ़ जाती है।

2. कैब सिग्नलिंग उपलब्ध होनी चाहिए। यहाँ कैब सिग्नलिंग का अर्थ समझाना भी उचित होगा। कैब सिग्नलिंग रेलवे सुरक्षा का वह सिस्टम है, जो किसी इंजन या रेल कार के चालक कक्ष को ट्रैक की स्थिति की जानकारी देता है, ताकि चालक सूचना को निरंतर देखता रह सके।
3. ट्रेन की स्थिति जानने के लिए सिग्नलिंग की जानकारी निरंतर पूर्व निर्धारित रफ्तार के रूप में कैब में पहुँचती रहनी चाहिए, साथ में लक्ष्य गति और लक्ष्य दूरी के संकेत के साथ ब्रेकिंग सेक्शन की भी जानकारी भेजी जाती रहनी चाहिए।
4. मुख्य कैब सिग्नलिंग के साथ में स्पीड चेक और ऑटोमैटिक ब्रेक जरूर होने चाहिए, ताकि जब वास्तविक रफ्तार बढ़े, तो वह अपने आप नियंत्रित हो सके।

इन सिद्धांतों का पालन निम्न प्रणालियाँ अपनाकर किया जा सकता है।

1. **ट्रेन अंतराल का ऑटोमेटिक कंट्रोल :** ट्रेन का अंतराल दो सेक्शनों में

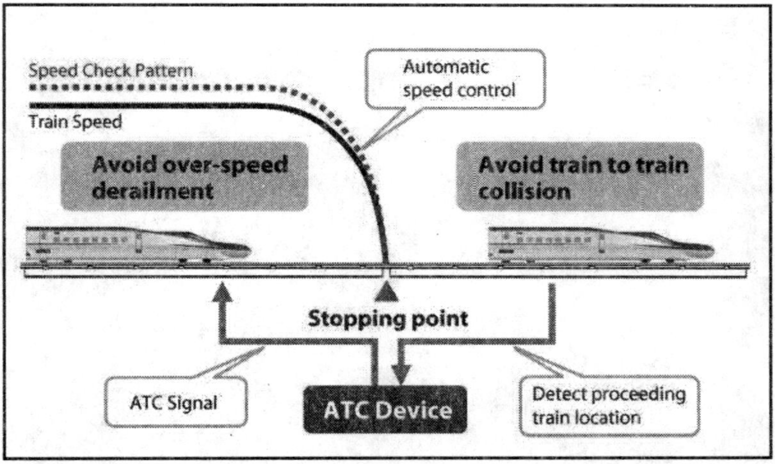

ऑटोमैटिक ट्रेन कंट्रोल, स्रोत : jchighspeedrail.com

स्पीड चेक पैटर्न ऑटोमेटिक स्पीड कंट्रोल
ट्रेन की गति
रफ्तार ज्यादा होने के कारण पटरी से उतरने से बचना ट्रेन टकराने से रोकना
स्टॉपिंग पॉइंट
एटीसी सिग्नल एटीसी उपकरण ट्रेन की स्थिति का पता करना

विभाजित लाइन के आधार पर सुनिश्चित किया जाता है, जहाँ सामान्य चालू परिस्थितियों में, जब यह व्यस्त होती है तो एक सेक्शन में एंट्री रोक दी जाती है। सिग्नलिंग सिस्टम कैब स्पर्श इकाई को निर्देशों की वह सूचना देने में सक्षम होना चाहिए कि स्टॉप पॉइंटवाले सेक्शन में घुसने से पहले रुकना है।

2. **अप्रत्याशित बाधाओं से सुरक्षा :** हाई स्पीड ट्रेनों को मैदानी/ट्रेन संचार लाइन से अवश्य जुड़ा हुआ होना चाहिए। स्टेशन या ट्रैफिक नियंत्रकों को भी ट्रेनों को तुरंत रुकने का निर्देश देने में सक्षम होना चाहिए।
3. **कैब में स्पीड लिमिट का संकेत :** हाई स्पीड ट्रेन का सिग्नलिंग सिस्टम इस योग्य होना चाहिए कि वह कैब में स्थायी या अस्थायी गति प्रतिबंध जैसी तमाम गति सीमाओं की जानकारी दे सके।
4. **गति नियंत्रण :** जब गति सीमा अधिक हो जाती है, खासकर ब्रेकिंग काल के दौरान, तो इमरजेंसी ब्रेकिंग सक्रिय कर देनी चाहिए।

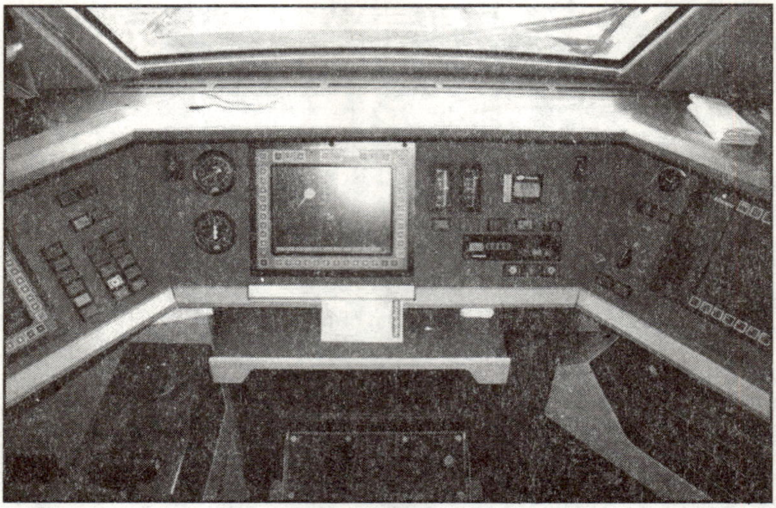

कैब सिग्नलिंग, स्रोत : networkrail.co.uk

सिग्नलिंग सिस्टम का संक्षिप्त विवरण नीचे दिया गया है—

1. जापान के शिंकनसेन सिस्टम में सिग्नलिंग सिस्टम

शिंकनसेन सिस्टम में ऑटोमैटिक कंट्रोल सिस्टम होता है। इसमें ऑटोमैटिक

ट्रेन सुरक्षा का विस्तृत सिस्टम इस्तेमाल होता है। केंद्रीकृत ट्रैफिक कंट्रोल में सभी तरह के ट्रेन प्रचालन और ट्रेन की गतिविधि, ट्रैक और स्टेशन से संबंधित सभी कार्य सँभाले जाते हैं। टाइम शेड्यूल नेटवर्क और कंप्यूटर से जुड़ा होता है। ट्रेन के अंदर की सारी युक्तियों की प्रचालन परिस्थितियाँ जन प्रसारण प्रणाली तक प्रसारित की जाती हैं। इससे ड्राइवर को कार डोर, एयर कंडीशनिंग युक्तियों आदि की स्थिति सुनिश्चित करने में मदद मिलती है। शिंकनसेन का कंप्यूटरीकृत सुरक्षा अनुरक्षण तथा प्रचालन सिस्टम, कॉसमॉस बेहद एकीकृत नेक्स्ट जेनरेशन होता है, जो वास्तविक काल के आधार पर यातायात नियोजन एवं प्रबंधन करता है।

शिंकनसेन का ट्रैफिक कंट्रोल सिस्टम, स्रोत : hitachi.com

2. फ्रांस के टी.जी.वी. सिस्टम की सिग्नलिंग

ट्रांसमीशन वोई-मशीन (टी.वी.एम), जिसका शाब्दिक अर्थ होता है ट्रेन प्रसारण की स्थिति पता लगाना। यह हाई स्पीड रेलवे लाइनों पर इस्तेमाल होनेवाली कैब सिग्नलिंग का एक रूप है। यह सिस्टम सबसे पहली बार फ्रांस में टी.वी.एम.-300 के रूप में लगाया गया था, जिसके बाद टी.वी.एम.-430 लगाया गया था।

टी.जी.वी. ट्रेनें 220 किलोमीटर प्रति घंटे से ज्यादा की रफ्तार पर अलग से तैयार पटरियों पर चलती हैं, जिन्हें लिग्नेस अ ग्रांदे वित्से (एल.जी.वी.) कहा जाता है। तेज रफ्तार पर ड्राइवर के लिए पटरियों के किनारे लगे रंगीन रोशनी पर आधारित रेलवे सिग्नल देख पाना संभव नहीं होता। ऐसे में सिग्नलों की जानकारी ट्रेन तक भेजी जाती है और ट्रेन नियंत्रण के हिस्से के रूप में दरशाई जाती है। ड्राइवर को सुरक्षित प्रचालन रफ्तार, किलोमीटर प्रति घंटे के रूप में दिखाई जाती है।

टी.वी.एम.-430 सिस्टम में परंपरागत सिग्नलिंग सिस्टम की तुलना में ज्यादा जानकारी प्रेषित होती है, जिसमें प्रावण्य रेखाचित्र और आगे सिग्नलिंग ब्लॉक की स्थिति की जानकारी शामिल होती है। स्वचालन के इस उच्च स्तर में ट्रेन ड्राइवर के नियंत्रण से नहीं हटती, हालाँकि कुछ सुरक्षा उपाय रहते हैं, जिनकी सहायता से ड्राइवर से होनेवाली किसी चूक की स्थिति में भी ट्रेन रुक जाती है। डैशबोर्ड के उपकरण ट्रेन के मौजूदा ब्लॉक पर अधिकतम अनुमत रफ्तार तथा आगे की लाइन की स्थिति पर आधारित लक्ष्य गति को दरशाते हैं।

3. ई.आर.टी.एम.एस.

यूरोपीय रेलवे ट्रैफिक मैनेजमेंट सिस्टम (ई.आर.टी.एम.एस.) एक ट्रैफिक मैनेजमेंट परियोजना है, जिसका विकास आठ एजेंसियों-एल्सटम ट्रांसपोर्ट, एनसाल्डो एसटीएस, एजेडडी प्राहा, बॉमबार्डियर ट्रांसपोर्टेशन, सीएएफ, मरमेक, सीमेंस मोबिलिटी एवं थैल्स ने किया है।

ई.आर.टी.एम.एस. के दो बुनियादी घटक होते हैं—

- ई.टी.सी.एस., यूरोपीय ट्रेन कंट्रोल सिस्टम एक स्वचालित ट्रेन सुरक्षा प्रणाली (ए.टी.पी. है, जिसे मौजूदा नेशनल ए.टी.पी.-प्रणालियों की जगह लाया जा रहा है;
- जी.एस.एम.-आर., ट्रैक और ट्रेन के बीच ध्वनि एवं डाटा संचार करनेवाला रेडियो सिस्टम है, जो मानक जी.एस.एम. पर आधारित है और निश्चित विशिष्ट तथा उन्नत कार्यों युक्त रेल अनुप्रयोगों के लिए आरक्षित आवृत्तियों का इस्तेमाल करता है।

ई.आर.टी.एम.एस. का उद्देश्य यूरोप में विभिन्न नेशनल ट्रेन कंट्रोल तथा कमांड सिस्टमों की जगह लेना है।

ई.आर.टी.एम.एस. के तीन स्तर होते हैं। पहले स्तर में ट्रैक साइड सिग्नल इस्तेमाल होते हैं, दूसरे स्तर में फिक्स्ड ब्लॉक इस्तेमाल होता है तथा सबसे उन्नत तीसरे स्तर में गतिशील ब्लॉक इस्तेमाल होते हैं। दूसरे और तीसरे स्तर हाई स्पीड रेल सिस्टम के लिए प्रासंगिक हैं।

ई.आर.टी.एम.एस. स्तर–1, स्रोत : ERTMS वेबसाइट

रेडियो ब्लॉक सेंटर

ई.टी.सी.एस. ट्रेन बॉर्न

मेरे निर्देश तथा ट्रैक का विवरण पूरी तरह से रेडियो पर आता है, इसलिए नेरा कैब डिसप्ले हमेशा अप टू डेट रहता है और मुझे लाइन के किनारेवाले सिग्नलों की कोई जरूरत नहीं होती

इंटरलॉकिंग

ट्रैक परिपथ बैलीज (फिक्स्ड संदेश)

ई.आर.टी.एम.एस. स्तर–3, स्रोत : ERTMS website

ट्रेन समेकिता ई.टी.सी.एस. ट्रेनबॉर्न

मेरी ट्रेन की समेकित जाँच ट्रेन में ही की जाती है, इसलिए ट्रैक परिपथ की जरूरत नहीं होती और मैं गतिशील ब्लॉक पर चल सकता हूँ।

इंटरलॉकिंग तथा रेडियो ब्लॉक सेंटर

बैलीज (फिक्स्ड संदेश)

हाई स्पीड ट्रेन का दूर संचार तंत्र बहुत प्रभावी होना चाहिए। हाई स्पीड ट्रेन के दूर संचार तंत्र के मुख्य कार्य नीचे बताए जा रहे हैं।

हाई स्पीड ट्रेन संचालन के लिए विभिन्न स्टेशनों, कंट्रोल सेंटरों, पावर स्टेशनों, ट्रेन डिपो आदि के बीच संचार संपर्क बहुत महत्त्वपूर्ण है।

तुल्यकालिक डिजिटल पदानुक्रम (SDH) मानक प्रोटोकॉल है, जो लेजर या प्रकाश उत्सर्जक डायोड से बेहद सुसंजित प्रकाश के इस्तेमाल से मल्टीपल डिजिटल लघु धाराओं को ऑप्टिकल फाइबर पर तुल्यकालिक रूप से स्थानांतरित करता है। संचरण का मुख्य मार्ग ऑप्टिकल फाइबर का बना होता है। ट्रेन रेडियो सिस्टम की विश्वसनीयता सर्वोच्च स्तर की होनी चाहिए। संचरण गुणवत्ता 99.9 प्रतिशत से बेहतर किस्म की उपलब्ध करानी चाहिए। लीकी कोएक्सियल केबल (एलसीएक्स) (छिद्रयुक्त समाक्षीय केबल) के इस्तेमाल से यह सुनिश्चित की जा सकती है। इस सिस्टम में एक कोएक्सियल या समाक्षीय केबल सुरंग में रहती है, जो रेडियो तरंगों को उत्सर्जित और ग्रहण करती है तथा विस्तारित एंटीना के रूप में काम करती है।

यह केबल छिद्रयुक्त होता है और इसके बाहरी चालक में अंतराल होते हैं, जो रेडियो सिग्नलों को केबल में या उसके बाहर इसकी पूरी लंबाई में लीक होने देते हैं। सिग्नल के इस लीकेज के कारण, सिग्नल बैक अप को स्वीकार्य स्तर तक बढ़ाने के लिए, नियमित अंतरालों पर, आमतौर पर 350 से 500 मीटर पर, लाइन विस्तारक (एंपलीफायर) लगाने की जरूरत पड़ती है। सिग्नल को आमतौर पर पोर्टेबल ट्रांसरिसीवर द्वारा ग्रहण किया जाता है, जो कर्मचारी लिये होते हैं। ट्रांसरिसीवरों से संचरण फीडर द्वारा ग्रहण किए जाते हैं और सुरंग के अन्य हिस्सों में ले जाए जाते हैं, जिससे पूरे सुरंग तंत्र में द्वि-मार्गीय रेडियो संचार हो सके।

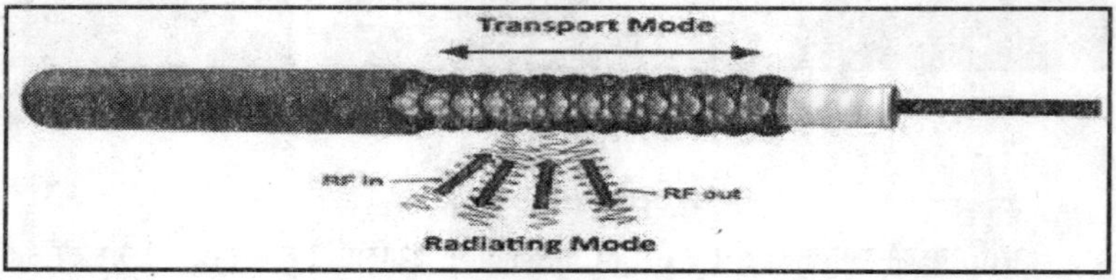

ट्रेन रेडियो संचार के लिए इस्तेमाल होनेवाला छिद्रयुक्त समाक्षीय केबल

परिवहन मोड

आर.एफ. इन आर.एफ. आउट

विकिरण मोड

गिरने या खिंचनेवाली सामग्री की पहचान के लिए सहायक प्रणाली होनी चाहिए और तिरछी हवा की पहचान करनेवाले डिटेक्टर भी होने चाहिए।

बुलेट ट्रेनों की परिचालन संबंधी विशेषताएँ

बुलेट ट्रेनों का परिचालन सुरक्षित, विश्वसनीय और सही समय पर होना चाहिए। इसमें मुसाफिरों को अधिकतम सुविधा और आराम उपलब्ध कराया जाना चाहिए। यही नहीं, इसमें इतनी क्षमता होनी चाहिए कि यातायात संबंधी आवश्यकताएँ भी पूरी हो सकें। पारंपरिक ट्रेनों में सामान्य तौर पर शुरुआत में एक रेल इंजन होता है, जिसमें अनेक बोगियों को खींचने की क्षमता होती है। अन्य प्रकार की ट्रेनों को ई.एम.यू. (इलेक्ट्रिक मल्टीपल यूनिट) कहते हैं, क्योंकि उनमें ट्रेन के कई डिब्बों में छोटे-छोटे पावर यूनिट होते हैं। ऐसी ट्रेनों में रफ्तार और ब्रेक लगाने की एक उच्च क्षमता होती है। टर्मिनलों पर ट्रेन का उलटी दिशा में मुड़ना बहुत आसान होता है, क्योंकि रेल इंजन को बदलने की जरूरत नहीं पड़ती है और ट्रेन को शंटिंग में ले जाने की आवश्यकता भी नहीं रह जाती। दरअसल, ड्राइवर केबिन बदलता है और उल्टी दिशा में ट्रेन को चलाना शुरू कर देता है। इन विशेषताओं के कारण ऐसी ट्रेनें उपनगरीय इलाकों में बारंबार आवाजाही के लिए उपयुक्त होती हैं। जापान की तेज रफ्तार ट्रेनें मुख्यतया इसी प्रकार की हैं।

तेज रफ्तार की ट्रेनों का परिचालन अत्यधिक कुशल होना चाहिए, क्योंकि तेज रफ्तार रेल के बुनियादी ढाँचे पर भारी-भरकम खर्च आता है, साथ ही पटरियों, ऊर्जा प्रणाली, रोलिंग स्टॉक, जन बल आदि का सबसे बेहतरीन इस्तेमाल होना चाहिए। तेज रफ्तार ट्रेनों का परिचालन इस प्रकार होना चाहिए कि परिवहन की कुशलता सर्वाधिक हो।

तेज रफ्तार ट्रेनों के परिचालन की योजना वास्तविक यात्रियों की संख्या के सटीक पूर्वानुमान से शुरू होती है। इसका मतलब मूल रूप से यह पता लगाना है कि उस सुविधा का लाभ उठानेवाले यात्रियों की संभावित संख्या क्या होगी। इसके आकलन की शुरुआत यह पता लगाने से होती है कि विभिन्न स्टेशनों पर आनेवाले यात्रियों और तेज रफ्तार रेलवे स्टेशनों तक उनके पहुँचने का जरिया क्या होगा। एक बार यात्रा की शुरुआत का स्टेशन तय हो गया तो फिर गंतव्य से जुड़ी जानकारियाँ जुटाई जाती हैं और फिर मूल स्थान से गंतव्य तक का मैट्रिक्स तैयार किया जाता है। इस 'मूल और गंतव्य मैट्रिक्स' से प्रत्येक स्टेशन से, प्रत्येक दिशा और प्रत्येक घंटे में यात्रियों की संख्या की गणना की जाती है। यात्रियों का

पूर्वानुमान निम्नलिखित प्रकार के आँकड़े उपलब्ध कराता है, जहाँ से परिचालन संबंधी योजना की शुरुआत होती है।

(क) प्रत्येक दिशा में जानेवाली ट्रेन में सवार होनेवाले यात्री

(ख) प्रत्येक दिशा में ट्रेनों से उतरनेवाले यात्री

(ग) प्रत्येक दिशा में स्टेशनों के बीच ट्रेनों में सवार होनेवाले यात्री

परिचालन संबंधी योजना का अगला कदम टाइम टेबल तय करना होता है। किसी ट्रेन का टाइम टेबल तैयार करने के लिए स्टेशनों के बीच सफर में लगनेवाले समय की गणना की जाती है। इस गणना का आधार कुछ पैमाने होते हैं, जैसे एक स्टेशन से दूसरे स्टेशन के बीच की दूरी, परिचालन गति की सीमा, रोलिंग स्टॉक की रफ्तार और ब्रेक की कुशलता, सिग्नल प्रणाली, पटरी का ग्रेड, घुमावों का कोण, ट्रेन की लंबाई आदि।

ट्रेन की बारंबारता क्रॉस-सेक्शन संबंधी माँग तथा उस माँग के अनुसार समय के बँटवारे के साथ ही यात्रियों की सुविधा और आराम को देखकर तय की जाती है। ट्रेन की बारंबारता का पता लगाने के लिए हर दिशा के अनुसार क्रॉस-सेक्शन संबंधी माँग को प्रतिदिन पहुँचनेवाली अधिकतम संख्या में ट्रेनों की आवश्यकता तथा उनकी सीट संख्या से विभाजित किया जाता है। अधिकतम प्रतिदिन ट्रेन संख्या को, जब वाणिज्यिक परिचालन घंटे से विभाजित किया जाता है तो प्रति घंटे औसत ट्रेनों की संख्या ज्ञात होती है।

इसका आधार यह अनुमान होता है कि प्रत्येक ट्रेन में 100 प्रतिशत यात्री अपनी-अपनी सीट पर सफर कर रहे हैं। वास्तव में ऐसा नहीं होता, इसलिए शुरुआती चरण में इस प्रकार की गणना के लिए 65-70 प्रतिशत तक लोड फैक्टर को मान लिया जाता है। प्रति घंटे आवश्यक ट्रेनों की औसत संख्या को पीक आवर और गैर-पीक आवर में यात्रियों की संख्या को ध्यान में रखते हुए सोच-समझकर बाँटा जाना चाहिए।

इस संबंध में परिचालन संबंधी एक और अवधारणा को 'हेडवे' कहते हैं। यह वह समय होता है, जो एक निश्चित स्थान से एक ही दिशा में एक ही पटरी पर गुजरने-वाली ट्रेनों के बीच का बीता हुआ समय होता है। हेडवे सिग्नल सिस्टम और टर्मिनलों पर ट्रेनों के लौटने की दिशा में चलने के लिए तैयार होने में लगनेवाले समय जैसे कारकों पर निर्भर करता है।

इस प्रकार की योजना का एक सबसे महत्त्वपूर्ण पहलू यह होता है कि रोलिंग स्टॉक का अधिकतम उपयोग किस प्रकार किया जाए। परिचालन संबंधी योजना में

यह सुनिश्चित किया जाना चाहिए कि ट्रेनों की जोड़ी का उपयोग भी अधिकतम हो, यानी यात्रियों के लिए ट्रेनों की अधिकतम जोड़ियाँ उपलब्ध हों, साथ ही ट्रेनों की जोड़ियों की देख-रेख का चक्र भी प्रभावित न हो। इसे सुनिश्चित करने के लिए ट्रेनों की जोड़ी की उपयोगिता का मार्ग तैयार किया जाता है, जो उन ट्रेनों की सूची दिखाता है, जिन्हें एक दिन के लिए लगातार चलाया जाएगा।

परिचालन संबंधी योजना में ट्रेन चालक दल को लेकर की जानेवाली योजना भी महत्त्वपूर्ण होती है। चालक दल का रोस्टर तैयार करते समय जिन बातों को ध्यान में रखा जाता है, उनमें हर दिन काम के घंटे, लगातार वास्तविक रूप से ट्रेन चलाने के घंटे, ट्रेनों के बीच का अंतराल और हाजिरी तथा ड्यूटी समाप्त होने के समय आदि शामिल रहते हैं।

स्टेशनों और टर्मिनलों का डिजाइन ऐसा होना चाहिए कि तेज रफ्तार रेल परियोजनाओं का सर्वाधिक लाभ उठाया जा सके। नई तेज रफ्तार रेल पटरियों के लिए बनाई जानेवाली योजना को शहर की विशेषताओं के साथ इस प्रकार जोड़ा जाना चाहिए कि स्टेशन तक लोगों की पहुँच कम-से-कम समय में हो। पार्किंग स्थल, गाड़ियों की आवाजाही, ट्रेन में सवार होने की प्रक्रिया, टिकट प्रणाली यात्रियों की सुविधा के अनुसार होनी चाहिए। परिवहन के अन्य साधनों के साथ अदला-बदली आसान होनी चाहिए। रीयल एस्टेट और वाणिज्यिक केंद्रों के रूप में संपत्ति का विकास नए तौर-तरीकों से किया जाना चाहिए, ताकि रेलवे को लगातार आमदनी होती रहे।

इस अध्याय में दी गई तकनीकी जानकारियों से तेज रफ्तार ट्रेनों की अवधारणा अवश्य पूरी तरह स्पष्ट हो गई होगी। इसकी तकनीक पारंपरिक रेल तकनीक से अलग होती है और इस तकनीक के भी कई रूप हैं। परिस्थिति के अनुसार उचित तकनीक को अपनाया जा सकता है। एक बार हमने बुलेट ट्रेन की तकनीक को समझ लिया तो यह आवश्यक हो जाता है कि इसके फायदों और इसकी आलोचना को पूरी तरह समझ लिया जाए।

□

अच्छी या खराब
फायदे और आलोचना

परिवहन प्रणाली से समाज को काफी फायदा होता है, क्योंकि इन प्रणालियों की सहायता से लोगों की पहुँच और गतिशीलता बढ़ती है, जो कि सामाजिक-आर्थिक विकास के लिए बहुत ही आवश्यक है। किसी भी देश की आर्थिक, ऊर्जा संबंधी और पर्यावरण संबंधी चुनौतियों के समाधान में सार्वजनिक परिवहन की बहुत अहम् भूमिका है, जिससे जीवन की गुणवत्ता बेहतर करने में मदद मिलती है। सार्वजनिक परिवहन इस्तेमाल करनेवाले लोगों की संख्या लगातार बढ़ रही है और स्थानीय समुदाय सार्वजनिक परिवहन सेवाओं का विस्तार कर रहे हैं। समाज का हर तबका सार्वजनिक परिवहन से लाभ लेता है, चाहे वह कोई व्यक्ति हो, परिवार हो, समुदाय हो या व्यवसायी हो। सार्वजनिक परिवहन प्रणाली के कुछ महत्त्वपूर्ण फायदे नीचे बताए गए हैं।

सार्वजनिक परिवहन के फायदे

सामाजिक फायदे

- सार्वजनिक परिवहन प्रणाली सहयात्रियों के बीच एकजुटता की भावना पैदा करती है और इस प्रकार समाज को जोड़ने का काम करती है। उदाहरण के लिए ट्रेन के डिब्बे या बस में यात्रा करनेवाले लोगों में निजी वाहनों से यात्रा करनेवालों की तुलना में अधिक सामुदायिक भावना होती है।
- सार्वजनिक परिवहन समाज के हर तबके के लिए होता है और इस प्रकार हर तबके की आने-जाने की क्षमता बढ़ती है, क्योंकि सार्वजनिक परिवहन

में आमदनी, लिंग, उम्र जैसा कोई भी भेदभाव नहीं किया जाता।

- सार्वजनिक परिवहन से लोगों को अधिक सक्रिय जीवनशैली अपनाने के लिए प्रोत्साहन मिलता है और सार्वजनिक वाहन पकड़ने के लिए लोग पैदल चलने या साइकिल आदि का सहारा लेने के लिए उद्यत होते हैं।
- सड़क दुर्घटनाओं में दुनिया भर में बड़ी संख्या में लोग हताहत होते हैं। ऐसे में सार्वजनिक परिवहन के इस्तेमाल से सड़क हादसों में हताहत होनेवालों की संख्या काफी कम की जा सकती है, क्योंकि इनका इस्तेमाल बढ़ने से सड़कों पर निजी वाहनों की भीड़ कम हो सकती है।
- सार्वजनिक परिवहन से व्यक्ति पर भी तनाव कम रहता है। भीड़भरी सड़कों पर वाहन चलाना काफी तनाव का काम हो गया है, क्योंकि वाहन चलाते समय बहुत ज्यादा सतर्क रहने की जरूरत होती है। इसी तरह से भीड़ भरे ट्रैफिक सिग्नलों पर इंतजार करना भी काफी कुंठा पैदा करता है। पार्किंग की सही जगह तलाशना भी बहुत तनाववाला कार्य होता जा रहा है। सार्वजनिक परिवहन की सवारियों को इस तरह की सारी चिंताओं से छुटकारा मिल जाता है। वे आराम से यात्रा करते हैं, संगीत का आनंद लेते रहते हैं, किताब पढ़ते रहते हैं और मोबाइल पर गेम खेलते रहते हैं। इस तरह से उनकी यात्रा का समय अच्छी तरह से कट जाता है।

आर्थिक फायदे

- ऊर्जा संसाधन बहुत तेजी से घटते जा रहे हैं और ऐसे में निजी वाहन ऊर्जा संसाधनों पर दबाव और ज्यादा बढ़ा रहे हैं। हालाँकि सार्वजनिक परिवहन ऊर्जा संसाधनों पर निर्भरता घटाते हैं, क्योंकि इनमें परिष्कृत ऊर्जा दक्षता का इस्तेमाल होता है।
- निजी वाहन रख पाना अब भी बहुसंख्यक आबादी के लिए संभव नहीं है, क्योंकि निजी वाहनों को, खासकर कारों को खरीदना और चलाना बहुत महँगा पड़ता है। दूसरी ओर, सार्वजनिक परिवहन सस्ता होने के कारण अधिकतर लोग आसानी से वहन कर लेते हैं।
- सार्वजनिक परिवहन के लिए जगह की भी ज्यादा जरूरत नहीं पड़ती, क्योंकि एक ही वाहन का बहुत सारे लोग इस्तेमाल कर लेते हैं। जगह का अधिकतम उपयोग हो जाता है और मकान, मनोरंजन केंद्रों तथा हरियाली के लिए ज्यादा जगह बचती है।

पर्यावरण संबंधी फायदे

- सार्वजनिक परिवहन से हानिकारक उत्सर्जन भी कम होता है और इस तरह से वायु प्रदूषण कम होता है, जो कि पर्यावरण क्षति का बड़ा कारण है। सार्वजनिक परिवहन से सड़कों पर भीड़भाड़ भी कम होती है और इस तरह से पर्यावरण की गुणवत्ता बेहतर रहती है।
- सार्वजनिक परिवहन बहुत ही ऊर्जा सक्षम होता है।

हालाँकि सार्वजनिक परिवहन प्रणाली को आज बढ़ती आबादी, तीव्र शहरीकरण, प्राकृतिक संसाधनों की कमी, उपलब्धता तथा तेल और अन्य ऊर्जा संसाधनों के बढ़ते दामों के कारण अनेक चुनौतियों का सामना करना पड़ रहा है। इस बात को अब व्यापक रूप से माना जाने लगा है कि इन चुनौतियों का टिकाऊ तरीके से समाधान करने की जरूरत है।

टिकाऊ परिवहन की अवधारणा टिकाऊ परिवहन तरीकों, अधोसंरचना और संचालन तंत्र के विकास से निकटता से जुड़ी है। इस उद्देश्य के लिए तीन मुख्य आयाम माने जाते हैं—

- **पर्यावरण**—टिकाऊपन के लिए परिवहन के पर्यावरणीय प्रभावों को कम करना जरूरी है। परिवहन हानिकारक उत्सर्जन, ध्वनि प्रदूषण के साथ-साथ ग्लोबल वॉर्मिंग जैसे जलवायु परिवर्तनों के लिए प्रमुख रूप से जिम्मेदार है। एक तरफ वाहनों को पर्यावरणीय रूप से अधिक-से-अधिक सक्षम बनाने के प्रयास हो रहे हैं, लेकिन इसके बावजूद वाहनों की बढ़ती संख्या लगातार चिंता का विषय बनी हुई है। परिवहन प्रणाली का निर्माण, संचालन और देख-रेख जैसी गतिविधियाँ भी मौजूदा भूमि इस्तेमाल पर विशेष असर डालती हैं और टिकाऊपन सुनिश्चित करने के लिए इस तरह के इस्तेमाल को कम-से-कम करना जरूरी हो गया है। दुनिया भर में परिवहन प्रणाली अनेक तरह का कचरा पैदा कर रही है, जिसे कम-से-कम किया जाना बेहद जरूरी है।
- **अर्थव्यवस्था**—परिवहन का आर्थिक वृद्धि और विकास में बड़ा योगदान होता है। टिकाऊ परिवहन प्रबंधन तंत्र को सामाजिक, आर्थिक विकास तथा संतुलित क्षेत्रीय विकास के उद्देश्य से परिवहन के सक्षम इस्तेमालवाली रणनीति तैयार करनी चाहिए। परिवहन तंत्र की मूल्य प्रणाली कुछ ऐसी होनी चाहिए, ताकि सभी उपभोक्ता अपने इस्तेमाल की पूरी लागत वहन कर सकें। इसमें पूरी लागत की अवधारणा में आंतरिक

और बाहरी दोनों लागतें शामिल होती हैं, जिन्हें हम प्रत्यक्ष और अप्रत्यक्ष लागतें कहते हैं। परिवहन प्रणाली को सही तौर-तरीकों को प्रोत्साहन देनेवाली होना चाहिए और सही कार्य रोकनेवाली नहीं होना चाहिए, जिससे सबसे सक्षम प्रणाली फल-फूल सके तथा जनता को अच्छी तरह से जानकारी होनी चाहिए, ताकि वह मनपसंद प्रणाली का चुनाव कर सके। प्रणाली के एकाधिकारवादी होने की स्थिति में दामों में विकृतियाँ तथा अन्य खामियाँ आ जाती हैं, जो कि टिकाऊपन की अवधारणा के विपरीत होती हैं।

- **समाज**—महिला, शारीरिक रूप से विकलांग, कम आयवर्ग के लोग जैसे समाज के सभी तबकों को टिकाऊ परिवहन प्रणाली का लाभ मिलना चाहिए। प्रणाली सुरक्षित और मानव स्वास्थ्य के अनुकूल होनी चाहिए। समाज के किसी भी वर्ग पर इसका हानिकारक असर नहीं होना चाहिए। संक्षेप में कहें, तो टिकाऊ परिवहन प्रणाली में सबकी समान पहुँच होनी चाहिए और सबको उसका फायदा मिलना चाहिए।

परिवहन की चुनौतियों को पूरा करने के लिए अधिक टिकाऊ परिवहन तरीके की पड़नेवाली जरूरत के कारण तमाम देश हाई स्पीड रेल सिस्टम की ओर जा रहे हैं, क्योंकि इस सिस्टम के तमाम पर्यावरणीय, सामाजिक और आर्थिक लाभ हैं, जिनके कारण यह परिवहन प्रणाली सक्षम, प्रभावशाली और टिकाऊ बनती है।

हाई स्पीड रेल सिस्टम के फायदे

पर्यावरणीय फायदे

सार्वजनिक परिवहन के अन्य तरीकों की तुलना में हाई स्पीड रेल सिस्टम जलवायु और पर्यावरण पर कम प्रभाव डालता है। हाई स्पीड रेल सिस्टम के पर्यावरणीय फायदों को दरशाने के लिए सड़क परिवहन, वायु परिवहन आदि अन्य प्रतिस्पर्धी परिवहन तरीकों की तुलना हाई स्पीड रेल सिस्टम के समग्र जलवायु और पर्यावरणीय असर से करनी होगी। इस तरह की तुलना के मानदंड ऊर्जा खपत तथा ग्रीन हाउस गैस उत्सर्जन, वायु प्रदूषक उत्सर्जन तथा भूमि उपयोग और संसाधनों का खात्मा जैसी पर्यावरणीय हानि हो सकते हैं।

हाई स्पीड रेल, ऊर्जा खपत तथा ग्रीन हाउस गैस उत्सर्जन

विश्व की मौजूदा परिवहन प्रणाली ऊर्जा संसाधन तथा पारिस्थितिकी तंत्र पर

अत्यधिक दबाव डाल रही है, क्योंकि ऊर्जा खपत का 80 प्रतिशत जीवाश्म ईंधनों से हासिल होता है। परिवहन क्षेत्र में विश्व के CO_2 उत्सर्जन का 23 प्रतिशत पैदा होता है, जो कि मानवजनित CO_2 का दूसरा सबसे बड़ा स्रोत है और इससे ज्यादा बड़ा स्रोत केवल बिजली और ऊष्मा उत्पादन ही है।

विश्व भर की गतिविधियों में क्षेत्रवार CO_2 का उत्सर्जन –2007 (स्रोत : आई.ई.ए. 2009)

Residential—आवासीय Other—अन्य Electricity and Heat—बिजली एवं ऊष्मा Industry—उद्योग Transport—परिवहन

उद्योग एवं ऊर्जा क्षेत्र से होनेवाले उत्सर्जन में जहाँ गिरावट आ रही है, वहीं परिवहन क्षेत्र से होनेवाले उत्सर्जन में बढ़ोतरी चिंता का विषय है। वास्तव में, यूरोप में तो 1990 और 2010 के बीच परिवहन का उत्सर्जन 25 प्रतिशत तक बढ़ा है।

वैश्विक परिवहन से होनेवाले CO_2 के उत्सर्जन का प्रणालीवार अध्ययन करने पर पता चलता है कि कुल वैश्विक परिवहन उत्सर्जन का 73 प्रतिशत सड़क परिवहन से होता है। उड्डयन क्षेत्र से 13 प्रतिशत और जहाजरानी क्षेत्र से 9 प्रतिशत उत्सर्जन होता है, जबकि रेल क्षेत्र से केवल 2 प्रतिशत ही उत्सर्जन होता है।

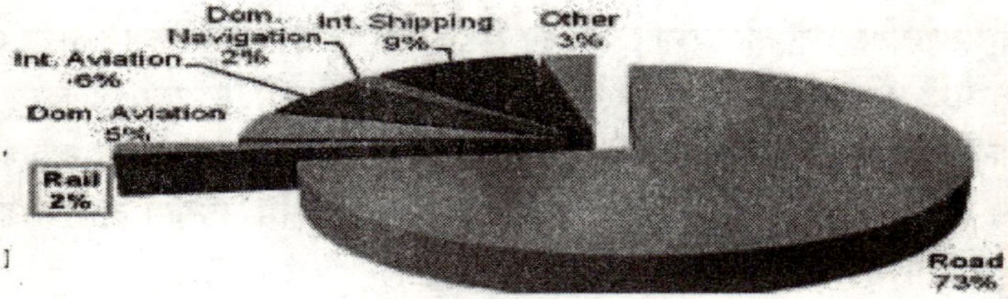

Global transport CO_2 emissions by mode share (source: ITF 2005)

रेल-घरेलू उड्डयन-अंतरराष्ट्रीय उड्डयन-घरेलू नौवहन-अंतरराष्ट्रीय जहाजरानी-अन्य-सड़क

इस प्रकार, यह प्रमाणित है कि परिवहन क्षेत्र CO_2 के वैश्विक उत्सर्जन का प्रमुख स्रोत है और परिवहन क्षेत्र में रेल से सबसे कम उत्सर्जन होता है। हम कह सकते हैं कि हाई स्पीड रेल से इस उत्सर्जन में भारी कमी आएगी। उक्त आँकड़े निरपेक्ष पदों के रूप में हैं और वैश्विक उत्सर्जन का बेहतर सूचक प्रति यात्री किलोमीटर के हिसाब से औसत CO_2 उत्सर्जन होगा।

यूरोप में प्रति यात्री किलोमीटर औसत CO_2 उत्सर्जन का अध्ययन निम्न तरह का संकेत देता है—

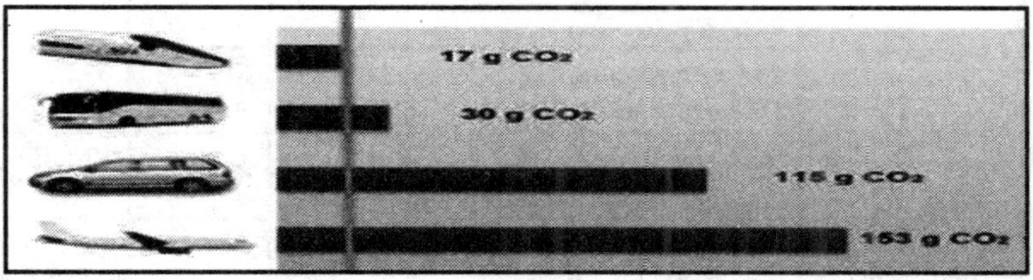

प्रति यात्री किलोमीटर औसत CO_2 उत्सर्जन, स्रोत: एल्सटम ऐंड सिस्ट्रा

इस प्रकार, हाई स्पीड रेल की ऊर्जा खपत और पर्यावरणीय संरक्षण के हिसाब से सर्वश्रेष्ठ प्रदर्शन होता है और इस प्रकार यह परिवहन के पर्यावरणीय प्रभाव घटाने की चुनौतियों से निपटने के लिए वैश्विक स्तर पर बनाई गई प्राथमिक रणनीति के एकदम अनुकूल है।

हाई स्पीड रेल को परिवहन के सबसे ऊर्जा सक्षम तरीके के रूप में पहचाना गया है और सबसे कम कार्बन फुटप्रिंट भी इससे होता है। इस प्रकार, हाई स्पीड रेल की ओर सबका ज्यादा ध्यान जा रहा है, क्योंकि यह समस्या नहीं, बल्कि समस्या का समाधान है। हाई स्पीड रेल के अधिकतर सिस्टम बिजली पर आधारित हैं और इसलिए पर्यावरण पर उनका प्रभाव न्यूनतम होता है। हाई स्पीड रेल के पर्यावरणीय फायदे पेरिस-मार्सीले रूट के नीचे दिए गए उदाहरण से सबसे अच्छी तरह से समझे जा सकते हैं—

Paris—Marseille Corridor		Aircraft	Car	HSR

Mwh Basic	Commercial distance (km)	634	769	750
	Vehicle consumption	4038 L/ flight	49 koe	17.3
	Average number of passenger per vehicle	122	2	400
	Number of seat per vehicle	150	4	516
	Load factor (per cent)	80	50	77.5
Consumtion and CO_2 emissions	Consumption (toe) *Primary energy equivalent*	3.9	0.1	3.8
	CO_2 emission (kg) *Primary energy equivalent*	11823	179	692
	Energy efficiency *goe (primary)/ pass.km*	51	37	13
Primary energy equivalent	Consumption *Koe (primary)/ passenger*	32.2	28.8	9.6
	Environmental efficiency *kg CO_2 / passenger*	97	89	2

पेरिस–मारसिले कॉरीडोर		विमान	कार	हाई स्पीड रेल
बुनियादी तथ्य	व्यावसायिक दूरी (किलोमीटर)	634	769	750
	वाहन खपत	4038 L/ flight	49koe	17.3 MWh
	प्रति वाहन यात्रियों की औसत संख्या	122	2	400
	प्रति वाहन सीटों की संख्या	150	4	516
	भार कारक (प्रतिशत)	80	50	77.5
खपत एवं CO_2 उत्सर्जन	खपत (toe) प्राथमिक ऊर्जा समतुल्य	3.9	0.1	3.8
	CO_2 उत्सर्जन (किलोग्राम) प्राथमिक ऊर्जा उत्सर्जन	11823	179	692

	ऊर्जा दक्षता	51	37	13
	goe (प्राथमिक) यात्री/किलोमीटर खपत koe (प्राथमिक) / यात्री	32.2	28.8	9.6
	पर्यावरणीय सक्षमता kg CO_2 / यात्री	97	89	2

हाई स्पीड रेल के पर्यावरणीय फायदे
स्रोत : ए.डी.ई.एम.ई. (फ्रेंच एनवायर्नमेंट ऐंड इनर्जी एफीशिएंसी एजेंसी)

हाई स्पीड रेल नेटवर्क ने ऊर्जा सक्षमता के क्षेत्र में अनेक मील के पत्थर स्थापित किए हैं। शिंकनसेन 500 हाई स्पीड रेल ने मुख्य तौर पर अपनी निम्न द्रव्य एवं उच्चतर सीटिंग क्षमता के कारण 0.029 KWH का औसत मान हासिल किया है। स्वीडिश रेल ने पनबिजली और पवनचालित स्रोतों से 100 प्रतिशत नवीनीकरणीय ऊर्जा खरीदने का कदम उठाया है। स्टॉकहोम और गोथनबर्ग के बीच हाई स्पीड ट्रेन 300 यात्रियों को ले जा सकती है और प्रति यात्री केवल 400...का CO_2 उत्सर्जन करती है, जबकि वैश्विक CO_2 उत्सर्जन का औसत 44.5 किलोग्राम प्रति यात्री है।

हाई स्पीड रेल के आलोचक यह कहते हैं कि ट्रेनों की ऊर्जा खपत गति की चरघातांकी रफ्तार से बढ़ रही है, जिसका मुख्य कारण गतिकीय वायु प्रतिरोध है और इस प्रकार, यह तर्क दिया जाता है कि हाई स्पीड ट्रेन चलाने के लिए ऊर्जा की जरूरत परंपरागत रफ्तार से चलनेवाली ट्रेनों की तुलना में काफी ज्यादा है। हालाँकि अगर प्रति यात्री किलोमीटर के हिसाब से तुलना करें तो हाई स्पीड रेल अन्य परंपरागत ट्रेनों जितनी ही या उनसे ज्यादा ही ऊर्जा सक्षम साबित होती है।

हाई स्पीड रेल को परंपरागत ट्रेनों की तुलना में अधिक ऊर्जा सक्षम परिवहन साधन होने का सबसे प्रमुख कारण इसका उच्च क्षमता उपयोग है, जो कि भार कारक के नाम से भी जाना जाता है और इसे कुल उपलब्ध सीट किलोमीटर के प्रतिशत के रूप में यात्री किलोमीटर की संख्या के रूप में परिभाषित किया जा सकता है। बेहतर भार कारक से हाई स्पीड ट्रेनों में प्रति यात्री ऊर्जा खपत परंपरागत ट्रेनों की ऊर्जा खपत की तुलना में और भी कम हो सकती है।

इतना ही नहीं, स्पीड ज्यादा होने और यात्रियों के अपनी मंजिल पर कम समय में पहुँचने से प्रति यात्री वास्तविक ऊर्जा तब भी तुलनात्मक रूप से कम ही होगी। ऊर्जा खपत के लिहाज से एक और महत्त्वपूर्ण पहलू कंप्रेशर, वेंटिलेटर,

हीटिंग, वातानुकूलन, लाइटिंग जैसी ट्रेन की सहायक सेवाओं में इस्तेमाल होनेवाली ऊर्जा का है। इन सेवाओं में ऊर्जा खपत हाई स्पीड रेल में कम होती है, क्योंकि इन ट्रेनों का परिचालन समय कम होता है और इस प्रकार प्रति किलोमीटर खपत भी कम ही होती है।

हाई स्पीड रेल नेटवर्क द्वारा वायु प्रदूषण शमन

तमाम परिवहन प्रणालियों से वातावरण में हानिकारक कण और अन्य हानिकारक सामग्री जाना चिंता का कारण है, क्योंकि यह दुनिया के जीव-जंतुओं और वनस्पतियों के लिए गंभीर नुकसान पहुँचाते हैं। 2014 की विश्व स्वास्थ्य संगठन की रिपोर्ट के अनुसार, 2012 में वायु प्रदूषण से दुनिया भर में करीब 70 लाख मौतें हुई थीं।

कार्बन मोनोऑक्साइड, हाइड्रोकार्बन और नाइट्रोजन प्रमुख वायु प्रदूषक हैं और इनका 50 प्रतिशत से ज्यादा हानिकारक उत्सर्जन पेट्रोल और डीजल इंजनों से होता है।

परिवहन के विभिन्न तरीकों की मॉडल तुलना से पता चलता है कि हाई स्पीड रेल सिस्टम में बहुत कम वायु प्रदूषक उत्सर्जित होते हैं। नीचे दिए गए आँकड़े इस दावे की पुष्टि करते हैं।

तालिका 1 : फ्रैंकफर्ट-हैंबर्ग हाई स्पीड रेल सेक्शन पर वायु प्रदूषकों की मॉडल तुलना स्रोत : आई.एफ.ई.यू. 2008

गुणधर्म और घटक (इकाई प्रति यात्री) प्रभाव	विमान	कार	हाई स्पीड रेल
अवधि (घंटा:मिनट)	02.30	04.14	03:17
ऊर्जा संसाधन खपत (पेट्रोल लीटर में परिवर्तित)	32.8	38.6	11.1
कार्बन डाइऑक्साइड (Kg) (ग्रीन हाउस गैस) (ग्लोबल वॉर्मिंग)	77.1	86.0	19.2
कण पदार्थ (ग्राम) मानव जहर	2.1	21.2	1.0

सल्फर डाइऑक्साइड (ग्राम) अम्लीकरण	43.4	32.0	19.5
नाइट्रोजन ऑक्साइड (ग्राम) अम्लीकरण, नाइट्रीकरण, ऊष्मा, काला धुआँ/ओजोन	268.3	223	17.2
गैर मीथेन हाइड्रोकार्बन (ग्राम) ऊष्मा काला धुआँ/ओजोन	20.8	18.3	1.1

उक्त चित्रण आँखें खोल देनेवाला है, क्योंकि यह दरशाता है कि हाई स्पीड रेल वायु प्रदूषण कम करने के लिहाज से सबसे श्रेष्ठ परिवहन साधन है। इस प्रकार, हाई स्पीड रेल सिस्टम वायु प्रदूषण और इससे जुड़े अन्य हानिकारक प्रभाव कम करने में बेहद उपयोगी हो सकता है।

हाई स्पीड रेल का ध्वनि प्रदूषण और कंपन प्रभाव

परिवहन के सभी माध्यम कुछ-न-कुछ ध्वनि और कंपन पैदा करते हैं और जीवों के मानसिक और शारीरिक स्वास्थ्य पर इनका हानिकारक प्रभाव पड़ता है। ध्वनि प्रदूषण मनुष्यों में हृदयवाहिनी पर बहुत गंभीर असर डालता है, रक्तचाप बढ़ाता है और तनाव में वृद्धि होती है, रक्त वाहिनियाँ सिकुड़ती हैं, कानों में सनसनाहट, बहरापन, निद्रा भंग तथा हृदय धमनी की बीमारियों की बढ़ती घटनाओं समेत अन्य नुकसानदायक प्रभाव होते हैं। ध्वनि प्रदूषण भी प्राणी जीवन पर बहुत बुरी तरह से असर डालता है जैसे कि प्रजनन क्षमता में कमी आती है और दिशा भ्रम होता है। इससे स्थायी बहरापन तक हो सकता है। इस प्रकार, परिवहन के हर तरीके के ध्वनि प्रदूषण और कंपन प्रभाव की विस्तार से जाँच होनी चाहिए।

अनेक अध्ययनों में यह बताया गया है कि परिवहन के अन्य साधनों से पैदा हुए शोर की तुलना में ट्रेन से पैदा हुआ शोर आबादी को कम परेशान करता है। यूरोपियन वर्किंग ग्रुप ऑन हेल्थ ऐंड सोशियो-इकॉनोमिक एस्पेक्ट्स ने अपने एक अध्ययन में पाया कि यह 10 प्रतिशत लोगों को विघ्न पहुँचाता है। 70 डेसीबल का बेहद तेज रेलवे का शोर है, जबकि सड़क यातायात में यह 58 डेसीबल और वायु यातायात में 54 डेसीबल होता है।

हाई स्पीड रेल का शोर कर्षण शोर, रोलिंग का शोर, कंक्रीट ढाँचे का शोर,

वायु गतिकीय शोर, पेंटोग्राफ का शोर, चिनगारियों का शोर आदि का हो सकता है। 220 किलोमीटर प्रति घंटे से ज्यादा की रफ्तार पर होनेवाले शोरों में सबसे प्रमुख शोर वायु गतिकीय शोर ही है। ट्रेन सेट के उचित डिजाइन में शामिल पेंटोग्राफ, शोर बाधकों का स्तंभन आदि वायु गतिकीय शोर घटाने में मदद करते हैं।

हाई स्पीड रेल सिस्टम से पैदा हुए कंपन को उचित निलंबन प्रणाली से तथा गिट्टी की गद्दी, लचकदार टाई पैड आदि के इस्तेमाल से प्रभावी रूप से सँभाला जाता है। जापान ने शोर तथा कंपन के प्रभावों को नियंत्रित करने में सबसे अग्रणी भूमिका निभाई और निरंतर निगरानी तथा सुधार से जापानी हाई स्पीड ट्रेनें अब कोई गंभीर ध्वनि प्रदूषण और कंपन प्रभाव पैदा नहीं करतीं।

हाई स्पीड रेल सिस्टम की संसाधन दक्षता

विश्व की बढ़ती जनसंख्या वैश्विक प्राकृतिक संसाधनों पर गंभीर दबाव डाल रही है। एक ओर आबादी बढ़ रही है और दूसरी ओर संसाधन घट रहे हैं। इस प्रकार, ऐसी टिकाऊ परिवहन प्रणाली का महत्त्व बहुत बढ़ गया है, जो प्राकृतिक संसाधनों का सही और किफायती तरीके से उपयोग कर सके। अगर किफायती तरीके से संसाधनों का इस्तेमाल न किया जाए तो यह ऊर्जा संकट बढ़ा सकता है, जिससे सामाजिक-आर्थिक विकास पिछड़ जाएगा।

किसी भी अन्य विकासात्मक गतिविधि की तरह परिवहन भी संसाधनों को खर्च करता है, लेकिन हाई स्पीड रेल में काफी संसाधन दक्षता है। हाई स्पीड रेल क्षेत्र नई रेल अधोसंरचना के निर्माण से उत्सर्जन को न्यूनतम करने पर जोर देता है। इसमें न्यून कार्बन पदार्थ भी इस्तेमाल होते हैं, जो कि पुनर्चक्रीय होते हैं। हाई स्पीड रेल प्रौद्योगिकी में एल्युमीनियम जैसी कम वजन की निर्माण सामग्री का इस्तेमाल होता है, इसी तरह से डिब्बों की कम संख्यावाले आर्टिकुलेटिड ट्रेन डिजाइनों के जरिए भार कम करने में भी सफलता मिलती है। कुल भार में कमी तथा रोधक सामग्री के इस्तेमाल से संसाधन इस्तेमाल की उन्नत दक्षता में मदद मिलती है।

मौजुदा रोलिंग स्टॉक का पूरे जीवन चक्र में आधुनिकीकरण और नवीकरण से कार्बन फुट प्रिंट घटाने और संसाधन के इस्तेमाल की दक्षता में सुधार करने में मदद मिलती है। उदाहरण के लिए, जर्मन रेलवे में 2005 और 2008 के बीच पहली पीढ़ी की 59 इंटरसिटी एक्सप्रेस ट्रेनों को पूरी तरह से दोबारा बनाया गया। रिपोर्टों के अनुसार, इस कार्य से नई ट्रेनों को खरीदने की तुलना में संसाधनों का

इस्तेमाल काफी कम हुआ, और मोटे तौर पर 16000 टन इस्पात और 1200 टन ताँबे की बचत हुई। इतना ही नहीं, नए घटक बनाने की बजाय उनकी पुनर्सज्जा करने से CO_2 उत्सर्जन भी 35,000 टन कम हुआ। हाई स्पीड रेल में कच्चे माल के अत्यधिक इस्तेमाल को भी कम करने के कई फायदे हैं।

नीचे दिए चित्र में दिखाया गया है कि हाई स्पीड रेल वाहन (टी.जी.वी. डुप्लेक्स) बनाने में संसाधनों की मात्रा का सही तरह से इस्तेमाल अन्य वाहनों के समान पुनर्चक्रण दर के अनुसार, किसी औसत कार की तुलना में पूरे जीवनकाल में चालीस गुना ज्यादा सीट किलोमीटर उपलब्ध कराने में सक्षम है।

तरीका	द्रव्यमान(टन)	सीटें	किलोमीटर/ वर्ष	जीवनकाल (वर्ष)	सीट किलोमीटर/ इस्तेमाल टन
हाई स्पीड रेल (टी.जी.वी. डुप्लेक्स)	400	516	49000	30	19160
औसत कार	1.2	4	15000	10	48000

तालिका 2 : फ्रांसीसी टी.जी.वी. और एक औसत कार की तुलना स्रोत :सिस्ट्रा की गणना

हाई स्पीड डिब्बों और अन्य रोलिंग स्टॉक का अधिक लंबा जीवन चक्र संसाधन इस्तेमाल की उन्नत दक्षता में योगदान करता है। हाई स्पीड रेल परियोजनाओं में सही भूमि एकीकरण नीति अपनाई जाती है। पेड़-पौधे और सब्जियाँ लगाना तथा जमीन के अन्य ऐसे ही उपयोग जैसे कुछ उपाय अपनाए जाते हैं।

किसी परिवहन अधोसंरचना में इस्तेमाल जमीन की मात्रा का असर जैव-विविधता तथा प्राकृतिक आवास पर पड़ता है और इस प्रकार यह इसके पर्यावरणीय असर का बहुत संवेदनशील सूचक है। हाई स्पीड रेल नेटवर्क में अन्य परिवहन साधनों की तुलना में प्रति यूनिट न्यूनतम जमीन इस्तेमाल होती है। हाई स्पीड रेलवे में प्रति यूनिट जमीन (यात्री-किलोमीटर) की जरूरत बहुत कम होती है। हाई स्पीड रेल नेटवर्क समान चौड़ाई पर सड़क की तुलना में प्रति घंटे यात्री को ज्यादा सुविधाएँ देता है।

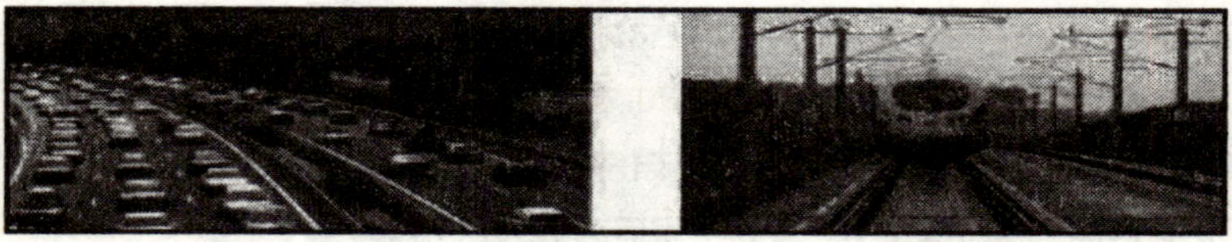

सड़क और रेल पटरियों में इस्तेमाल जमीन, स्रोत : यू.आई.सी. 2008

2×3 लाइनें 2×1 लाइनें

अधोसंरचना में ली गई प्रत्यक्ष जमीन

2.5 हेक्टेयर/किलोमीटर 1.3 हेक्टेयर/किलोमीटर

अधोसंरचना में ली गई प्रत्यक्ष + अप्रत्यक्ष जमीन

9.3 हेक्टेयर/किलोमीटर 3.2 हेक्टेयर/किलोमीटर

इस प्रकार, यह हर तरह से स्पष्ट है कि हाई स्पीड रेल के भारी पर्यावरणीय फायदे हैं और पर्यावरण की बढ़ती चिंताओं के बीच परिवहन का यह तरीका अब मुख्य भूमिका में आ रहा है। पर्यावरणीय फायदों के अलावा, हाई स्पीड रेल जनता को कई अन्य तरह के फायदे भी देती है, मसलन, विश्वसनीयता, समय की पाबंदी, आराम, समय की बचत, सबकी पहुँच, यात्रा के दौरान काम करते रहने की सुविधा, सिटी सेंटर से दूसरे सिटी सेंटर तक प्रत्यक्ष यात्रा और हाँ, सुरक्षा का बेहतरीन रिकॉर्ड। अब हम हाई स्पीड रेल नेटवर्क के सामाजिक प्रभावों की पड़ताल करते हैं।

हाई स्पीड रेल नेटवर्क के सामाजिक प्रभाव

गुणवत्ता और उत्पादक समय (क्वालिटी और प्रोडक्टिव टाइम)

दुनिया बहुत तेजी से बदल रही है और हर कोई मुश्किल से क्वालिटी टाइम निकाल पा रहा है, क्योंकि हर दिन आराम के अवसर लगातार घटते जा रहे हैं। लोग तनावमुक्त रहने के छोटे-से-छोटे अवसर का लाभ उठाना चाहते हैं, और हाई स्पीड रेल से यात्रा करते समय लोगों को ऐसे कार्य करने का मौका मिल जाता है, जो उन्हें सड़क या हवाई यातायात में नहीं मिल पाता। हाई स्पीड रेल का यह बहुत ही स्वाभाविक फायदा है कि इसमें वेटिंग, सिक्योरिटी चेक, सामान जमा करने-निकालने जैसे काम निर्बाध रूप से होते रहते हैं।

हवाई यातायात और हाई स्पीड रेल के बीच यात्रा काल तुलनात्मक होता है, हालाँकि हाई स्पीड यात्रा को तुलनात्मक रूप से निर्विघ्न यात्रा का लाभ मिलता है। हाई स्पीड रेल यात्रियों को आकर्षित करती है, क्योंकि हाई स्पीड रेल की

यात्रा में लगने वाला समय बरबाद नहीं होता है। हाई स्पीड ट्रेन की यात्रा बहुत ही सुखद अनुभव हो सकती है, क्योंकि यात्रा के दौरान यात्री पढ़ाई, खेल, सोने, काम करने, फिल्म देखने या खिड़की से बाहर के दृश्य देखने के काम कर सकते हैं। इस प्रकार, हाई स्पीड रेल यात्राएँ अधिक उत्पादक हैं और इनमें समय के बेहतर उपयोग के अवसर रहते हैं।

फ्रैंकफर्ट से पेरिस के बीच की यात्रा में क्वालिटी टाइम की उपलब्धता के अध्ययन के लिए, कार, विमान तथा इको-पैसेंजर रेल की यात्रा की नीचे तुलना की गई है—

कार : यात्रा का कुल समय = 5 घंटे 03 मिनट। काम या आराम के लिए मिलनेवाला अनुमानित समय = 0 घंटे

(स्वयं ड्राइविंग करते समय)। यात्रा के कुल समय की तुलना में इस्तेमाल हो सकनेवाले समय का हिस्सा = 0 प्रतिशत

विमान : यात्रा का कुल समय * = 3 घंटे। काम या आराम के लिए मिलनेवाला अनुमानित समय = 1 घंटा

यह अनुमान 30 मिनट के निर्बाध उपयोग के लिए उपलब्ध न्यूनतम समय के लिए है।

यह बहुत हद तक निर्बाध इस्तेमाल योग्य समय की व्यक्तिगत प्राथमिकता पर निर्भर करता है।

कुछ लोग किसी समय 5–10 मिनट की अल्पावधि में काम करना पसंद करते हैं या दबाव में इसके लिए बाध्य होते हैं। मोबाइल पर बात करने, बिना इलेक्ट्रॉनिक उपकरणों के पढ़ने या नोट्स बनाने से शायद यात्रा के दौरान उपयोग हो सकनेवाले समय को बढ़ाया जा सकता है।

कुल यात्रा समय की तुलना में इस्तेमाल हो सकनेवाले समय का हिस्सा = 35 प्रतिशत

हाई स्पीड रेल : यात्रा का कुल समय = 3 घंटे 49 मिनट। काम या आराम के लिए मिलनेवाला अनुमानित समय—3 घंटे 49 मिनट। सीट तलाश करने और टिकट चेकिंग के समय को कुल समय में से घटाया नहीं गया है, क्योंकि या तो इनमें समय लगता नहीं या ये काम पहले ही हो चुके होते हैं।

कुल यात्रा समय की तुलना में इस्तेमाल हो सकनेवाले समय का हिस्सा = 100 प्रतिशत।

इन आँकड़ों में केवल यात्रा अवधि को ध्यान में रखा गया है और रेलवे स्टेशन जाने तक लगने वाले समय को इसमें शामिल नहीं किया गया है। यह समय रेलवे स्टेशन से आरंभिक दूरी और पहुँचने की सुविधा पर निर्भर करता है। यह समय इस्तेमाल के लिए मिलनेवाले समय को घटा सकता है, हालाँकि हाई स्पीड रेल का इस्तेमाल हो सकनेवाला समय तब भी ज्यादा किफायती रहता है।

विश्वसनीयता और सुविधा

हर यात्री किसी परिवहन साधन की विश्वसनीयता को ध्यान में रखता है, ताकि वह अपने समय को उचित ढंग से निर्धारित कर सके। हाई स्पीड रेल सिस्टम दुनिया का सबसे विश्वसनीय परिवहन साधन है, क्योंकि इसकी समय की पाबंदी सबसे अधिक है। समय की पाबंदी के उच्च मानदंड से गति यानी दो निरंतर रेल सेवाओं के बीच अंतराल को सुधारने में मदद मिलती है और इस तरह से उनकी क्षमता बढ़ती है। पूर्व सूचित समय तालिका से चलने से परिवहन का यह साधन लोगों को काफी आकर्षित करता है, क्योंकि लोग अपने समय का मूल्य समझते हैं और समय का उत्पादक इस्तेमाल करना चाहते हैं।

हाई स्पीड रेल की यात्रा न केवल विश्वसनीय होती है, बल्कि बेहद आरामदायक भी है। सीटें आरक्षित होने के कारण उनके पास अपना स्थान रहता है और ट्रेन के स्टॉपेज कम होने के कारण यात्रा भी निर्बाध पूरी होती रहती है। हाई स्पीड ट्रेनों में चलने-फिरने के लिए भी पर्याप्त जगह होती है, जिससे यात्रा की गुणवत्ता सुधरती है। हाई स्पीड ट्रेन में आराम के सभी लक्षण होते हैं; जैसे डिब्बों के अंदर घूमने-फिरने की जगह, सीटों के बीच में जगह, चलती ट्रेन में सेवाएँ आदि। इसके अलावा यात्रा काल में स्वास्थ्य पर संभावित असर और चलती ट्रेन में शोर से होनेवाली परेशानी की जानकारी भी उपलब्ध रहती है।

सामाजिक मेलजोल और एकता

हाई स्पीड रेल नेटवर्क देश के तमाम राजनीतिक और आर्थिक केंद्रों के बीच संपर्क उपलब्ध कराता है, जिसकी बहुत ज्यादा जरूरत होती है। सामाजिक मेल-जोल के भी अवसर इन संपर्कों से उपलब्ध होते हैं। हाई स्पीड रेल नेटवर्क के विकास से सार्वजनिक परिवहन की समग्र अधोसंरचना का विकास होता है। क्षेत्रीय ट्रेन सेवाएँ, फीडर रूट आदि आधुनिक बनाए जाते हैं और इस प्रकार आने-जाने की सुविधा में समग्र रूप से महत्त्वपूर्ण सुधार होता है। हाई स्पीड रेल से परिवहन प्रणाली सुदृढ होती है और संबंधित अधोसंरचना में सुधार होता है। अन्य संबंधित परिवहन नेटवर्क के समूचे संगठन को भी आधुनिक बनाया जाता है और इस तरह से ज्यादा सक्षम बनाया जाता है।

हवाई यात्रा में तो अनेक बार व्यवस्थित मानव संसाधनों की जरूरत पड़ती है, जैसे बोर्डिंग पास, सामान की जाँच, सिक्योरिटी चेक, लगेज कलेक्शन आदि

के लिए। निजी वाहनों का इस्तेमाल केवल उन लोगों के लिए संभव है, जो इन्हें खरीद सकें, चलाने और मरम्मत का खर्चा वहन कर सकें। हाई स्पीड रेल यात्रा के लिए लोगों को ज्यादा सहायता की जरूरत नहीं पड़ती और इस तरह से समाज के सभी वर्गों; जैसे बुजुर्गों और विकलांगों को भी इससे यात्रा करने में कोई कठिनाई नहीं होती। बुजुर्गों की संख्या बढ़ने और विकलांगों के प्रति बदलते रवैए कारण यह महसूस किया जाने लगा है कि सार्वजनिक परिवहनों को इन वर्गों के लिए भी उपयुक्त बनाया जाए।

अनेक रेल कंपनियों ने जनता की आवाजाही की सुविधा के लिए कई विशिष्ट कार्यक्रम चलाए हैं। फ्रांसीसी रेलवे एस.एन.सी.एफ. की एक ऐसी ही सहायता सेवा का नाम है एक्सेस प्लस, जो विकलांगों की मदद के लिए है। एक्सेस प्लस सेवा अब पूरे फ्रांसीसी नेशनल नेटवर्क में करीब 360 स्टेशनों पर उपलब्ध है और विकलांगों को स्टेशन तक आने-जाने में पूरी सुविधा के लिए सहायता उपलब्ध कराती है। जर्मन रेलवे डी.बी. का मोबिलिटी सर्विस सेंटर भी चलने-फिरने में दिक्कत महसूस करनेवाले लोगों के लिए ऐसी ही सेवाएँ देता है। स्पेनिश रेलवे की अटेंडो सेवा भी चलने-फिरने में परेशानी महसूस करनेवाले लोगों की मदद के लिए मुफ्त सहायता सेवा है।

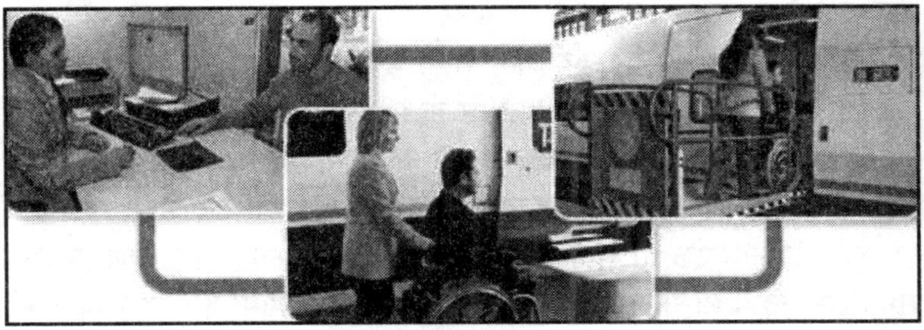

स्पेनिश रेलवे रेनफे की अटेंडो सेवा, स्रोत : renfe website.

विकलांगता के शिकार लोगों को ही नहीं, बल्कि उम्रदराज लोगों को भी सार्वजनिक वाहनों में विशेष सुविधाओं की जरूरत पड़ती है। 60 साल या उससे अधिक उम्र के लोगों की आबादी 1950 में 8 प्रतिशत थी, जो कि 2000 में 10 प्रतिशत हो गई और 2050 तक 21 प्रतिशत तक हो जाने की संभावना है। आबादी के इस हिस्से को अधिक सुविधाओं की जरूरत होती है और हाई स्पीड रेल सिस्टम

में ये सुविधाएँ बहुतायत में रहती हैं।

हाई स्पीड रेल नेटवर्क का प्रस्तावित चतुर्भुज नेटवर्क भारत के सारे महत्त्वपूर्ण सामाजिक और आर्थिक केंद्रों को जोड़ेगा और इस प्रकार, इसका सामाजिक-सांस्कृतिक एकीकरण, आर्थिक अवसरों आदि पर बड़ा भारी असर पड़ेगा। मुंबई-अहमदाबाद खंड को भारत के हाई स्पीड रेल सिस्टम के पहले संचालन पथ के रूप में चुना जाना बेहद उचित है, क्योंकि भारत के इन दो महत्त्वपूर्ण आर्थिक तथा सांस्कृतिक केंद्रों के बीच तीव्रतर कनेक्टिविटी के अनेक सकारात्मक परिणाम होंगे। अभी जहाँ एक्सप्रेस ट्रेन की यात्रा में जो दूरी तय करने में करीब छह घंटे लगते हैं, वहीं दो घंटे से भी कम समय में हो जाया करेगी। सारे क्षेत्रीय परिवहन संपर्क भी सामाजिक गतिशीलता और पहुँच को तेज करने के लिए फले-फूलेंगे और इस तरह से इलाका निवेश आदि के लिए बहुत ही आकर्षक हो जाएगा।

इसी तरह से, जब हाई स्पीड रेल नेटवर्क का प्रस्तावित स्वर्णिम चतुर्भुज चालू हो जाएगा, तब उससे भारत को हासिल होनेवाली सामाजिक गतिशीलता और पहुँच अद्‍भुत होगी। हाई स्पीड रेल नेटवर्क का हीरक चतुर्भुज ऐसी सामाजिक-आर्थिक क्रांति लाएगा, जो भारत का न केवल चेहरा बदल देगा, बल्कि भारतीय लोगों के जीवन में बहुत ही सकारात्मक बदलाव लाएगा। जब सौ किलोमीटर प्रति घंटे के दौर में रहनेवाले लोग तीन सौ किलोमीटर प्रति घंटे के दौर में पहुँचेंगे तो उनकी जीवनशैलियाँ बदलेंगी ही। जब लोग इतनी बड़ी दूरियाँ पलक झपकते ही पूरी कर लिया करेंगे, वह भी उचित दामों पर तो गतिशीलता बढ़ेगी ही और लोग ऐसे शहरों की यात्रा बार-बार करेंगे तथा अलग-अलग परिवेश और पृष्ठभूमि के लोग एक साथ रहेंगे और समान दिशा में सोचा करेंगे। जब विभिन्न क्षेत्रों, धर्मों और पृष्ठभूमि के लोग एक ही जगह रहेंगे तो उनकी मानसिकता, भाषा, वेशभूषा और समग्र संस्कृति में भी सकारात्मक बदलाव आएगा। ऐसी सामाजिक-आर्थिक क्रांति सभी भारतीयों के लिए अच्छे दिनों की परिचायक होगी।

हाई स्पीड रेल नेटवर्क के आर्थिक फायदे

आर्थिक विकास केवल सकल घरेलू उत्पाद के सूचकांक तक सीमित नहीं रहता। मूल्यों के रूप में ही प्रसारित नहीं होनेवाली लागत या मुनाफा जैसी आर्थिक गणनाएँ भी समान रूप से अहम् होती हैं। हाई स्पीड रेल नेटवर्क क्षेत्रीय संपर्क, श्रम गतिशीलता, व्यावसायिक दक्षता तथा क्षेत्र के स्थानीय आकर्षण को मजबूत करेगा और इस तरह से आर्थिक विकास को प्रोत्साहन देगा।

हाई स्पीड रेल परियोजनाओं की निवेश लागत बहुत ज्यादा होती है। नई हाई स्पीड रेल अधोसंरचना में तीन मुख्य लागतें शामिल होती हैं—नियोजन एवं भूमि की लागत, अधोसंरचना निर्माण लागत और बाहरी निर्माण लागत। अगर हम बाहरी लागतों का ध्यान न रखें तो लागत का सही अनुमान नहीं लग पाएगा।

बाहरी लागत का हिसाब

परिवहन से जुड़ी बाहरी लागतें परिवहन उपयोगकर्ताओं द्वारा पैदा की जाती हैं, लेकिन उसका भुगतान वे खुद न करके, पूरा समाज उसका भुगतान करता है; जैसे मसलन, वायु प्रदूषण, जलवायु परिवर्तन, दुर्घटनाएँ, शोर के साथ-साथ प्राकृतिक तथा परिदृश्य संबंधी नुकसान। परंपरागत बाहरी लागतों को बाजार अनदेखी करता है। भीड़भाड़ के देरी जैसे प्रभाव को बाजार पसंद करता है, जो कि आर्थिक गतिशीलता पर बुरा असर डालता है, लेकिन ऐसी लागत का कोई आर्थिक मूल्य नहीं होता।

नीचे दी गई तालिका में बाहरी लागतों का भुगतान करनेवालों के बारे में बताया गया है।

तालिका 3 : बाहरी लागत कौन चुकाता है ? स्रोत : CER 2008

लागत श्रेणियाँ	भुगतानकर्ता	
	परिवहन उपयोगकर्ता	गैर-ट्रांसपोर्टर
जलवायु परिवर्तन —प्राकृतिक क्षति —खेती में कमी	गैर-भुगतानकर्ता	— बीमा (बीमित व्यक्ति) — सरकारी अधिकारी — व्यक्ति — भावी पीढ़ियाँ
वायु प्रदूषण —मानव स्वास्थ्य —जानवरों का स्वास्थ्य	गैर-भुगतानकर्ता	— बीमा (बीमित व्यक्ति) — सरकारी अधिकारी — व्यक्ति
दुर्घटनाएँ —शारीरिक चोटें —नुकसान	बीमा के रूप में आंशिक रूप से	— बीमा (बीमित व्यक्ति) — सरकारी अधिकारी — व्यक्ति

भीड़भाड़ —तनाव —प्रजनन क्षमता में कमी	प्रजनन क्षमता में कमी के कारण आंशिक रूप से	— कंपनियाँ —व्यक्ति —स्वास्थ्य बीमा (बीमित व्यक्ति)
शोर	गैर-भुगतानकर्ता	—व्यक्ति —स्वास्थ्य बीमा (बीमित व्यक्ति)

बाजार तो तमाम वस्तुओं और सेवाओं की लागतों की तुलना करते समय बाहरी लागतों को शामिल करता नहीं, इसलिए असली लागत और फायदों को समझ पाना बहुत कठिन हो जाता है। परिवहन क्षेत्र के लिए यह खासतौर पर सही है और इस प्रकार भ्रमित करनेवाले मूल्य संकेतक पैदा होते हैं और लोग इन्हीं त्रुटिपूर्ण संकेतकों के आधार पर निर्णय करने के लिए मजबूर हो जाते हैं। इस तरह से सभी बाहरी लागतों के समावेशन की स्थिति बनती है और उन्हें परिवहन मूल्य की गणनाओं में शामिल करने से एक समतल स्थिति पैदा होती है। अगर ऐसा न किया जाए तो सड़क परिवहन जैसी नकारात्मक बाहरी कारकोंवाली परिवहन गतिविधियों को बढ़ावा मिलेगा और इसका दंड पूरे समाज को भुगतना पड़ेगा।

''यूरोपीय संघ में नॉर्वे और स्विट्जरलैंड को मिलाकर परिवहन की कुल बाहरी लागत 2008 में 500 यूरो से ज्यादा यानी कुल सकल घरेलू उत्पाद का 4 प्रतिशत थी। लागत का करीब 77 प्रतिशत यात्री परिवहन से और 23 प्रतिशत माल परिवहन से पैदा होता है। इन सबसे ऊपर, सड़क परिवहन की भीड़भाड़ की लागत 146 और 243 अरब यूरो (कुल सकल घरेलू उत्पाद का 1 से 2 प्रतिशत) के बीच हो गई है। सड़क परिवहन के साधनों का इन लागतों में हिस्सा सर्वाधिक (93 प्रतिशत) है। कुल परिवहन आकार के साथ-साथ उनकी प्रति यात्री-किलोमीटर अथवा टन-किलोमीटर उच्चतर औसत बाहरी लागत में सड़क के वृहद हिस्से के रूप में इसे समझाया जा सकता है। यात्री कारों का हिस्सा करीब 61 प्रतिशत है, जिसके बाद ट्रकों (13 प्रतिशत), गाड़ियों (9 प्रतिशत), दो पहिया वाहनों (6 प्रतिशत) और बसों (4 प्रतिशत) का नंबर आता है। गैर-सड़क साधनों में बाहरी लागत में सबसे बड़ा हिस्सा उड्डयन का है, जो करीब 5 प्रतिशत है, हालाँकि इसमें केवल अंतः यूरोपीय संघ की उड़ानें शामिल की गई हैं। रेल परिवहन का दायित्व 2 प्रतिशत से कम और अंतर्देशीय जहाजरानी का दायित्व केवल 0.3 प्रतिशत होता है।'' स्रोत : अपडेट स्टडी, 2008, यूरोप में

परिवहन की सीई डेल्फ्ट, इन्फ्रा, फ्रॉनहाफर आईएसआई बाहरी लागत।

कुछ देश बाहरी लागतों के हिसाब के लिए सुनिश्चित उपाय अपनाते हैं। लंदन और सिंगापुर में भीड़भाड़ और प्रदूषण पर नियंत्रण के लिए किसी-न-किसी रूप में कंजेस्चन चार्ज लगाया जाता है। हालाँकि ऐसे उपाय बहुत सीमित हैं। जो प्रदूषण फैलाए, वही उसकी कीमत चुकाए यानी पॉल्यूटर पेज प्रिंसीपल को व्यापक पैमाने पर लगाया जाना चाहिए। यह विडंबना है कि सड़क क्षेत्र का योगदान बाहरी लागत में सबसे ज्यादा है और उसमें इस तरह की लागतों का समावेशन नहीं होता, जबकि दूसरी तरफ, रेल क्षेत्र खासकर यूरोप में इसकी बहुत सारी लागतों का समावेशन करता है, जहाँ यूरोपीय संघ उत्सर्जन व्यापार योजना (ई.टी.ए.एस.) में पूरी तरह से समावेशित है।

हाई स्पीड रेल के निर्माण, प्रचालन और अनुरक्षण से जुड़ी लागत समाज की सर्वाधिक सुस्पष्ट लागत है, क्योंकि इसमें कोई प्रतिच्छाया लागत पैदा नहीं होती और अगर इसमें किसी तरह की बाहरी लागत पैदा होती भी है तो इसमें ऐसी सारी लागतें शामिल कर ली जाती हैं। तमाम परिवहन प्रणालयों के लिए सार्वजनिक निवेश का निर्णय करते समय इन तथ्यों को ध्यान में रखा जाना चाहिए। अगर उचित और पारदर्शी तरीके से यह किया जाता है, तो परिवहन का सर्वाधिक टिकाऊ स्वरूप फलेगा-फूलेगा।

संतुलित स्थानीय विकास

हाई स्पीड रेल नेटवर्क का स्थानीय विकास में बहुत अहम् योगदान रहता है। हाई स्पीड रेल नेटवर्क से रोजगार सृजन, पर्यटन प्रोत्साहन, व्यापारिक गतिविधियों में वृद्धि जैसी स्थानीय आर्थिक गतिविधियों में लाभदायक तेजी आती है। शहर का समग्र प्रौद्योगिकी विकास होता है, जो कि इन शहरों के लिए बेहतर निवेश आकर्षित करने में मददगार होता है। शहर की समग्र छवि को प्रोत्साहन मिलता है और वहाँ पर हर तरह का सामाजिक, प्रौद्योगिकीय और सांस्थानिक सहयोग मिलने लगता है।

शिंकनसेन रेलवे स्टेशन से युक्त और वंचित शहरों की शिंकसेन शुरू होने के 10 साल पहले और 10 साल बाद की स्थिति की तुलना से सारी बातें अच्छी तरह से स्पष्ट हो जाएँगी।

तालिका 4 : शिंकनसेन रेलवे स्टेशन से युक्त और वंचित शहरों की तुलना— शिंकसेन शुरू होने के 10 साल पहले और 10 साल बाद की स्थिति स्रोत : ब्रियान डी. सैड्र्स (1993)

क्षेत्र थोक बिक्री	शिंकनसेन शुरू होने से पहले वार्षिक विकास प्रतिशत		शिंकनसेन शुरू होने के बाद वार्षिक विकास प्रतिशत	
	स्टेशन वाले शहर	बिना स्टेशन वाले शहर	स्टेशन वाले शहर	बिना स्टेशन वाले शहर
	12.9 प्रतिशत	20.8 प्रतिशत	11.6 प्रतिशत	8.7 प्रतिशत
खुदरा	10.1 प्रतिशत	13.5 प्रतिशत	10.0 प्रतिशत	8.6 प्रतिशत
उद्योग	13.7 प्रतिशत	14.2 प्रतिशत	9.5 प्रतिशत	7.8 प्रतिशत
निर्माण	13.8 प्रतिशत	14.9 प्रतिशत	8.0 प्रतिशत	6.4 प्रतिशत
जनसंख्या	2.7 प्रतिशत	3.4 प्रतिशत	1.9 प्रतिशत	1.6 प्रतिशत

दुनिया के दूसरे देशों में भी ऐसी ही बातें देखी गई हैं। पेरिस से 211 किमी. की दूरी पर स्थित, ले मान्स की आबादी 1 लाख 50 हजार है। यहाँ का स्टेशन सिटी सेंटर में है और पेरिस से यहाँ तक का सफर 54 मिनट का है। यह भी एक अच्छा उदाहरण है। स्टेशन के निर्माण से पहले, इस शहर ने विकास की एक योजना बनाई, जिसके अंतर्गत आसपास के इलाकों को नियंत्रित और पुनर्संगठित करने का प्रावधान किया गया। जर्मनी के कोलोन में भी तेज रफ्तार रेल नेटवर्क की शुरुआत के बाद शहर को फिर से विकसित किया गया है। इटली के तुरिन में, नए तेज रफ्तार रेल नेटवर्क के आसपास सिटी सेंटर का बड़े पैमाने पर फिर से विकास किया गया। कोरिया ट्रेन एक्सप्रेस (केटीएक्स) ने उत्तर-दक्षिण के असंतुलन को कम करने में और आर्थिक भूगोल को बदलने का काम किया है। योंगसन स्टेशन में इलेक्ट्रॉनिक और कंप्यूटर सेंटर, सांस्कृतिक सुविधाएँ, शॉपिंग और फैशन आरकेड, रेस्टोरेंट आदि विभिन्न प्रकार की गतिविधियों को विकसित किया गया है।

हरित कार्य

यह पूरी तरह से स्पष्ट है कि तेज रफ्तार रेल सेक्टर से प्रदूषण कम फैलता है, संसाधन का प्रयोग अधिक कुशलता से होता है और ऊर्जा की खपत भी कम होती है। इस कारण ही यह पर्यावरण की दृष्टि से एक बेहद सक्रिय क्षेत्र साबित हुआ है। सामान्य लोग, उद्यमी और पेशेवर लोग समान रूप से पर्यावरण की दृष्टि से सुरक्षित अर्थव्यवस्था से जुड़ना चाहते हैं और आम तौर पर यह माना जाता है कि नौकरियों का सृजन भी हरित और स्वच्छ होना चाहिए। निम्न कार्बन आर्थिक

खाका (लो कार्बन इकोनॉमिक मॉडल) हरित रोजगार अवसरों का सृजन करता है। आजकल की युवा पीढ़ी पर्यावरण की दृष्टि से सुरक्षित रोजगारों में दिलचस्पी रखती है, क्योंकि उनसे पर्यावरण की देख-रेख करने, उसे बहाल रखने और गिरावट रोकने में मदद मिलती है।

तेज रफ्तार रेल सेक्टर श्रम गहन सेक्टर है और इसमें पर्यावरण की दृष्टि से सुरक्षित नौकरियाँ मिलती हैं। तेज रफ्तार रेल परियोजनाओं में निवेश से बुनियादी ढाँचे के पूर्ण जीवनकाल तक रोजगार उत्पन्न होते रहते हैं। अध्ययनों से पता चलता है कि दस नए रेल रोजगार से चौदह नए अप्रत्यक्ष और अनुमानित रोजगार पैदा होते हैं, जबकि रोड सेक्टर में दस नौकरियों के सृजन से केवल पाँच अप्रत्यक्ष और अनुमानित नौकरियाँ पैदा होती हैं। अंतरराष्ट्रीय स्तर पर किए गए अनुभव बताते हैं कि तेज रफ्तार रेल सेक्टर में बड़ी संख्या में नौकरियों का सृजन होता है। फ्रांस में एल.जी.वी. ईस्ट के निर्माण में लगभग 63000 नौकरियाँ पैदा हुई थीं। इसी प्रकार, 2004-2010 की अवधि में मैड्रिड-वालेंसिया तेज रफ्तार रेल लाइन के निर्माण के दौरान 1,00,000 से अधिक प्रत्यक्ष नौकरियाँ बनी थीं। तेज रफ्तार रेल से परिचालन और देख-रेख के चरण में भी स्थायी नौकरियों का सृजन होता है।

यहाँ यह भी जान लेना महत्त्वपूर्ण है कि अधिकांश तेज रफ्तार रेल कंपनियाँ सतत गतिशीलता और परिवहन पर यू.आई.सी. घोषणा की सदस्य हैं। इन कंपनियों का उद्देश्य है कि वे—

- पूर्ण जिम्मेदारी की भावना से एक परिवहन प्रणाली की सुविधा उपलब्ध कराएँ।
- यात्रियों की आवश्यकताओं और उम्मीदों को पूरा कर ग्राहकों की संतुष्टि के स्तर को बढ़ाएँ।
- तेजी से अधिक से अधिक पसंदीदा परिवहन का साधन बनें।
- सुरक्षा में सुधार, विश्वसनीयता, सही समय पर परिचालन, स्वच्छता, आराम, और पर्यावरण की दृष्टि से बेहतर साबित हों।
- तकनीकी प्रयोगों को बढ़ावा दें।
- बेहतरीन प्रयोगों और प्रक्रियाओं पर साझा शोध करें।
- राष्ट्रीय और वैश्विक स्तर पर CO_2 के उत्सर्जन को कम करने में योगदान दें।
- अन्य परिवहन के साधनों को छोड़ इस नए साधन को अपनाने के अवसर दें।

- रेलवे की ऊर्जा संबंधी कुशलता को बढ़ाएँ।
- न केवल रेलवे के परिचालन से, बल्कि स्टेशनों, फैक्टरियों, दफ्तरों तथा अन्य गतिविधियों जैसी तमाम व्यवस्था के कारण शोर और अन्य प्रभावों को कम करें।

इस प्रकार यह स्पष्ट है कि तेज रफ्तार रेल नेटवर्क से शहर, क्षेत्र और देश को अनेकानेक फायदे मिलते हैं। कुल मिलाकर तेज रफ्तार रेल नेटवर्क पर्यावरण की दृष्टि से सबसे अच्छा परिवहन का साधन है और क्षेत्रीय विकास और राष्ट्रीय एकता के रूप में इससे दूरगामी सामाजिक लाभ प्राप्त होते हैं। एक बार बाहरी खर्चों को आंतरिक आय प्रक्रिया में शामिल कर लिया जाता है, तो हम देख सकते हैं कि तेज रफ्तार रेल नेटवर्क आर्थिक रूप से भी फायदेमंद साबित होता है। हालाँकि यह भी आवश्यक है कि विभिन्न प्रकार की आलोचनाओं पर निष्पक्ष रूप से विचार किया जाए।

तेज रफ्तार रेल नेटवर्क की आलोचना

"यदि वे सफल हो गए, तो समाज को एक अप्राकृतिक गति दे देंगे, एक मनुष्य से दूसरे मनुष्य के सारे संबंध को तबाह कर देंगे, महानगरीय बाजारों को रौंद डालेंगे, सारे प्रांतों के संसाधनों को निचोड़ लेंगे और जीवन के लिए खतरा बन जाएँगे, तमाम तरह के भ्रम और कष्ट पैदा होंगे।" यह रिपोर्ट केवल बुलेट ट्रेनों को लेकर नहीं, बल्कि रेलवे की परियोजनाओं के विषय में 1835 में लोकप्रिय अंग्रेजी अखबार 'जॉन बुल' में छपी थी। इस संसार में शक करनेवालों की कमी नहीं, जो हर नई दूरदर्शी परियोजना पर मनहूसियत भरी बातें करते हैं। इसी प्रकार बुलेट ट्रेनों की परियोजनाओं को भी नहीं बख्शा गया है और उसकी आलोचना की गई है।

सबसे पहली और महत्त्वपूर्ण आलोचना इसके निर्माण और रखरखाव पर आनेवाले भारी-भरकम खर्च को लेकर की जाती है। आलोचकों का कहना है कि इस पर आनेवाला खर्च हद से अधिक है और पूरी प्रक्रिया बहुत उलझाऊ है। यह भी कहा जाता है कि तेज रफ्तार रेल नेटवर्क संभ्रांतवाद को बढ़ावा देता है। आलोचकों के अनुसार यह सोचना एक फैशन बन गया है कि तेज रफ्तार ट्रेनों से धरती को बचाओ अभियान को मदद मिलेगी। आलोचकों का विचार है कि यह फिजूलखर्ची का एक नमूना है, जिसे सामाजिक लाभ के आवरण से ढका जाता है। आलोचकों का तर्क है कि चीन की तेज रफ्तार ट्रेनों में सफर करना आम नागरिकों के बजट से बाहर है और फ्रांस के साथ ही जापान में भी, केवल एक तेज रफ्तार रेल लाइन

है, जो मुनाफे में है। आलोचकों का कहना है कि तेज रफ्तार रेल पर अरबों खर्च करने का फायदा केवल बेहद अमीर यात्रियों को मिलेगा तथा हमेशा के लिए यह नेटवर्क सरकारी मदद पर निर्भर रहेगा। संभ्रांतवाद, बजट से बाहर होने और टैक्स अदा करनेवालों पर बोझ के साथ ही आलोचकों का कहना है कि तेज रफ्तार रेल की तकनीक पुरानी है और परिवर्तनकारी साबित नहीं हुई है।

आलोचक चीन की तेज रफ्तार रेल में हुए भ्रष्टाचार की मिसाल भी पेश करते हैं। यहाँ यह बता देना भी उचित होगा कि फरवरी 2011 में चीन के रेल मंत्री ल्यू झीजुन को भ्रष्टाचार के आरोपों में बरखास्त कर दिया गया था। उन्हें दोषी पाया गया और मौत की सजा तक सुना दी गई, जिससे जुलाई 2013 में उन्हें राहत मिली। यह भी कहा गया कि ऊपर जिन बातों की चर्चा की गई है, उनके कारण ही अमेरिका में तेज रफ्तार रेल का विकास नहीं के बराबर हुआ है। तेज रफ्तार रेल नेटवर्क की एक और बड़ी आलोचना हवाई सेवा से इसकी तुलना के आधार पर की जाती है। आलोचक कहते हैं कि उतने ही पैसे में कई एयरपोर्ट बनाए जा सकते हैं और अनेक हवाई सेवाएँ शुरू की जा सकती हैं।

चलिए अब इन आलोचनाओं का विश्लेषण एक-एक कर करते हैं। इसके निर्माण पर आनेवाला खर्च इस कारण तुलनात्मक रूप से अधिक लगता है, क्योंकि हम बाहरी खर्चों को आगे चलकर होनेवाली आय से जोड़कर नहीं देखते। एक बार आमदनी को शामिल कर लेंगे तो पूरी तसवीर ही बदल जाएगी। तेज रफ्तार रेल परियोजनाओं में संभ्रांतवाद जैसी कोई चीज नहीं है, क्योंकि इन परियोजनाओं से एक व्यापक विकास का माहौल तैयार होता है और समाज के सभी वर्गों को लाभ मिलता है। तेज रफ्तार रेल परियोजना का फायदा केवल उन्हें ही नहीं मिलता, जो उससे सफर करते हैं, बल्कि इसका फायदा उन सभी को मिलता है, जो किसी-न-किसी रूप में उससे जुड़े रहते हैं। शहरों की छवि में सुधार आता है, निवेश आने लगता है, अर्थ जगत् के कई सेक्टर विकास करने लगते हैं और इस प्रकार एक समग्र विकास होने लगता है। यदि नए वित्तीय तौर-तरीकों को अपनाया जाए तो इस प्रकार की परियोजनाएँ खजाने पर बड़ा बोझ नहीं बनती हैं।

जब भी किसी बड़ी परियोजना की तैयारी की जाती है तो उसकी विशालता और प्रभाव को देखते हुए फैसला करना चुनौतीपूर्ण होता है, क्योंकि उसके विषय में दुविधा, कमी, नफा-नुकसान जैसी तमाम बातें की जाती हैं। शुरुआती चरणों में ऐसी परियोजना का महत्त्व आम तौर पर कम करके बताया जाता है, साथ ही अत्यधिक आलोचना की जाती है, क्योंकि उनसे होनेवाली दिक्कतों को बताना आसान होता

है, जबकि आखिर में मिलनेवाले फायदों को समझना कठिन होता है। आवश्यकता इस बात की है कि ऐसी परियोजना से जुड़े सारे हिस्सेदार पूर्णतया समर्पित रहें और परियोजना को एक मिशन के तौर पर पूरा करने में जुट जाएँ। अगले अध्याय में हम यह समझने का प्रयास करेंगे कि इस परियोजना के लिए पैसे कहाँ से आएँगे।

□

धन की उपलब्धता

तेज रफ्तार रेल परियोजनाओं के बनकर तैयार होने में काफी लंबा वक्त लगता है। इन परियोजनाओं पर सामाजिक, राजनीतिक और आर्थिक माहौल में आनेवाले परिवर्तन का भी काफी असर पड़ता है, जिससे परियोजना का काम बुरी तरह प्रभावित हो सकता है।

तेज रफ्तार रेल परियोजनाओं से जुड़े विभिन्न प्रकार के जोखिमों का उसके लिए किए जानेवाले पैसों के इंतजाम पर सीधा असर पड़ता है। तेज रफ्तार रेल परियोजना से जुड़े जोखिम निम्नलिखित प्रकार के हैं—

बाजार का जोखिम : ऐसी परियोजनाएँ आर्थिक दृष्टि से लाभप्रद होंगी या नहीं, इस निष्कर्ष पर पहुँचने से पहले कई प्रकार की बाजार की स्थितियों का अनुमान लगाया जाता है। माँग से जुड़ी कई तरह की बातों, जैसे यात्रियों की संख्या आदि का अनुमान लगाया जाता है, लेकिन ये अनुमान खरे नहीं उतरे तो उसका नुकसान निवेशकों को उठाना पड़ेगा।

परिचालन संबंधी जोखिम : इसका संबंध परियोजना के परिचालन के चरण में तकनीकी प्रदर्शन से है। यदि किसी तकनीकी समस्या के कारण ट्रेनों को इच्छानुसार बारंबारता से नहीं चलाया जा सका तो प्रदर्शन अनुमानित स्तर से काफी नीचे गिर सकता है। हालाँकि परियोजना की जिम्मेदारी ख्यातिप्राप्त ठेकेदारों को देकर और उचित बीमा करवाकर इस प्रकार के जोखिमों को दूर किया जा सकता है।

ब्याज की दर का जोखिम : तेज रफ्तार रेल परियोजनाओं के लंबे जीवनकाल में ब्याज की दर अस्थिर रहती है और उसका इन परियोजनाओं पर एक बड़ा प्रभाव पड़ सकता है, क्योंकि पूँजी निवेश बहुत बड़े पैमाने पर किया जाता है और उसे चुकाने की अवधि भी बहुत लंबी होती है। इन जोखिमों का बोझ किराया बढ़ाकर ग्राहकों पर डालना कई मामलों में संभव नहीं हो पाता है।

विदेशी विनिमय के जोखिम : इस प्रकार के जोखिम तेज रफ्तार रेल परियोजनाओं पर और अधिक लागू होते हैं, जो विदेशी वित्त पर निर्भर रहती हैं, जबकि उनका किराया घरेलू मुद्रा में तय किया जाता है।

निर्माण संबंधी जोखिम : तेज रफ्तार रेल परियोजना के निर्माण के दौरान कुछ अप्रत्याशित घटनाएँ हो सकती हैं, जिससे लागत और समय दोनों का तय सीमा से बाहर जाने का खतरा रहता है। इस प्रकार के जोखिम को कम किया जा सकता है, लेकिन पूरी तरह समाप्त करना संभव नहीं होता।

नियामक संबंधी जोखिम : तेज रफ्तार रेल परियोजनाओं को विभिन्न नियामक प्राधिकरणों जैसे किराया तय करनेवाले अधिकरणों, पर्यावरण नियामकों आदि से निपटना पड़ता है। इन अधिकरणों द्वारा ऐसे कदम उठाए जा सकते हैं, जो परियोजना पर बुरा प्रभाव डालें। वित्त मुहैया करानेवाली एजेंसियाँ चाहती हैं कि नियामक प्रणाली पारदर्शी और निष्पक्ष हो तथा जिसके समर्थन में एक ठोस न्यायिक प्रणाली हो।

राजनीतिक जोखिम : इस प्रकार का जोखिम किसी भी प्रकार की राजनीतिक काररवाई से परियोजना की दिशा में बदलाव से पैदा होता है। राजनीतिक जोखिम बीमा की सुरक्षा लेकर इस जोखिम को दूर किया जा सकता है।

यद्यपि यह सही है कि सारी निवेश-आधारित परियोजनाओं में थोड़ा-बहुत जोखिम होता है, लेकिन तेज रफ्तार रेल परियोजनाओं को ऐसे अनेक खतरों का सामना करना पड़ता है, जिनके कारण उसके लिए वित्त जुटाना मुश्किल हो जाता है।

कर्ज की कीमत तय करते समय यह ध्यान रखा जाता है कि फंड, मुनाफा का अंतर, प्रशासनिक खर्च और अन्य खर्च के साथ ही, इसमें विशेष बैंक के जोखिम को भी शामिल किया जाए।

बुनियादी ढाँचे के लिए वित्त मुहैया कराने की एक और चुनौती वित्त मुहैया करा दिए जाने के बाद किसी परियोजना के प्रदर्शन का आकलन और निगरानी होती है। सामाजिक कीमत, लाभ विश्लेषण, वित्तीय विश्लेषण की तकनीक के सहयोग और उसे सशक्त करने के लिए होता है, न कि उन्हें खत्म करने के लिए।

मानव अधिकार का मुद्दा भी महत्त्वपूर्ण हो जाता है, क्योंकि किसी भी तेज रफ्तार रेल नेटवर्क को बनाए जाने से कुछ लोगों का विस्थापित होना निश्चित होता है। इस कारण जमीन का अधिग्रहण और मुआवजा मुश्किल हो जाता है, जिससे प्रोजेक्ट के वित्त पर भी प्रभाव पड़ता है। ब्राजील का आमेजन रोड प्रोजेक्ट और नाइजीरिया का शेल प्रोजेक्ट ऐसे कुछ उदाहरण हैं, जिनमें बुनियादी ढाँचे से जुड़ी

परियोजना मानव अधिकार के मुद्दों में फँस गई।

मानव अधिकार के मुद्दों के अलावा, पर्यावरण से जुड़े विषयों से भी किसी प्रोजेक्ट का वित्तपोषण मुश्किल में पड़ जाता है। कभी-कभी पर्यावरण संबंधी मुद्दे निर्माण में देरी या परिचालन में अड़ंगों की वजह बन जाते हैं।

ऊपरोक्त कारणों से ही बुनियादी ढाँचे से जुड़ी परियोजनाओं का वित्तपोषण प्रमुख रूप से सरकार की जिम्मेदारी होती है। हालाँकि बजट की सीमाओं के कारण अब विशुद्ध सार्वजनिक क्षेत्र की परियोजनाओं से पब्लिक-प्राइवेट पार्टनरशिप (पी. पी.पी.) की ओर पलायन हो रहा है।

पब्लिक-प्राइवेट पार्टनरशिप का मतलब है, किसी परियोजना को तैयार करने में सार्वजनिक और निजी क्षेत्रों का साथ आना। यह मध्यम से लंबी अवधि तक का संबंध होता है, जिसमें संसाधनों, जोखिमों और लाभ का बँटवारा सार्वजनिक और निजी क्षेत्र के बीच होता है। सार्वजनिक और निजी क्षेत्र के साथ आने से सहयोग का प्रभाव स्पष्ट दिखता है। सार्वजनिक क्षेत्र के पास आवश्यक साधन होते हैं, जो किसी परियोजना को तमाम अनिश्चितताओं से सुरक्षित रखते हैं। निजी क्षेत्र के पार्टनर के पास आवश्यक कुशलता और पैसे मुहैया कराने की क्षमता होती है। इस सहयोग से सफल उद्यमों को स्वरूप दिया जा सकता है।

पी.पी.पी. परियोजनाओं में अहम् मुद्दा उनके आर्थिक रूप से कामयाब होने का होता है। इसे सुनिश्चित करने के लिए यह आवश्यक है कि एक नियामक ढाँचा होना चाहिए, जिससे निजी भागीदार वाणिज्यिक तौर पर सफल तरीके से काम कर सके। यह भी आवश्यक है कि उपयोग करनेवालों से वसूली जानेवाली कीमत निजी भागीदार द्वारा परिचालन पर आनेवाले खर्च के मुताबिक हो। निवेश और एक उपयुक्त बैकअप भी उपलब्ध होना चाहिए। तेज रफ्तार रेल नेटवर्क परियोजना के लिए लंबी अवधि के लिए कर्ज की आवश्यकता पड़ती है और इक्विटी में निवेश भी लंबी अवधि के लिए होता है।

तेज रफ्तार रेल परियोजनाओं के वित्तपोषण के कुछ सामान्य पैमाने हैं।

1. **जोखिम में प्रणालीगत कमी :** यह सुनिश्चित किया जाना चाहिए कि निवेश की गई राशि बिना देरी सही समय पर चुका दी जाए, जिसका अर्थ होगा कि परियोजना आर्थिक रूप से सक्षम है और जिसके राजस्व के स्रोत स्पष्ट हैं तथा परिसंपत्ति का प्रबंधन पेशवर तरीके से किया जाता है। यही नहीं, उसे पर्याप्त बीमा की सुरक्षा भी प्राप्त है।
2. **निवेश पर आय :** निजी क्षेत्र के सहभागियों के लिए यह अपेक्षा रखना

उचित है कि उन्हें निवेश पर अच्छी आमदनी भी हो।

3. **सरकार की ओर से कुछ राहत :** सरकार को कुछ या पूर्ण सब्सिडी, गारंटी, कर में छूट, कम कीमत पर परियोजना की जमीन मुहैया कराने, प्रक्रियाओं को आसान बनाने जैसे कदमों के साथ मदद के लिए आगे आना पड़ता है।
4. **प्रयोगकर्ता से जुड़े चार्ज के विषय :** आम तौर पर ऐसा माना जाता है कि तेज रफ्तार रेल परियोजना आर्थिक रूप से आत्म-निर्भर होती है। कई मामलों में उसका इस्तेमाल करनेवाले बेहतर बुनियादी ढाँचे के लिए कीमत चुकाने में सक्षम होते हैं, लेकिन यह भी ध्यान रखा जाना चाहिए कि परिचालन एजेंसियाँ सेवा का प्रयोग करनेवालों पर कहीं भारी चार्ज न लगा दें।

इस कारण संतुलन का कार्य सावधानीपूर्वक किया जाना चाहिए। वर्ल्ड बैंक के एक सर्वे ने निम्नलिखित कारकों की ओर संकेत किया है, जो अंतरराष्ट्रीय निवेशकों के हित का निर्धारण करते हैं। ये कारक इस प्रकार हैं—

(1) सरकारी और विधायी प्रक्रिया

(क) प्रशासनिक कार्यकुशलता—मंजूरी और लाइसेंस देने में लगनेवाला समय।

(ख) न्यायिक स्वतंत्रता—सरकारी प्रभाव से स्वतंत्रता की सीमा।

(ग) भ्रष्टाचार के सूचकांक में ट्रांसपेरेंसी इंटरनेशनल द्वारा निर्धारित रैंकिंग।

(घ) ऐसे नियम, जो स्पष्ट रूप से बुनियादी ढाँचे के निवेशकों के निकलने की शर्तों को स्पष्ट करने के साथ ही उन्हें इसकी इजाजत देते हैं।

(ङ) परियोजना निवेशक या खरीददार को चुनने के लिए प्रतिस्पर्धात्मक बोली प्रक्रिया पर निर्भरता।

(2) अर्थव्यवस्था—

(क) लंबी अवधि के विदेशी कर्ज के लिए निवेश ग्रेड क्रेडिट रेटिंग।

(ख) घरेलू बाजार में उधार लेने की कीमत और उपलब्ध टेनर।

(3) उस क्षेत्र की वर्तमान स्थिति—

(क) उपभोक्ता भुगतान अनुशासन और प्रवर्तन

(ख) क्रेडिट वृद्धि की उपलब्धता और बहुपक्षीय सरकारी एजेंसियों से गारंटी।

(ग) शृंखला के दूसरे क्षेत्रों के साथ एकीकृत होने की उपलब्धता, उदाहरण के लिए तेज रफ्तार रेल परियोजना में परिवहन के अन्य तरीकों के साथ उसके एकीकरण का प्रभाव पड़ता है।

(घ) निजी निवेशकों के अधिकारों और दायित्वों को परिभाषित करनेवाला कानूनी ढाँचा।

(ङ) नियामक संस्थाओं और प्रक्रियाओं की मनमाने सरकारी हस्तक्षेप से स्वतंत्रता।

(4) राजनीतिक अर्थव्यवस्था—

1. राजनीतिक प्रक्रिया के दौरान चुने गए अधिकारियों की कार्य अवधि और उनका स्थायित्व।
2. सिविल सोसाइटी के सदस्यों के बीच निजी निवेश को लेकर नकारात्मक सोच और उसका विरोध।

तेज रफ्तार रेल परियोजनाओं की सफलता के लिए ऊपरोक्त कारकों का ध्यान अवश्य रखा जाना चाहिए।

ऐसे पर्याप्त संकेत हैं, जो बताते हैं कि सरकार रुकावटों को दूर करने और सार्वजनिक निजी भागीदारी को बढ़ावा देने के प्रति गंभीर है। हाल ही में सरकार ने तेज रफ्तार रेल परियोजनाओं में 100 प्रतिशत प्रत्यक्ष विदेशी निवेश को मंजूरी दे दी है और ऐसे कई सहायक कदम उठाए हैं, जिनसे यह सुनिश्चित हो सके कि तेज रफ्तार रेल परियोजनाओं के लिए वित्तपोषण एक समस्या न बन जाए।

भारत के प्रधानमंत्री के जापान दौरे पर, जापान की सरकार ने पाँच वर्षों की अवधि के दौरान 2.1 लाख करोड़ से भी अधिक के निवेश का वचन दिया। तेज रफ्तार रेल परियोजना में भी निवेश किया जाएगा। चीन ने भी भारत की तेज रफ्तार रेल परियोजना में मदद का भरोसा दिया है और सितंबर 2014 में चीन के राष्ट्रपति के भारत दौरे में भारतीय तथा चीनी रेलवे के बीच सहयोग का समझौता भी हुआ। पी.पी.पी. के निश्चित रूप से कई फायद होते हैं, लेकिन पी.पी.पी. को ही एकमात्र विकल्प के रूप में चुनने से पहले अन्य देशों में तेज रफ्तार रेल परियोजना के लिए फंड जुटाने के तरीके का अध्ययन भी किया जाना चाहिए।

चीन में तेज रफ्तार रेल परियोजना के लिए करीब 40–50 प्रतिशत पैसा देश की सरकार द्वारा सरकारी बैंकों और वित्तीय संस्थाओं से कर्ज के रूप में उपलब्ध कराया जाता है, बाकी का 40 प्रतिशत रेल मंत्रालय द्वारा जारी बॉण्ड के जरिए और शेष 10–20 प्रतिशत प्रांतीय और स्थानीय सरकारों द्वारा मुहैया कराया जाता

है। 2006 से 2010 के बीच तेज रफ्तार रेल परियोजना के निर्माण के लिए रेल मंत्रालय ने अपनी वित्तीय सहयोगी, चाइना रेल इनवेस्टमेंट कॉर्प के जरिए लगभग 150 बिलियन अमेरिकी डॉलर का कर्ज दिया। चाइना रेल इनवेस्टमेंट कॉर्प ने इक्विटी जारी कर भी कुछ पूँजी जुटाई। वर्ष 2010 में चाइना रेल इनवेस्टमेंट कॉर्प ने बीजिंग-शंघाई तेज रफ्तार रेलवे का 4.5 प्रतिशत स्टेक बैंक ऑफ चाइना को 6.6 बिलियन येन की कीमत पर बेचा, जबकि 4.537 प्रतिशत स्टेक 6 बिलियन येन के बदले जनता को बेचा।

जापान ने शुरुआत में शिंकनसेन प्रोजेक्ट के लिए विश्व बैंक की मदद ली। नई शिंकनसेन परियोजना के निर्माण के लिए वहाँ की सरकार 66.7 प्रतिशत खर्च देश के बजट से वहन कर रही है और दूसरा हिस्सा शिंकनसेन लाइनों की बिक्री जापानी रेलवे कंपनियों को बेचकर जुटाई गई रकम का है। बाकी बचा 33.3 प्रतिशत खर्च स्थानीय सरकारें वहन कर रही हैं।

फ्रांस की तेज रफ्तार रेल परियोजनाओं के लिए पैसा तीन चरणों में जुटाया गया—सार्वजनिक कर्ज, विभिन्न प्रकार की सब्सिडी से जुड़ा कर्ज और पब्लिक-प्राइवेट पार्टनरशिप फाइनेंस मॉडल।

शुरुआत में फ्रांस की तेज रफ्तार रेल लाइनों को पैसा प्रमुख रूप से फ्रांसीसी राष्ट्रीय रेलवे को होनेवाली कमाई के आधार पर मिलनेवाले कर्ज से आता है, जिसमें वित्तीय स्थिति और कमाई की सामाजिक दर को ध्यान में रखते हुए निवेश भी किया जाता था। फ्रांसीसी राष्ट्रीय रेलवे ने पहले अधिक मुनाफेवाली लाइनों के निर्माण का फैसला किया। पहली लाइन पेरिस से लियोन तक की थी, जिसके लिए पैसा फ्रेंच राष्ट्रीय रेलवे को मिले कर्ज से जुटाया गया, जिसे कम-से-कम 12 प्रतिशत की कमाई के आधार पर दिया गया था। इस लाइन को ट्रैफिक और राजस्व दोनों ही स्तर पर जबरदस्त सफलता मिली और उसने प्रति वर्ष 15 से 30 प्रतिशत तक की कमाई की और 1993 तक यानी परिचालन के महज 12 वर्ष बाद ही इसने सारा कर्ज चुका दिया। इस सफलता से उत्साहित होकर फ्रांस की सरकार ने आगे आनेवाली तेज रफ्तार रेल परियोजनाओं जैसे टी.जी.वी.-अटलांटिक में और अधिक योगदान दिया।

फ्रांस की सरकार ने 1998 में रेलवे इनफ्रास्ट्रक्चर मैनेजर आर.एफ.एफ. का गठन किया और सारी तेज रफ्तार रेल परियोजनाओं का कर्ज आर.एफ.एफ. को ट्रांसफर कर दिया, जबकि फ्रांसीसी राष्ट्रीय रेलवे एस.एन.सी.एफ. ने अपना ध्यान उन लाइनों के परिचालन पर लगा दिया।

हाल ही में फ्रांसीसी सरकार ने फैसला किया है कि वह सार्वजनिक सब्सिडी कम-से-कम करेगी, इसके साथ ही उसने तेज रफ्तार रेल नेटवर्क को विस्तार देने के प्रति भी अपना दृढसंकल्प व्यक्त किया है। इससे वित्तपोषण का मॉडल थोड़ा बदला है और अब निजी क्षेत्र को साथ आने का न्योता दिया जा रहा है। साथ ही, एल.जी.वी. सी, एल.जी.वी. बी.पी.एल., एल.जी.वी. सी.एन.एम. और पेरपिगनान-फिगर्स फ्रांको-स्पैनिश क्रॉस बॉर्डर लिंक के लिए पी.पी.पी. मॉडल को अपनाया जा रहा है।

इस प्रकार यह स्पष्ट है कि फ्रांस की सरकार ने तेज रफ्तार रेल परियोजनाओं में आर्थिक आकलन के आधार पर निवेश किया। और परियोजना यदि आर्थिक रूप से सफल प्रतीत हुई तो उसने सरकारी कर्ज भी मुहैया कराया। फ्रांस की सरकार ने उन लाइनों को निजी क्षेत्र को दिया, जो आर्थिक रूप से सफल थे और ट्रैफिक का जोखिम अधिक नहीं था, वहीं परिचालन के खर्च के बदले सार्वजनिक पूँजी को लगाया। हालाँकि सरकारी निवेश की अकसर उन क्षेत्रों में आवश्यकता पड़ी, जहाँ ट्रैफिक रिस्क अधिक है और ऐसे मामलों में फ्रांस की सरकार ने पूरा सहयोग दिया।

इस प्रकार यह स्पष्ट है कि सार्वजनिक वित्तपोषण सारी तेज रफ्तार रेल परियोजनाओं के वित्तपोषण का एक प्रमुख स्रोत रहा है। फ्रांस में कुछ मामलों में पी.पी.पी. को विशेषरूप से आजमाया जा रहा है। इसके साथ ही आवश्यकता इस बात की है कि वित्तपोषण के नए तरीकों को ढूँढ़ा जाए।

वैल्यू कैप्चर वित्तपोषण का ऐसा ही एक नया तरीका है। वैल्यू कैप्चर बुनियादी ढाँचे में सार्वजनिक निवेश के फलस्वरूप जमीन की कीमत में हुई बढ़ोतरी का पता लगाने और उसका लाभ उठाने की प्रक्रिया हैं। यह मूल रूप से इस सिद्धांत पर आधारित है कि किसी बुनियादी ढाँचे या सेवा का लाभ उठानेवाले सभी पक्षों को उसकी कीमत भी चुकानी होगी। तेज रफ्तार रेल परियोजना में इस प्रकार की सुविधा पहुँच में सुधार, बेहतर निवेश, आर्थिक गतिविधियों में बढ़ोतरी आदि के रूप में देखने को मिलती है। चूँकि संपूर्ण क्षेत्र को बड़े पैमाने पर लाभ मिलता है, इस कारण उन्हें परियोजना के प्रति कुछ योगदान भी करना चाहिए।

वैल्यू कैप्चर करने के कुछ तरीकों में जमीन के मूल्य पर टैक्स, कर वृद्धि वित्तपोषण, विशेष समीक्षा शुल्क, परिवहन उपयोगिता शुल्क, विकास प्रभाव शुल्क, बातचीत से वसूली, संयुक्त विकास और हवाई अधिकार शामिल हैं।

लैंड वैल्यू टैक्स (या स्प्लिट-रेट प्रॉपर्टी टैक्स) पहुँच में सुधार के कारण जमीन की कीमत में हुई वृद्धि पर लगाया जा सकता है।

कर वृद्धि वित्तपोषण इस कारण प्रयोग में लाया जा सकता है, क्योंकि परिवहन की बेहतर सुविधा से प्रॉपर्टी टैक्स में बढ़ोतरी हो जाती है।

विशेष समीक्षा शुल्क तब लगाया जा सकता है, जब कुछ संपत्तियों को परिवहन में सुधार से वह लाभ मिलने लग जाता है, जो जनसाधारण को मिलनेवाले लाभ से अधिक होता है और उनका निर्धारण और आकलन स्पष्ट रूप से किया जा सकता है।

परिवहन उपयोगिता शुल्क तब वसूला जा सकता है, जब परिवहन में सुधार का आकलन संपत्ति के प्रकार या आकार के अनुपात में किया जा सकता है।

अन्य चार तरीकों का प्रभाव विकास करनेवालों पर पड़ेगा—

विकास प्रभाव शुल्क या प्रभाव कर से बुनियादी ढाँचे के बाहर के क्षेत्रों को विकसित करने में मदद मिलेगी।

बातचीत से वसूली के जरिए निर्माण करनेवाला पक्ष साइट से बाहर परिवहन पर लाभ को बढ़ाने के बदले जमीन का कुछ हिस्सा दूसरे पक्ष को दे सकता है।

संयुक्त विकास में जमीन को विकसित करने के साथ ही सार्वजनिक क्षेत्र से साझेदारी में परिवहन को विकसित किया जाता है।

हवाई अधिकार मौजूदा या परिवहन सुविधाओं के सबसे ऊपर विकास को अनुमति देते हैं, जिससे वित्तीय सहयोग या भविष्य में अतिरिक्त संपत्ति और आय कर की संभावना बढ़ जाती है।

वैल्यू कैप्चर की विभिन्न प्रणालियों का प्रयोग विश्व के भिन्न-भिन्न हिस्सों में सफलतापूर्वक किया जा रहा है। भारत भी सरकारी खजाने पर बोझ को कम करने के लिए वैल्यू कैप्चर प्रणाली को अपनाने पर विचार कर सकता है।

वित्तपोषण के अन्य नए तरीके, प्रसार से मूल्य को अलग करने, निजी स्वैच्छिक योगदान को प्रोत्साहित करने के रूप में हो सकते हैं। हम 'भारत में बुलेट ट्रेनों की परियोजना में मेरा योगदान' शीर्षक से एक प्रचार अभियान की शुरुआत क्यों नहीं कर सकते हैं।

एक बार गहरी प्रतिबद्धता स्पष्ट हो जाए तो वित्तपोषण की समस्या नहीं रह जाएगी। जापान में भी आज से पचास वर्ष पहले तेज रफ्तार रेलों के वित्तपोषण पर ऐसी ही बहस छिड़ी थी, लेकिन जापान की तेज रफ्तार ट्रेनों ने तीन वर्ष के भीतर ही मुनाफा कमाना शुरू कर दिया। जापान की प्रतिव्यक्ति जी.एन.पी. उस समय उतनी ही थी, जितना कि भारत की इस समय है। भारत में भी तेज रफ्तार रेल परियोजना सफल हो सकती है। कीमत कम करने, प्रौद्योगिकी के स्वदेशीकरण, वित्तपोषण

के नए-नए तरीकों को बढ़ावा देकर इस परियोजना को सफल बनाया जा सकता है। इस परियोजना का कार्यान्वयन चरणबद्ध रूप में किया जाना चाहिए, साथ ही बुलेट ट्रेन परियोजना की दशा और अवस्था दोनों को समझना भी आवश्यक है। कार्यान्वयन निर्देशिका तेज रफ्तार रेल परियोजना से जुड़े प्रत्येक चरण को समझने में हमारी मदद करेगी।

□

क्रियान्वयन निर्देशिका

बुलेट ट्रेनों की योजना, डिजाइन निर्माण और इसका प्रचालन बहुत जटिल कार्य होता है और इसे बहुत ही दक्षतापूर्वक करना चाहिए। बुलेट ट्रेनों के क्रियान्वयन की समूची प्रक्रिया कई चरणों और स्तरों में बाँटी जाती है। इसके तमाम चरण और स्तर आगे समझाए गए हैं।

चरण 1 : शुरुआती चरण

यह चरण बुनियादी तौर पर वह चरण होता है, जब हाई स्पीड रेल परियोजना का विचार पैदा होता है। इस चरण का उद्देश्य किसी उचित अधिकारी का चयन करना होता है, जो सामाजिक-आर्थिक और परिवहन के पूर्वानुमानों के विश्लेषण पर आधारित पूर्व-व्यावहारिकता के अध्ययन का कार्य सँभाल सके। शुरुआती चरण को दो स्तरों में बाँटा जाता है, जिन्हें शुरुआती स्तर और पूर्व-व्यावहारिकता स्तर कहा जाता है।

स्तर 0 : शुरुआती स्तर

इस स्तर पर परियोजना की मोटी रूपरेखा तय होती है। परियोजना का भविष्य इस स्तर पर अनिश्चित रहता है। मौजूदा परियोजना दस्तावेज, मौजूदा परिवहन प्रणाली के आँकड़े और यात्रा की जरूरतों आदि का इस्तेमाल परियोजना के मालिक, मार्ग आदि के अध्ययन में किया जाता है। इस स्तर का इस्तेमाल इस परियोजना के लिए सांगठनिक ढाँचा तैयार करने में भी किया जाता है।

स्तर 1 : पूर्व-व्यावहारिकता अध्ययन

इस स्तर के विभिन्न उद्देश्यों में हाई स्पीड नेटवर्क की व्यावहारिकता,

परिवहन की माँग की मॉडलिंग, गलियारों और यात्रियों की पहचान और माल की माँग का विश्लेषण करना होता है। सबसे पहले, प्रभावित इलाके में मौजूदा माँग का निर्धारण करने के लिए और फिर निर्धारित परिदृश्यों के मुताबिक उस इलाके में निवेश-सहित और निवेशरहित, दोनों तरह की स्थितियों में भावी यातायात के अनुमान के संरक्षणात्मक अध्ययन किए जाते हैं। आरंभ में भूमि के दायरे और आबादी के सामाजिक-आर्थिक गुणधर्मों का विश्लेषण किया जाता है। इसके बाद मौजूदा गतिशीलता और परिवहन नेटवर्क तथा इसकी माँग और आपूर्ति का वर्गीकरण किया जाता है। इस तरह से स्टेशन के आउटपुट का विवरण, उनकी अधोसंरचना और लागत का अनुमान आदि हासिल किया जाता है।

चरण 2 : व्यावहारिकता का चरण

यह चरण शुरुआती चरण के बाद आता है और इसके मुख्य स्तर निम्नानुसार होते हैं।

स्तर 2 : व्यावहारिकता अध्ययन

इस स्तर के उद्देश्य निम्न होते हैं—

- प्रत्येक गलियारे के लिए सबसे प्रभावी हाई स्पीड रेल विकल्प की पहचान।
- मध्यम स्तर की अनुमानित लागतें तय करना।
- व्यावहारिक परियोजना के साथ अनुकूल संरक्षण की पहचान करना।
- सबसे व्यावहारिक प्रौद्योगिकी की पहचान करना।
- हाई स्पीड रेल सिस्टम के क्रियान्वयन की जरूरतों और लाभों की पहचान करना।

इस स्तर के नतीजों के अनुसार भूमि अधिग्रहण और धन की योजना बनाई जाती है। व्यावहारिकता के आधार पर डिजाइन भी तैयार किया जाता है।

स्तर 3 : पर्यावरणीय आकलन

इस स्तर पर पर्यावरण को परियोजना का महत्त्वपूर्ण और अंतर्निहित हिस्सा और डिजाइन प्रक्रिया का साधन भी माना जाता है। सार्वजनिक सलाह की प्रक्रिया भी पूरी की जाती है। इस स्तर के परिणामस्वरूप ही शमनकारी उपाय, उनकी पहचान और लागत, पर्यावरणीय प्रबंधन योजना तथा वैधानिक प्रक्रियाओं के दस्तावेजों की तैयारी की जाती है।

स्तर 4 : वित्तीय एवं आर्थिक विश्लेषण

इस स्तर पर परियोजना के लिए वित्तीय सहयोग की जरूरत की मात्रा का आकलन करने के लिए परियोजना की लाभप्रदता का अनुमान लगाया जाता है। इस बात का आर्थिक हिसाब किया जाता है कि क्या समाज इस परियोजना के लायक समृद्ध है। इसके आउटपुट को वित्तीय और आर्थिक शुद्ध वर्तमान मूल्य और वापसी की आंतरिक दरों के रूप में प्रस्तुत किया जाता है।

स्तर 5 : बहुमापदंडीय विश्लेषण

यह स्तर हाई स्पीड रेल परियोजना के लिए मूलभूत है, क्योंकि इसमें ऐसा समाधान निकाला जाता है, जिसका आगे के अध्ययन में अधिक व्यापक अध्ययन किया जाता है।

इसके जरिए सर्वश्रेष्ठ उपाय और तरीका निकाला जाता है, जो तमाम मापदंडों पर खरा उतरे। इस विश्लेषण का नतीजा सुविचारित और न्यायोचित विकल्प होता है, जिसे मंजूरी के लिए प्रस्तुत किया जा सके।

स्तर 6 : प्रारंभिक डिजाइन

प्रारंभिक डिजाइन प्रक्रिया का उद्‌देश्य रेलवे लाइन की क्षैतिज और उर्ध्व सीध को अंतिम रूप देना और योजना चित्रण तैयार करना होता है। योजना चित्रण संरचनाओं, सुरंगों, स्टेशनों और रेल सुविधाओं को भी निर्धारित करता है, जो कि परियोजना के दायरे में ही होते हैं, साथ ही अन्य खंडों के साथ संभावित संपर्कों का निर्धारण भी किया जाता है।

इस स्तर में लेआउट, संरचनाओं एकीकरण योजना की प्रारंभिक डिजाइन, सिग्नल तंत्र, संचार, बिजली आपूर्ति, डिपो, साइडिंग, वर्कशॉप, प्रणाली निर्धारित की जाती है।

स्तर 7 : सशक्तीकरण

इस स्तर का आरंभ व्यावहारिकता के अध्ययन की समाप्ति के बाद तब होता है, जब परियोजना, खासकर पर्यावरण एवं सुरक्षा के लिहाज से काफी विस्तृत हो चुकी होती है। इसमें सभी भागीदारों को यह भरोसा दिलाया जाता है कि परियोजना चलनी है और धन के स्रोतों की पहचान हो चुकी है। इस समय यह स्तर परियोजना को आगे बढ़ाने के लिए हरी झंडी हेतु तैयार होता है।

चरण 3 : डिजाइन का चरण

इस चरण में दो स्तर होते हैं।

स्तर 8 : प्रचालन एवं अनुरक्षण योजना

प्रचालन योजना में स्पीड, ट्रेन की क्षमता, प्रगति, प्रचालन समय सारणी आदि का निर्धारण किया जाता है। पटरियों, डिब्बों, सिग्नलिंग सिस्टम आदि के निर्धारण के लिए अनुरक्षण का कॉन्सेप्ट प्लान तैयार किया जाता है।

स्तर 9 : विस्तृत डिजाइन

इस स्तर पर समग्र समाधान निकल चुके होते हैं। प्रौद्योगिकी, वास्तुशिल्पीय और भूमि संबंधी निर्णय विस्तृत रूप से तय हो चुके होते हैं। भूमि अधिग्रहण की सीमाएँ तय होती हैं और कार्य के ठेके तैयार होते हैं। ठेकों के दस्तावेज तैयार होते हैं।

चरण 4 : निर्माण का चरण

डिजाइन चरण के पूरा होने पर निर्माण का चरण शुरू होता है।

स्तर 10 : निर्माण योजना

परियोजना को निश्चित समय सीमा में पूरा करने के लिए यथासंभव श्रेष्ठ तरीके से सुनियोजित उत्पादन कार्य के लिए सूक्ष्म नियोजन की जरूरत होती है। इसमें वह तिथि भी तैयार करने में मदद मिलती है, जिस पर प्रचालन शुरू होना है। भूमि अधिग्रहण प्रक्रिया का निर्धारण होता है। कार्य परीक्षण और कमीशनिंग प्रोग्राम भी तय किए जाते हैं।

स्तर 11 : निर्माण

इस स्तर पर अधोसंरचना में सुरक्षा, गुणवत्ता तथा पर्यावरणीय प्रबंधन का इंतजाम नियत समय तिथि के पहले कर लिया जाता है।

स्तर 12 : परीक्षण और शुरुआत

एक बार इस तरह की अधोसंरचना तैयार हो जाती है, तो परिचालन शुरू

होने से पहले परीक्षण करना जरूरी हो जाता है। सारी संरचना, प्रणाली और उप प्रणालियों की भलीभाँति जाँच की जाती है और उनमें सुरक्षा उपायों की परख की जाती है। इस स्तर का उद्देश्य नई लाइनों को सेवा योग्य बनाना होता है।

चरण 5 : परिचालन का चरण

अब समय पर्याप्त उपलब्धता, विश्वसनीयता, सुरक्षा तथा अनुरक्षणता के साथ हाई स्पीड सिस्टम के प्रचालन और अनुरक्षण का होता है। इस स्तर पर कर्मचारियों की भरतियाँ और प्रशिक्षण भी महत्त्वपूर्ण होते हैं।

स्तर 13 : यथार्थ आकलन

इस स्तर पर परियोजना का आकलन करके किसी भी तरह की विषमता का विश्लेषण तथा उसकी व्याख्या की जाती है, ताकि भविष्य के लिए उचित निष्कर्ष निकाला जा सके।

बुलेट ट्रेन के क्रियान्वयन की यही समूची प्रक्रिया है। इस चरणबद्ध निर्देशिका में आगे के कार्य की पूरी जानकारी दी गई। अब हाई स्पीड यात्रा की मौजूदा स्थिति और भविष्य की संभावनाओं की पड़ताल करते हैं।

□

ध्वनि बाधकों का समापन और पृथ्वी पर अंतरिक्ष यात्रा : परिवहन की मौजूदा स्थिति और भविष्य

राष्ट्रवार विस्तृत स्थिति के अध्ययन से हमें हाई स्पीड रेल सिस्टम की मौजूदा स्थिति को अधिक स्पष्ट तरीके से समझने में मदद मिलेगी।

चीन

चीन का हाई स्पीड रेल नेटवर्क दुनिया में सबसे ज्यादा, करीब 9867 किलोमीटर (1 नवंबर, 2013) का है। यात्री लाइन का यह नेटवर्क 25 से ज्यादा खंडों में फैला है। बीजिंग से शंघाई का खंड सबसे लंबा है और इसकी लंबाई 1318 किलोमीटर है, जिसकी अधिकतम गति 300 किलोमीटर प्रति घंटे है। वुहान से ग्वांगझू खंड का स्थान इसके बाद आता है, जिसकी लंबाई 1079 किलोमीटर है और इसकी भी अधिकतम गति 300 किलोमीटर प्रति घंटे है। चार खंडों की अधिकतम गति 350 किलोमीटर प्रति घंटे है, जो हैं—बीजिंग-तियानजिंग, शंघाई-हांगझू, नानजिंग-हांगझू और हांगझू-निंग्बू। चीन में करीब 9081 किलोमीटर हाई स्पीड की अलग रेल लाइन निर्माणाधीन है। दो खंड-1776 किलोमीटर का लानझाऊ-उरुमकी खंड और 1158 किलोमीटर का चांगशा-कुनमिंग खंड निर्माणाधीन हैं। इसके अतिरिक्त 3777 किलोमीटर के हाई स्पीड नेटवर्क की भी योजना बन चुकी है।

चीन के पास दुनिया की एकमात्र व्यावसायिक प्रचलन वाली मैग्लेव ट्रेन भी है, जो कि शंघाई सिटी को इसके अंतरराष्ट्रीय हवाई अड्डे से जोड़ती है। इसकी अधिकतम गति 431 किलोमीटर प्रति घंटे है। 30.5 किलोमीटर की यात्रा यह 7.5 मिनट में पूरी करती है।

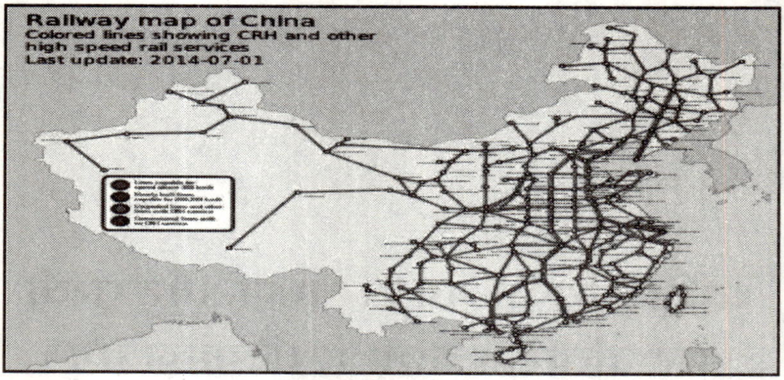

चीन का रेलवे मानचित्र, स्रोत : Wikipedia.org

शंघाई की मैग्लेव ट्रेन, स्रोत : Wikipedia.org

चीन ने आरंभ में फ्रांस, जर्मनी, जापान आदि तमाम देशों से हाई स्पीड प्रौद्योगिकी हासिल की। हालाँकि उसका जोर संयुक्त उपक्रम, स्वदेशी निर्माण और प्रौद्योगिकी स्थानांतरण पर था। चीन की हाई स्पीड रेल ट्रेनों का नाम चीन रेल हाई स्पीड (सी.आर.एच.) है। विदेशी प्रौद्योगिकी से बनीं सी.आर.एच. शृंखला की ट्रेनें सबसे पहले 2007 में शुरू हुईं, लेकिन सी.आर.एच. शृंखला की पहली स्वदेशी हाई स्पीड ट्रेन 2010 में शंघाई–हांगझाऊ हाई स्पीड रेलवे शुरू हुई।

2007 में पहली सी.आर.एच. ट्रेन के आरंभ होने के बाद से चीनी हाई स्पीड रेल नेटवर्क की दैनिक सवारी संख्या 2007 में 237,000 और 2012 में 1.33 मिलियन हो गई और यह दुनिया का सबसे व्यस्त हाई स्पीड रेल नेटवर्क बन गया।

चीन में सरकार के आर्थिक विकास कार्यक्रम के तहत हाई स्पीड रेल के बिल्डिंग रूम के लिए उदारता से धन दिया गया। नेटवर्क का तेजी से विस्तार हो रहा है और 2015 के अंत तक यह 18,000 किलोमीटर हो जाने की उम्मीद है, जिसमें 6700 किलोमीटर की पटरियाँ हैं, जिन पर 300–350 क़िलोमीटर प्रति घंटे की गति ली जा सकती है।

चीन की हाई स्पीड रेल निर्माण परियोजनाएँ अत्यधिक पूँजी प्रधान हैं। तकरीबन आधा धन सरकारी बैंकों और वित्तीय संस्थाओं के जरिए राष्ट्रीय सरकार देती है। करीब 40 प्रतिशत धन रेलवे मंत्रालय से और बाकी 10 प्रतिशत स्थानीय तथा प्रांतीय सरकारों से मिलता है।

जापान

जापान को हाई स्पीड ट्रेन चलानेवाला दुनिया का पहला देश होने का गौरव हासिल है, जो उसने अलग नई ट्रंक लाइन पर शुरू की, जिसे शिंकनसेन नाम दिया गया। शिंकनसेन नेटवर्क करीब 15 खंडों में फैला है, जिसकी लंबाई 2664 किलोमीटर है। 515 किलोमीटर का टोक्यो–तोकाइडो खंड सबसे लंबा है। 779 किलोमीटर का अतिरिक्त निर्माण चल रहा है और 179 किलोमीटर का काम योजना के स्तर पर है। ट्रेनों की अधिकतम स्पीड 240–320 किलोमीटर प्रति घंटे है। 2011 तक शिंकनसेन सिस्टम ही दुनिया का सबसे व्यस्त यात्री सवारीवाला हाई स्पीड रेल नेटवर्क (2007 में अधिकतम 353 मिलियन) था, पर उसके बाद वार्षिक 370 मिलियन यात्री के साथ चीन के हाई स्पीड रेल नेटवर्क ने उसे पीछे छोड़ दिया।

शिंकनसेन सिस्टम परंपरागत रेल लाइन से अलग है। इसकी पटरियाँ आबादी-वाले इलाकों से दूर हैं। बाधाओं से गुजरने के लिए इसमें सुरंगों और पुलों का इस्तेमाल होता है। इसमें मानक गेज ट्रेक्स इस्तेमाल होते हैं, जिनमें लगातार वेल्डेड पटरी और स्विंग नोज क्रॉसिंग पॉइंट होते हैं। गिट्टीदार और पटियों का संयुक्त इस्तेमाल इसमें होता है। सिस्टम में स्वचालित ट्रेन कंट्रोल सिस्टम और 25000 वोल्ट एसी से ऊपर की बिजली आपूर्ति इस्तेमाल होती है। शिंकनसेन का समय की पाबंदी का बेहद उत्कृष्ट रिकॉर्ड रहा है, क्योंकि यह धीमे परिवहन से पूरी तरह से अलग है और इसका प्रौद्योगिकी तंत्र बहुत विश्वसनीय है। शिंकनसेन का सुरक्षा

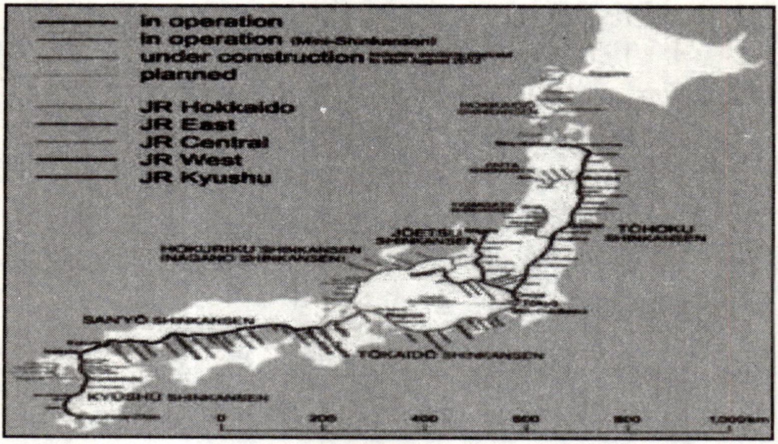

शिंकनसेन का मानचित्र, स्रोत : Wikipedia.org

रिकॉर्ड अनुकरणीय है, क्योंकि इसके पचास सालों के इतिहास में एक भी दुर्घटना नहीं हुई और इस प्रकार अभी तक इसमें कोई भी हताहत नहीं हुआ। शिंकनसेन प्रौद्योगिकी का इस्तेमाल दुनिया के तमाम देशों—चीन, ताइवान, ब्रिटेन, ब्राजील, अमेरिका आदि में हो रहा है।

स्पेन

स्पेन के प्रचालन हाई स्पीड रेल नेटवर्क की लंबाई 2515 किलोमीटर है, जो कि यूरोप में सबसे लंबा है। इसके अलावा 1380 किलोमीटर का नेटवर्क निर्माणाधीन और 1702 किलोमीटर का नेटवर्क योजनाधीन है। अल्टा वेलोसाइडड इस्पेनोला (ए.वी.ई.) स्पेन की हाई स्पीड रेल सेवा का नाम है, जिसे स्पेनिश राष्ट्रीय रेलवे कंपनी चलाती है और इसकी अधिकतम गति 300 किलोमीटर प्रति घंटे है।

ए.वी.ई. में मेड्रिड–सेविले खंड पर एक सर्विस गारंटी एराइवल सिस्टम होता है। इस सेवा के तहत पूर्व घोषित समय से अगर पाँच मिनट से ज्यादा की देरी होती है, तो पूरा किराया वापस किया जाता है। बाकी लाइनों पर 15 मिनट से ज्यादा की देरी होने पर पूरा किराया लौटाया जाता है, हालाँकि समय के उच्चतम मानकों का पालन किए जाने के कारण ऐसे मामले बहुत ही विरले होते हैं। स्पेन और फ्रांस हाई स्पीड रेल नेटवर्क से एक–दूसरे से जुड़े हैं। वर्तमान में निम्नांकित मार्ग पर प्रचालन हो रहा है।

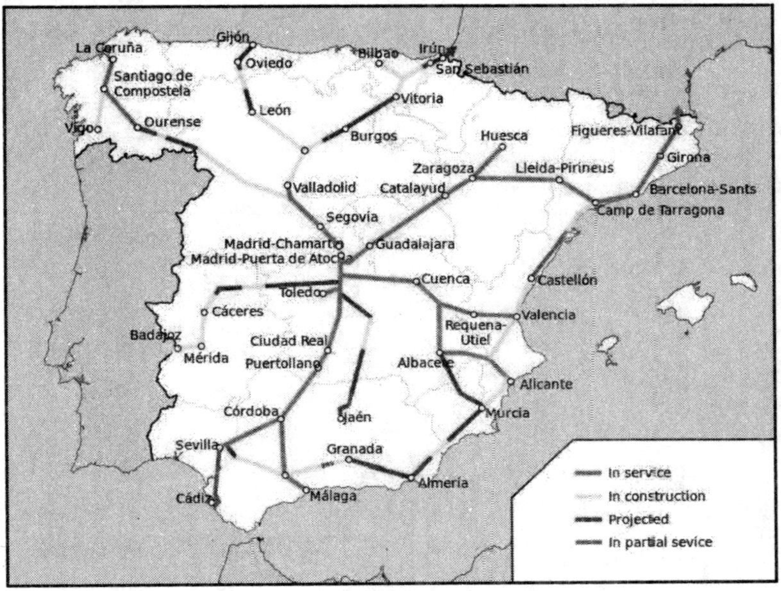

स्पेन का हाई स्पीड रेल मानचित्र, स्रोत : Wikipedia.org

- मेड्रिड—बार्सिलोना—मारसीले
- बार्सिलोना—पेरिस
- बार्सिलोना—ल्यॉन
- बार्सिलोना—टोउलाउस

यह नेटवर्क फ्रांस के 15 शहरों को शामिल करता है। मेड्रिड और लिस्बन को जोड़नेवाली एक और अंतरराष्ट्रीय लाइन की योजना तैयार हो चुकी है।

फ्रांस

फ्रांस में 9 विभिन्न खंडों में कुल 2036 किलोमीटर लंबा हाई स्पीड रेल नेटवर्क है, जिसकी अधिकतम गति 320 किलोमीटर प्रति घंटे है। कुल 757 किलोमीटर हाई स्पीड रेल लाइन निर्माणाधीन और 2407 किलोमीटर की लाइन योजनाधीन है।

टी.जी.वी. (ट्रेन ए ग्रांड विट्से, हाई स्पीड ट्रेन) फ्रांस की हाई स्पीड रेल सेवा है, जिसका संचालन एस.एन.सी.एफ. वॉएज करती है, जो कि एस.एन.सी.एफ.

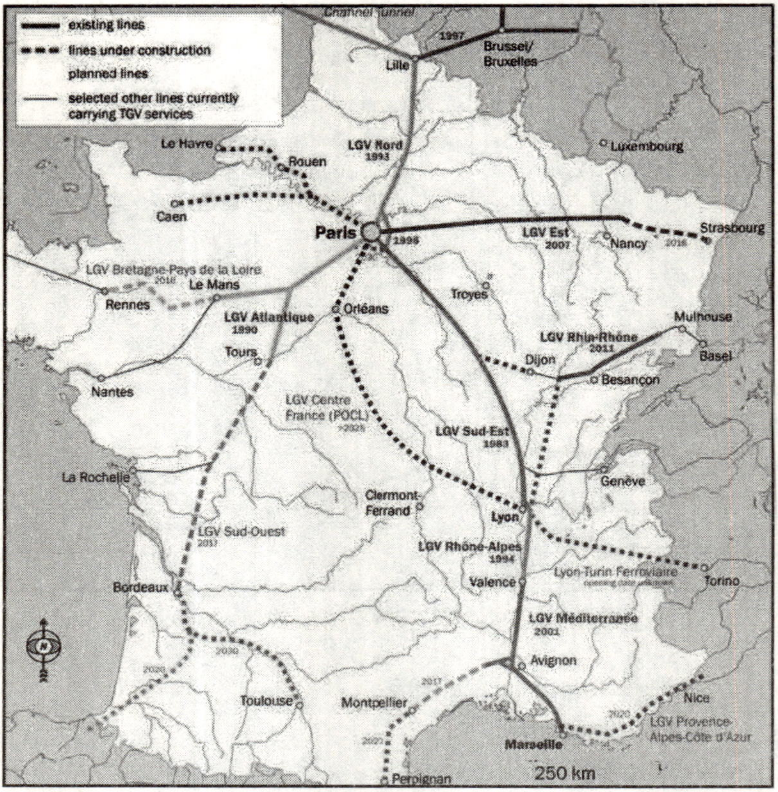

टी.जी.वी. लाइनों का मानचित्र, स्रोत : wikipedia.org

की लंबी दूरी की रेल शाखा है। टी.जी.वी. सिस्टम ने हाई स्पीड ट्रेनों के क्षेत्र में अनेक रिकॉर्ड बनाए हैं।

वर्तमान और प्रस्तावित नेटवर्क मूल रूप से फ्रांस से निकलनेवाली चार लाइनों का समूह है। अभी दस मौजूदा लाइनें हैं; चार लाइनें निर्माणाधीन हैं और बारह की योजना बन चुकी है। टी.जी.वी. डुप्लेक्स फ्रांस की हाई स्पीड ट्रेनों की एक अनोखी विशेषता है; यह बहुत ज्यादा भीड़वाली लाइनों की क्षमता बढ़ाने के लिए खासतौर पर डिजाइन की गई थी।

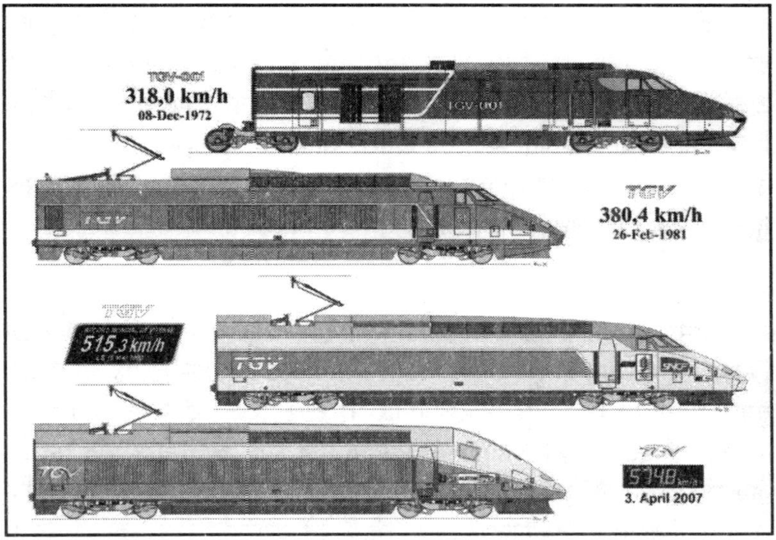

फ्रांसीसी टी.जी.वी. के बनाए रिकॉर्ड, स्रोत : en.wikipedia.org

फ्रांसीसी डुप्लेक्स ट्रेन

दो मंजिले डिब्बों में एक मंजिल डिब्बों की तुलना में 45 प्रतिशत ज्यादा क्षमता होती है और इस तरह से क्षमता काफी बढ़ जाती है।

टी.जी.वी. प्रौद्योगिकी फ्रांस के बाहर भी काफी ज्यादा इस्तेमाल होती है। स्पेन में ए.वी.ई., बेल्जियम, नीदरलैंड और जर्मनी में थैलाइस, दक्षिण कोरिया में केटीएक्स, अमेरिका में एसेला एक्सप्रेस में टी.जी.वी. प्रौद्योगिकी ही इस्तेमाल होती है। एस.एन.सी.एफ. और एल्सटम ने नई जेनेरेशन की ट्रेन विकसित की है, जिसे ऑटोमेट्रिस ए ग्रांडे विटेसी,(ए.जी.वी.) नाम दिया गया है। इन ट्रेनों में हाई स्पीड

बहुखंडीय इकाइयाँ होती हैं और हर डिब्बे में मोटर रहती हैं। ए.जी.वी. के लाभ इस प्रकार हैं—ट्रेन की लंबाई के अनुसार बैठने की ज्यादा क्षमता (एक मंजिला टी.जी.वी. की तुलना में); मरम्मत की कम लागत, क्योंकि जेकॉब्स बोगी में ट्रेन में डिब्बों की संख्या कम होती है और उच्चतर ऊर्जा दक्षता, कम शोर और शक्ति-बार के उच्च अनुपात के कारण गलियारे में अधिक जगह, उच्च दक्षता-स्थायी-चुंबक तुल्यकालिक मोटर तथा अन्य डिजाइन सुधार इसकी विशेषताएँ हैं।

जर्मनी

जर्मनी में हाई स्पीड ट्रेनें 1334 किलोमीटर के नेटवर्क में चलती हैं, 428 किलोमीटर की लाइन निर्माणाधीन है और 495 किलोमीटर के नेटवर्क की योजना तैयार है। जर्मन हाई स्पीड ट्रेनें आमतौर पर आई.सी.ई. (इंटरसिटी एक्सप्रेस) कहलाती हैं। इनकी अधिकतम व्यावसायिक गति 300 किलोमीटर प्रति घंटे है। अनोखी भौगोलिक विशेषताओं के कारण आई.सी.ई. नेटवर्क परंपरागत नेटवर्क से बहुत निकटता से एकीकृत है। आई.सी.ई. ट्रेनें ऑस्ट्रिया और स्विट्जरलैंड में भी सफल हो चुकी हैं। जर्मनी में पूरी तरह से नई परियोजनाएँ निम्नानुसार हैं—

- कोलॉन-फ्रैंकफर्ट हाई स्पीड रेल लाइन (300 किलोमीटर प्रति घंटे)
- हैनोवर-वुर्जबर्ग हाई स्पीड रेलवे (280 किलोमीटर प्रति घंटे)
- मैनहीम-स्टुटगार्ट हाई स्पीड रेलवे (280 किलोमीटर प्रति घंटे)

दो लाइनें आंशिक रूप से नई हैं।

- हेनोवर-बर्लिन हाई स्पीड रेलवे (आंशिक नई लाइन, 250 किलोमीटर प्रति घंटे)
- न्यूरेमबर्ग-म्यूनिख हाई स्पीड रेलवे (आंशिक नई लाइन, 300 किलोमीटर प्रति घंटे)

इन मार्गों के कुछ हिस्से नए निर्माण हैं, जो कि मौजूदा या पूर्व मार्गों के साथ चलते हैं—

ट्रांसरैपिड जर्मनी की हाई स्पीड मोनो रेल है, जिसमें 1934 के पेटेंट पर आधारित चुंबकीय उत्तोलन का इस्तेमाल होता है। यह 500 किलोमीटर प्रति घंटे की स्पीड से यात्रा के लिए बनाई गई है। इस प्रौद्योगिकी की परीक्षण सुविधा एम्लैंड में थी, जो अब बंद हो चुकी है; क्योंकि लागत, सुरक्षा, स्वास्थ्य और पर्यावरण संबंधी कारणों से इसके इस्तेमाल करनेवाले ज्यादा नहीं बचे थे। एकमात्र सफल व्यावसायिक अनुप्रयोग चीन ने किया था।

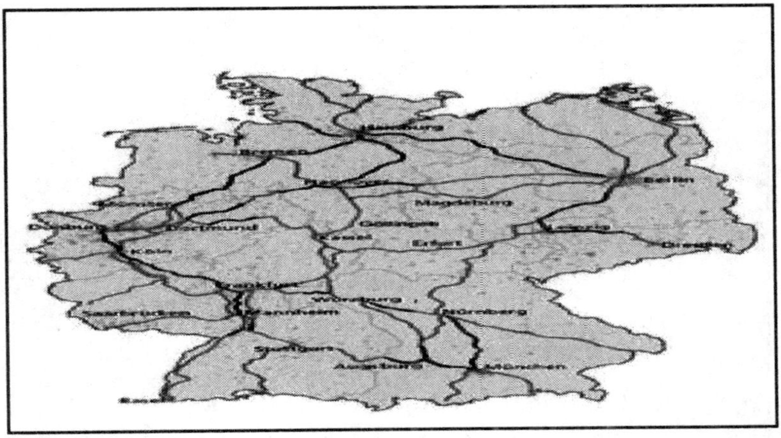

आई.सी.ई. नेटवर्क, स्रोत : wikipedia.org

***लाल :** 300 किलोमीटर प्रति घंटे के लिए हाई स्पीड लाइनें (186 मील प्रति घंटे) ***नारंगी :** 250 से 280 किलोमीटर प्रति घंटे (156 से 175 मील प्रति घंटे) के लिए हाई स्पीड लाइनें ***नीली :** अपग्रेडेड लाइनें, 200 से 230 किलोमीटर प्रति घंटे (125 से 145 मील प्रति घंटे) ***भूरी :** अन्य लाइनें, अधिकतम 160 किलोमीटर प्रति घंटे (100 मील प्रति घंटे)।

इटली

इटली में हाई स्पीड ट्रेनें 923 किलोमीटर से ज्यादा के नेटवर्क पर चल रही हैं। 395 किलोमीटर की योजना बन चुकी है। इटली में हाई स्पीड रेल में दो लाइनें शामिल हैं, जो देश के तकरीबन हर मुख्य शहर को जोड़ती हैं। पहली लाइन ट्यूरिन को मिलान, बोलोग्ना, फ्लोरेंस रोम और नेपल्स होते हुए सालेरनो से जोड़ती है। दूसरी लाइन ट्यूरिन से मिलान होते हुए वेनिस जाती है। अधिकतम व्यावसायिक गति 300 किलोमीटर प्रति घंटे है।

इटली हाई स्पीड रेल के मामले में यूरोप में अग्रणी है और पेंडोलिनो ट्रेनों का मूल भी यही देश है।

पेंडोलिनो तिरछी (टिल्टिंग) ट्रेनों की इतालवी श्रेणी है, जो इटली, स्पेन, पुर्तगाल, स्लोवानिया, फिनलैंड, रूसी संघ, चेक गणराज्य, ब्रिटेन, स्लोवाकिया, स्विट्जरलैंड, चीन जैसे तमाम देशों में इस्तेमाल हो रही है। यह इतालवी ई.टी.आर.

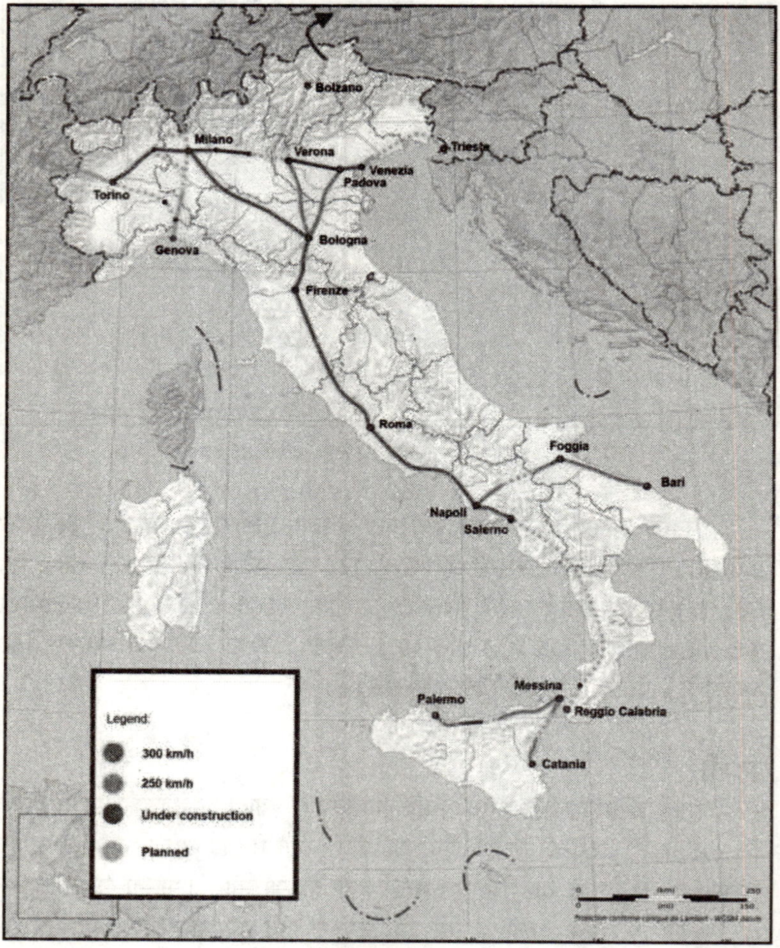

इतालवी हाई स्पीड नेटवर्क, स्रोत : wikipedia.org

401 और ब्रिटिश एडवांस्ड पैसेंजर ट्रेन के डिजाइन पर आधारित है और इसका आगे विकास किया गया तथा फिएट फेरोवियारिया इसका निर्माण करती है। इस कंपनी को वर्ष 2000 में एल्सटम ने अधिग्रहीत कर लिया था। पेंडोलिनो में टिल्ट्रोनिक्स की पूर्वाभासी टिल्टिंग प्रौद्योगिकी का इस्तेमाल होता है, ताकि ये ट्रेनें मोड़ों पर, यहाँ तक कि बहुत घुमावदार मार्गों पर भी अधिक तेज गति से चल सकें, और साथ ही ट्रेन के अंदर यात्रियों के बहुत अधिक आराम का खयाल रखा जा सके।

ऑस्ट्रिया

विएना में सेंट पॉल्टेन सेक्शन पर 250 किलोमीटर प्रति घंटे की अधिकतम गति से हाई स्पीड ट्रेनें चलती हैं। इस सेक्शन की शुरुआत 2012 में हुई थी और इसकी लंबाई 93 किलोमीटर है। इसका संचालन ऑस्ट्रियन रेलवे-रेल जेट करती है। रेल जेट में तीन श्रेणियाँ होती हैं—इकोनॉमी, फर्स्ट और बिजनेस। रेल जेट यूरोप की सर्वाधिक आधुनिक और सुविधायुक्त ट्रेनों में से एक है। मुख्य रूप से ये ऑस्ट्रिया में प्रचालित होती हैं, लेकिन जर्मनी, स्विट्जरलैंड और हंगरी से भी इसके अंतरराष्ट्रीय कनेक्शन हैं।

बेल्जियम

बेल्जियम में हाई स्पीड ट्रेनें वर्तमान में कुल 209 किलोमीटर के नेटवर्क में चार विभिन्न मार्गों पर प्रचालित होती हैं। बेल्जियम का हाई स्पीड रेल नेटवर्क मुख्य रूप से ब्रसेल्स से फ्रांस, जर्मनी और नीदरलैंड के लिए अंतरराष्ट्रीय कनेक्शन मुहैया कराता है। बेल्जियम का हाई स्पीड नेटवर्क फ्रांस के लिए 1997 में एच.एस.एल.1 चालू होने के साथ शुरू हुआ था और उसके बाद हाई स्पीड लाइनों का विस्तार एच.एस.एल.2 के जरिए जर्मनी तक 2002 में, लीजे से जर्मनी की सीमा तक 2009 में और एच.एस.एल.4 के जरिए 2009 में एंटवेर्प से नीदरलैंड सीमा तक हुआ।

नीदरलैंड

नीदरलैंड एच.एस.एल.-ज्युइड (हाई स्पीड लाइन दक्षिण) कहलानेवाली 120 किलोमीटर लंबी हाई स्पीड लाइन के जरिए यूरोपीय हाई स्पीड रेल सिस्टम से जुड़ा है। इसमें एम्सटर्डम सेंट्रल से शीफोल एयरपोर्ट के मौजूदा ट्रैक्स का इस्तेमाल होता है और हाई स्पीड की विशिष्ट लाइनें यहाँ से शुरू होकर रॉटर्डम सेंट्रल होते हुए बेल्जियम सीमा तक जाती हैं। इनकी अधिकतम स्पीड 300 किलोमीटर प्रति घंटे है।

स्विट्जरलैंड

फ्रांसीसी टी.जी.वी. और जर्मन आई.सी.ई. लाइनों का विस्तार स्विट्जरलैंड तक किया गया, लेकिन रेल यातायात की भीड़ के कारण स्विस शहरों के बीच और पहाड़ों में इन ट्रेनों की गति 200 किलोमीटर प्रति घंटे से ज्यादा नहीं हो पाती। स्विट्जरलैंड का अपना हाई स्पीड रेल नेटवर्क 35 किलोमीटर के फ्रूटिजेन-वाई.एस.

पी. सेक्शन पर प्रचालित होता है, जिसकी अधिकतम गति 250 किलोमीटर प्रति घंटे है। अर्स्टफील्ड-बियासका और गुइबियास्को-ल्यूगानो सेक्शन का 72 किलोमीटर का हाई स्पीड रेल नेटवर्क निर्माणाधीन है।

ब्रिटेन

ब्रिटेन में इस समय 113 किलोमीटर का हाई स्पीड रेल नेटवर्क चालू है।

ब्रिटेन में पहली सोद्‌देश्य निर्मित हाई स्पीड रेल लाइन चैनल टनल रेल लिंक थी, जिसके पहले सेक्शन ने 2003 में काम करना शुरू किया था। 2006 में इस लाइन का दोबारा नामकरण करके इसे 'हाई स्पीड 1' कहा गया। दूसरी सोद्‌देश्य निर्मित हाई स्पीड लाइन की अब सरकार ने योजना बनाई है, जिसे 'हाई स्पीड 2' नाम दिया गया है और ये लंदन को पहले बर्मिंघम से जोड़ेगी और बाद के चरणों में उत्तरी इंग्लैंड के शहरों (मानचेस्टर, शेफील्ड और लीड्स समेत) से जोड़ेगी। इस योजना के साथ ही स्कॉटिश सरकार भी एडिनबर्ग और ग्लासगो के बीच हाई स्पीड रेल बना रही है, जो 2024 में चालू हो जाएगी।

वर्तमान में, a mixture of 300 किलोमीटर प्रति घंटेवाली यूरोस्टार इंटरनेशनल सर्विस और 225 किलोमीटर प्रति घंटेवाली साउथ ईस्टर्न डोमेस्टिक पैसेंजर सर्विस मिलकर हाई स्पीड 1 का इस्तेमाल करती हैं। ईस्ट कोस्ट मेन लाइन और वेस्ट कोस्ट मेन लाइन पर गति को 225 किलोमीटर प्रति घंटे तक बढ़ाने का प्रयास असफल हो चुका है, जिसका एक कारण यह रहा कि 201 किलोमीटर प्रति घंटे से ज्यादा की गति की ट्रेनों में सुरक्षा कारणों से कैब सिग्नलिंग की जरूरत मानी जाती है। हाई स्पीड ट्रेन (या एच.एस.टी.125) शब्द का इस्तेमाल वर्तमान में क्लास 43, 125 मील प्रति घंटे (201 किलोमीटर प्रति घंटे) इंटर सिटी डीजल ट्रेनों के ब्रिटिश समूह के ब्रांड नाम के रूप में इस्तेमाल होता है।

पोलैंड

पोलैंड में अभी कोई हाई स्पीड रेल सिस्टम प्रचलित नहीं है, लेकिन इसकी करीब 700-800 किलोमीटर रेल लाइन हाई स्पीड ट्रेन के अनुकूल है। वारसा से रोक्ला होते हुए पोजनान की और वारसा से क्टोवाइस/क्रैको की दो लाइनों की योजना बन चुकी है।

पुर्तगाल

पुर्तगाल में अभी कोई भी व्यवस्थित हाई स्पीड रेल सिस्टम नहीं है, लेकिन 250–350 किलोमीटर प्रति घंटे के बीच की गति के लिए 1006 किलोमीटर के छह विभिन्न सेक्शनों की योजना तैयार है। पुर्तगाल रेलवे की मालगाड़ियाँ और सवारी रेलगाड़ियाँ चलानेवाली सरकारी कंपनी कॉम्बोइयस डी पॉर्टुगल (सी.पी., हिंदी में : ट्रेन पुर्तगाल) ने अल्फा पेंडुलर सर्विस शुरू की थी, जो पुर्तगाल की मुख्य भूमि की उत्तरी सीमा को अलगार्व से 220 किलोमीटर प्रति घंटे की स्पीड से जोड़ती है। इस सर्विस में इतालवी डिजाइन की 10 पेंडोलिनो टिल्टिंग ट्रेनें प्रचालित होती हैं। अपनी हाई स्पीड ट्रेनों के अतिरिक्त इंटरसिटी कोरेल के डिब्बे भी 200 किलोमीटर प्रति घंटे की गति के लिए अपग्रेड किए जा चुके हैं।

स्वीडन

स्वीडन में अभी तक कोई हाई स्पीड रेल सिस्टम काम नहीं कर रहा है, लेकिन 750 किलोमीटर के हाई स्पीड रेल नेटवर्क की योजना तैयार है। स्वीडन में अनेक ट्रेनें 200 किलोमीटर प्रति घंटे की गति से चलती हैं। इस गति से चलनेवाली ट्रेनों में लंबी दूरी के लिए एक्स 2 टिल्टिंग ट्रेनें और आरलैंडा एक्सप्रेस लाइन एक्स 3 शामिल हैं। एक्स 2 ट्रेनें स्वीडन में स्टॉकहोम, गॉथेनबर्ग और मैल्मो जैसे अनेक शहरों के बीच चलती हैं। आरलैंडा एक्सप्रेस ट्रेन स्टॉकहोम-आरलैंडा एयरपोर्ट को जोड़ती है। स्टॉकहोम-मैल्मो/गुटेनबर्ग सेक्शन में 750 किलोमीटर हाई स्पीड रेल नेटवर्क की योजना भी है।

तुर्की

तुर्की में हाई स्पीड रेल नेटवर्क के दो सेक्शन हैं, जो कुल 444 किलोमीटर की दूरी तय करते हैं। 603 किलोमीटर का एक सेक्शन निर्माणाधीन है और 1758 किलोमीटर के हाई स्पीड रेल नेटवर्क की योजना बन चुकी है। अधिकतम स्पीड 250 किलोमीटर प्रति घंटे है।

एशिया में चीन और जापान के अलावा कोरिया और ताइवान का अलग से हाई स्पीड रेल नेटवर्क प्रचालित हो रहा है।

दक्षिण कोरिया

वर्तमान में दक्षिण कोरिया में 412 किलोमीटर से ज्यादा का हाई स्पीड रेल

सिस्टम प्रचालित है। 186 किलोमीटर का हाई स्पीड नेटवर्क निर्माणाधीन है और 49 किलोमीटर की योजना बन चुकी है। कोरिया ट्रेन एक्सप्रेस–केटीएक्स दक्षिण कोरिया का हाई स्पीड रेल सिस्टम है, जो कोरेल प्रचालित करती है। ट्रेनों की अधिकतम गति वर्तमान में 305 किलोमीटर प्रति घंटे है। केटीएक्स ट्रेन की नेक्स्ट जेनेरेशन ट्रेन हेमू 430 एक्स ने 2013 में 421.4 किलोमीटर प्रति घंटे की गति हासिल की थी। इस तरह से फ्रांस, जापान और चीन के बाद परंपरागत पटरियों पर 420 किलोमीटर प्रति घंटे से ज्यादा की हाई स्पीड ट्रेन चलानेवाला दक्षिण कोरिया दुनिया का चौथा देश बन गया।

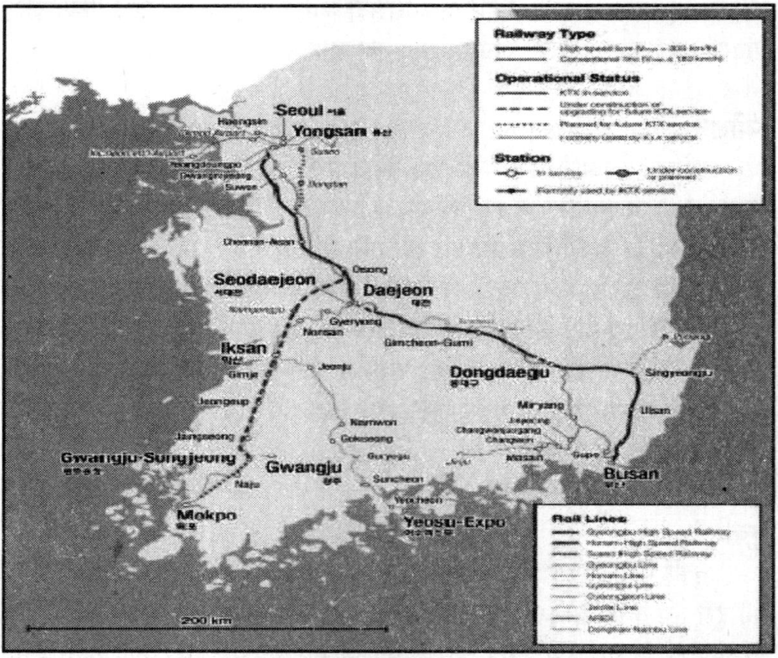

केटीएक्स नेटवर्क, स्रोत : wikipedia.org

हेमू–430 एक्स (हाई स्पीड इलेक्ट्रिक मल्टीपल यूनिट 430 किलोमीटर प्रति घंटे प्रायोगिक) दक्षिण कोरिया की हाई स्पीड ट्रेन है, जिसका लक्ष्य 430 किलोमीटर प्रति घंटे की अधिकतम स्पीड हासिल करना है। 31 मार्च, 2013 को इसने परीक्षण में 421.4 किलोमीटर प्रति घंटे की गति हासिल कर दिखाई थी और

इस तरह से फ्रांस, जापान और चीन के बाद दक्षिण कोरिया दुनिया का ऐसा चौथा देश बन गया, जिसने परंपरागत पटरी पर 420 किलोमीटर प्रति घंटे से ज्यादा की गति हासिल की। पुरानी दक्षिण कोरियाई हाई स्पीड ट्रेनों की तुलना में इस ट्रेन में मुख्य नई विशेषता वितरित कर्षण है। इस ट्रेन का प्रत्याशित व्यावसायिक स्वरूप केटीएक्स–III 2015 में नियमित सेवा के रूप में चालू हो गया, जिसकी अधिकतम स्पीड 370 किलोमीटर प्रति घंटे (230 मील प्रति घंटे) है।

ताइवान

ताइवान हाई स्पीड रेल लाइन ताइवान के पश्चिमी तट पर करीब 345 किलोमीटर की लंबाई में राष्ट्रीय राजधानी ताइपे से दक्षिणी शहर काओसियुंग के बीच चलती है। निजी कंपनी ताइवान हाई स्पीड रेल कॉरपोरेशन ने इसे 18 अरब अमेरिकी डॉलर की लागत से बनाया था। यही कंपनी इसका प्रबंधन भी करती है। 300 किलोमीटर प्रति घंटे की अधिकतम स्पीडवाली यह लाइन 2007 से चालू है।

रूस

इस समय रूस में अलग से कोई हाई स्पीड रेल सिस्टम नहीं है। सेपसन रूस की हाई स्पीड ट्रेन है। इसकी नियमित सेवा मॉस्को–सेंट पीटर्सबर्ग रेलवे पर दिसंबर, 2009 में अधिकतम 250 किलोमीटर प्रति घंटे से चलती है।

भारत

पूर्व के अध्याय में हाई स्पीड ट्रेनों की पृष्ठभूमि बताई गई है। अब इसके आगे की बात करते हैं। सरकार ने बिल्कुल सही इरादा जाहिर किया है और भारत में हाई स्पीड रेल सिस्टम के विकास के लिए विशिष्ट कदम उठाए हैं। ऐसा ही एक कदम सांस्थानिक ढाँचे की स्थापना का रहा।

हाई स्पीड रेल निगम को भारत सरकार के मिनी रत्न सार्वजनिक उपक्रम रेल विकास निगम की इकाई के रूप में विशेष रूप से स्थापित किया गया है।

हाई स्पीड रेल निगम की स्थापना के निम्नांकित उद्देश्य हैं—

(1) भारत में हाई स्पीड ट्रेन चलाने के लिए चुने हुए मार्गों की व्यावहारिकता का अध्ययन और प्रौद्योगिकी–आर्थिक विवेचना करना और विस्तृत प्रोजेक्ट तथा बैंक ग्राह्यता रिपोर्टें स्वीकार करना।

(2) हाई स्पीड रेल सिस्टम के डिजाइन की योजना बनाना और अचल सामग्री,

डिब्बे और प्रचालन समेत प्रौद्योगिकीय मानदंड तय करना।

(3) वित्तीय मॉडल तैयार करना, पब्लिक-प्राइवेट पार्टनरशिप विकल्प तलाशना; भागीदारों और फंडिंग एजेंसियों से समन्वय करना और तमाम सरकारी मंजूरियाँ हासिल करना।

(4) हाई स्पीड रेल सिस्टमों तथा अन्य रेल आधारित परिवहन का परियोजना विकास, परियोजना क्रियान्वयन, कंस्ट्रक्शन, अपग्रेडेशन, मैन्यूफैक्चर, प्रचालन और अनुरक्षण, जो कि रेल विकास निगम लिमिटेड या भारत सरकार की किसी अन्य संस्था से इस तरह की गतिविधियों के लिए मंजूर हो।

भारतीय रेलवे के विजन 2020 में हाई स्पीड गलियारों की परिकल्पना की गई है। ''संसार के मुख्य देशों में भारत एकमात्र अनोखा देश है, जिसके पास 250 किलोमीटर प्रति घंटे से अधिक की रफ्तार पर गाड़ियाँ चलाने के लिए उच्च गतिवाला कोई एकल रेल गलियारा नहीं है। भारतीय रेल इस संबंध में द्विपक्षीय दृष्टिकोण अपनाएगी। पहला दृष्टिकोण मुख्य मार्गों पर 160 से 200 किलोमीटर प्रति घंटे की पारंपरिक तकनीक का प्रयोग करते हुए पृथक् यात्री गलियारों की गति बढ़ाने के लिए होगा। दूसरा दृष्टिकोण व्यवहार्यता पर आधारित इंटरसिटी मार्गों की संख्या की पहचान और राज्य सरकारों के साथ भागीदारी में निजी सार्वजनिक भागीदारी के माध्यम द्वारा 350 किलोमीटर प्रति घंटे तक रफ्तार को बढ़ाने के लिए अत्याधुनिक उच्च गतिवाले गलियारों के निर्माण के लिए होगा। राज्य सरकारों के साथ भागीदारी महत्त्वपूर्ण होगी, क्योंकि स्थायी संपदा विकास इन उच्च लागतवाली परियोजनाओं का मुख्य घटक होगी।''

2014-15 के रेल बजट में कहा गया था कि हम देश के मुख्य महानगरों और विकास केंद्रों को जोड़नेवाले हाई स्पीड रेल के हीरक चतुर्भुज नेटवर्क की महत्त्वाकांक्षी योजना शुरू कर रहे हैं। आगे के कदमों के लिए रेल विकास निगम लिमिटेड/हाई स्पीड रेल कॉरपोरेशन की हाई स्पीड परियोजना के लिए इस बजट में 100 करोड़ रुपए का प्रावधान किया गया।

यह भी कहा गया कि बुलेट ट्रेनों के लिए पूरी तरह से नई अधोसंरचना की जरूरत होगी, लेकिन मौजूदा ट्रेनों की उच्च गति मौजूदा नेटवर्क को अपग्रेड करके हासिल की जाएगी। इसलिए चुने हुए क्षेत्रों में ट्रेनों की गति 160-200 किलोमीटर प्रति घंटे तक बढ़ाने के प्रयास किए जाएँगे, ताकि मुख्य शहरों के बीच यात्रा की अवधि काफी कम की जा सके। जिन क्षेत्रों की पहचान की गई है, वे हैं—

(i) दिल्ली—आगरा
(ii) दिल्ली—चंडीगढ़
(iii) दिल्ली—कानपुर
(iv) नागपुर—बिलासपुर
(v) मैसूर—बैंगलौर—चेन्नई
(vi) मुंबई—गोवा
(vii) मुंबई—अहमदाबाद
(viii) चेन्नई—हैदराबाद और
(ix) नागपुर—सिकंदराबाद

भारतीय प्रधानमंत्री श्री नरेंद्र मोदी ने भारत को आगे बढ़ाने के लिए 17-सूत्रीय योजना पेश की है। उनके एजेंडे का पहला बिंदु सड़क और रेल नेटवर्क को इस तरह से अपग्रेड करना है कि हर कोई देश में किसी भी जगह 24 घंटे के अंदर पहुँच सके। इस जरूरत को पूरा करने के लिए हाई स्पीड नेटवर्क के हीरक चतुर्भुज की परिकल्पना की गई। तमाम हाई स्पीड रेल परियोजनाओं की मौजूदा स्थिति को निम्न चित्र की मदद से भलीभाँति समझा जा सकता है।

इस प्रकार, यह सबूत है कि भारत हाई स्पीड रेल सिस्टम की दिशा में आगे बढ़ रहा है। अब हमारी स्थिति ऐसी है कि जापान जैसे देश हैं, जो भारत में हाई स्पीड ट्रेनों के संभावित बाजार को हथियाने के लिए होड़ कर रहे हैं। चीन के राष्ट्रपति सीन जिनपिंग की सितंबर 2014 की भारत यात्रा में भारतीय और चीनी रेलवे के बीच एक समझौते पर हस्ताक्षर किए गए थे, जिसके अनुसार, चीनी रेलवे सियुआन सर्वे एवं डिजाइन ग्रुप तथा अन्य चीनी उपक्रम एक हाई स्पीड गलियारे के लिए व्यावहार्यता का अध्ययन करेंगे और इसकी वित्तपोषण की रिपोर्ट तैयार करेंगे। चीन सेमी-हाई स्पीड योजनाओं में भी भारत की मदद करेगा। सवारी यात्रियों की रफ्तार 130 किलोमीटर प्रति घंटे से बढ़ाकर 160 किलोमीटर प्रति घंटे करने के लिए चीन पटरियों को मजबूत करने में मदद करेगा। शुरुआत में चीनी इंजीनियर चेन्नई-बंगलौर-मैसूर गलियारा आरंभ करने में मदद करेंगे और ट्रेन की गति 160 किलोमीटर प्रति घंटे तक पहुँचाने में सहायता करेंगे।

चीन भारत के रेलवे की निर्माण और अधोसंरचना परियोजनाओं में अरबों डॉलर निवेश करके जापान को मात देने की फिराक में है। प्रधानमंत्री नरेंद्र मोदी की टोक्यो यात्रा में जापान के 35 अरब डॉलर निवेश करने के जापान के वादे के

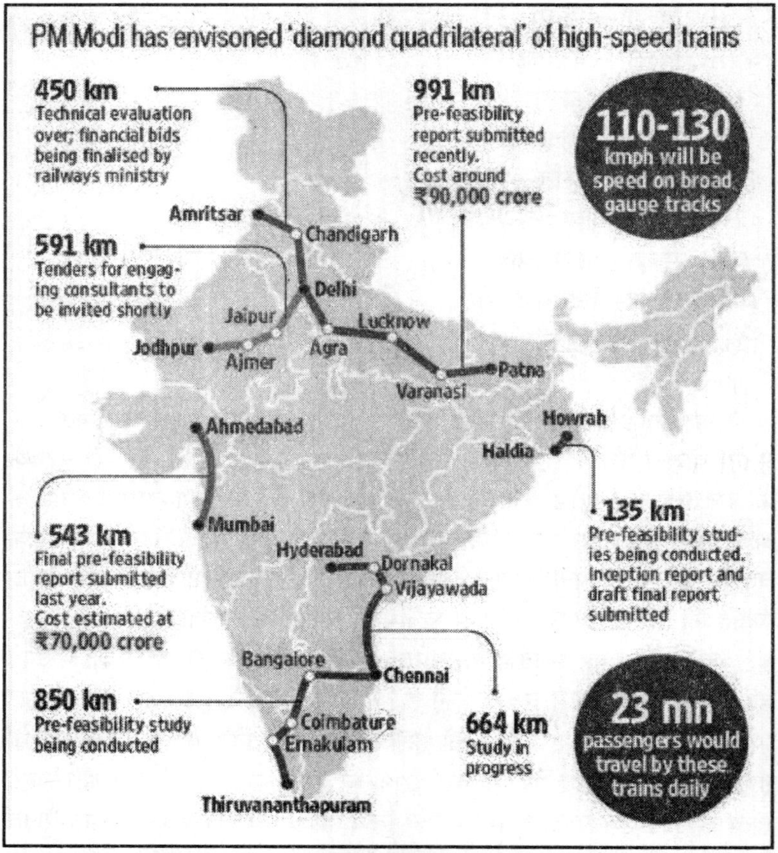

भारत में बुलेट ट्रेन परियोजना की स्थिति (2014 के रेल बजट से पहले)

बाद चीनी अधिकारियों ने भारत में निवेश को बढ़ाने का निश्चय कर लिया है। बुलेट ट्रेन समेत हाई स्पीड रेलवे की भारत की महत्त्वाकांक्षी योजना में चीन निवेश करने के बारे में सकारात्मक ढंग से सोच रहा है।

चीनी अधिकारियों का कहना है कि चीन गति बढ़ाने के लिए मौजूदा पटरियों को बदलने, स्टेशन विकास, औद्योगिक पार्क स्थापित करने के साथ-साथ विशाल अधोसंरचना परियोजनाओं में निवेश करके भारतीय रेलवे के आधुनिकीकरण के लिए 100 अरब डॉलर से 300 अरब डॉलर के बीच की राशि निवेश करने की प्रतिबद्धता करेगा।

पटरियों में सुधार से औसत ट्रेन रफ्तार 160 किलोमीटर प्रति घंटे से बढ़कर 180 किलोमीटर प्रति घंटे हो सकेगी। चीन भारत से कुछ निश्चित रेलवे गलियारे भी उसके सुपुर्द करने को कह रहा है, जिन पर वह हाई स्पीड रेलवे लाइनें बनाएगा, विकास करेगा और अनुरक्षण करेगा। जापान को भारत की पहली बुलेट ट्रेन परियोजना मुंबई–अहमदाबाद के लिए परामर्श का अनुबंध मिल गया है, तो चीनी अधिकारियों ने चेन्नई और बंगलौर तथा बंगलौर–मुंबई गलियारों में हाई स्पीड ट्रेनें बनाने के लिए दिलचस्पी दिखाई है।

पहली हाई स्पीड ट्रेन करीब 60,000–70,000 करोड़ रुपए की अनुमानित लागत से अहमदाबाद और मुंबई के बीच चलने का अनुमान है। अगर सबकुछ योजना के मुताबिक रहा तो मुंबई और अहमदाबाद के बीच हाई स्पीड रेल 2021 तक चलने की संभावना है। हाई स्पीड रेल मुंबई और अहमदाबाद के बीच की 546 किलोमीटर की दूरी 350 किलोमीटर प्रति घंटे की रफ्तार से केवल एक घंटे 52 मिनट में पूरी करेगी। अगर रफ्तार 300 किलोमीटर प्रति घंटे रहे तो यह 12 मिनट ज्यादा लेगी, लेकिन करीब 27 प्रतिशत बिजली की बचत हो सकेगी।

हाई स्पीड रेल गुजरात में 364 किलोमीटर, महाराष्ट्र में 176 किलोमीटर तथा दादरा और नगर हवेली में 6 किलोमीटर दूरी तय करेगी। मुंबई–अहमदाबाद हाई स्पीड रेलवे के लिए संयुक्त व्यवहार्यता अध्ययन जुलाई 2015 तक पूरा हुआ। अध्ययन के नतीजों की अंतरिम रिपोर्ट पहले ही सरकारों को सौंपी जा चुकी है।

मुंबई–अहमदाबाद बुलेट ट्रेन उस मार्ग पर चलनेवाली उड़ानों को कड़ी टक्कर देगी। प्रस्ताव है कि इस हाई स्पीड कॉरीडोर पर कुछ सेवाओं के टिकट हवाई किराए की टक्कर के रखे जाने चाहिए। यह भी प्रस्ताव है कि किराया ढाँचा उस मार्ग पर मौजूदा ट्रेनों के एसी फर्स्ट के किराए से डेढ़ गुना ज्यादा रखा जाना चाहिए। अहमदाबाद और मुंबई के बीच की नॉन स्टॉप ट्रेनें अपनी यात्राएँ केवल दो घंटे में पूरी कर सकती हैं। औसत उड़ान सवा घंटे लेती है और उसकी तुलना में अनुमान लगाया गया कि अगर टिकट हवाई किराए से कम रहे तो अधिकतर हवाई यात्री बुलेट ट्रेन से सफर करना पसंद करेंगे। हवाई यात्रा और बुलेट ट्रेन की यात्रा की अवधि में केवल 45 मिनट का फर्क होगा। अगर विमानों पर चढ़ने–उतरने का समय भी शामिल कर लिया जाए तो यह बुलेट ट्रेन की यात्रा ही कम अवधिवाली पड़ेगी। बुलेट ट्रेन के किराए से हाई स्पीड सिस्टम हर दिन 8 करोड़ रुपए की आमदनी करेगा। अनुमान है कि 2023 तक 40 हजार सवारियाँ इस सेवा का इस्तेमाल करने लायक हो जाएँगी। इसमें 9 मध्यवर्ती स्टेशनों समेत 11 स्टेशन

होंगे। नॉन स्टॉप ट्रेनें ही नहीं, बल्कि अन्य ट्रेनें भी सारे स्टेशनों पर नहीं ठहरेंगी। प्रत्येक सेवा में चार या पाँच से ज्यादा स्टॉपेज नहीं होंगे, ताकि औसत हाई स्पीड कायम रखी जा सके। इस तरह के स्टॉपेज मिलाकर औसत यात्रा अवधि 1 घंटा 70 मिनट की होगी। यह सब प्रारंभिक अध्ययनों पर आधारित है, इसलिए ऊपर बताए तमाम मानदंड बाद के चरणों में बदल सकते हैं।

मैकिंसी ग्लोबल इंस्टीट्यूट की रिपोर्ट में बताया गया है कि भारत की 40 प्रतिशत आबादी वर्ष 2030 तक वैश्विक हो जाएगी और इस प्रकार, महानगरों तथा द्वितीय और तृतीय श्रेणी के नगरों के बीच इंटरसिटी परिवहन की माँग बढ़ेगी। रिपोर्ट में कहा गया है कि हाई स्पीड रेल की गैर-मौजूदगी में एयरलाइंस और कार यातायात सालाना 15-20 प्रतिशत की दर से बढ़ रहा है, जिससे पर्यावरण तथा समाज पर भारी दबाव बढ़ रहा है।

अगस्त, 2014 में भारत के प्रधानमंत्री की जापान यात्रा में जारी संयुक्त बयान के अनुसार जापान ने भारत में बुलेट ट्रेन शुरू करने के लिए वित्तीय, प्रौद्योगिकीय और प्रचालनीय सहयोग देने की तत्परता दिखाई है।

चूँकि जापान सुपरफास्ट ट्रेनों के परिचालन में अग्रणी है, इसलिए अपेक्षा की जा रही है कि इस समझौते से भारत भी 300 किलोमीटर प्रति घंटे की अधिकतम रफ्तार की बुलेट ट्रेन चलाने का सपना पूरा कर सकेगा। जापान भारत में बुलेट ट्रेन परियोजना के विकास के लिए वित्तीय, प्रौद्योगिकीय और प्रचालनीय सहयोग देने को तैयार है। इस आशय का संयुक्त वक्तव्य भी जारी किया गया था।

संयुक्त वक्तव्य में अहमदाबाद-मुंबई हाई स्पीड गलियारे के निर्माण से संबंधित धन और प्रौद्योगिकी के मुद्दों का समाधान निकालने का भी रास्ता निकाला गया। भारतीय सरकार रोलिंग स्टॉक (डिब्बों, वैगन आदि) के स्वदेश में निर्माण और हाई स्पीड प्रौद्योगिकी के लिए प्रौद्योगिकी स्थानांतरण पर जोर दे रही है।

चीन का सिस्टम कम लागत और सबसिडी के कारण फायदे में है, क्योंकि वहाँ की सरकार अनुदान देती है, वहीं जापान की शिंकनसेन सुरक्षा के अपने बेहतरीन रिकॉर्ड के लिए जानी जाती है, क्योंकि अपनी आधी शताब्दी के इतिहास में अब तक उसको एक भी दुर्घटना का सामना नहीं करना पड़ा है। इस उत्कृष्ट सुरक्षा रिकॉर्ड का कारण यह है कि शिंकनसेन सिस्टम में विशेष तरह की रेल पटरियाँ इस्तेमाल होती हैं, जिनमें रेलरोड क्रॉसिंग नहीं होतीं, साथ ही ये ट्रेनों को एकदम सही टाइम पर चलाने में भी मददगार होती हैं। हालाँकि यह सिस्टम बेहद ज्यादा निर्माण लागत और लंबे निर्माण काल के कारण दोधारी तलवार की तरह है।

यात्री भी मौजूदा रेलवे लाइन के बाद, जब शिंकनसेन का इस्तेमाल करते हैं तो उन्हें भी कठिनाई महसूस होती है। शिंकनसेन प्रौद्योगिकी में स्वचालित कंट्रोल सिस्टम होता है, जो दीर्घकाल में लागत प्रभावी साबित होता है, क्योंकि यात्रियों की माँग बढ़ने पर यह हाई स्पीड और ज्यादा आवृत्ति की जरूरतें पूरी करने में सक्षम है।

जापान का तर्क है कि अगर मध्य और दीर्घकाल के हिसाब से देखें तो शिंकनसेन की लागत ज्यादा नहीं पड़ती, हालाँकि भारत में बुलेट ट्रेन के बाजार की प्रतियोगिता केवल चीन और जापान तक ही सीमित नहीं है, बल्कि फ्रांस और जापान जैसे यूरोपीय राष्ट्र भी यहाँ के बाजार को हथियाने के लिए गंभीर प्रयास कर रहे हैं।

अभी तक हमने मौजूदा प्रौद्योगिकी और 300-500 किलोमीटर प्रति घंटे के आसपास की रफ्तार की स्थिति पर विचार किया। जमीन पर चलनेवाले वाहनों की रफ्तार की सीमा कैसे तय होती है? भूतल वाहनों के लिए ध्वनि बाधकों का समापन अब भी बड़ी चुनौती है। वायु में ध्वनि 340 मीटर प्रति सेकेंड अर्थात् 1224 किलोमीटर प्रति घंटे की रफ्तार से चलती है। इससे ज्यादा की रफ्तार को सुपरसोनिक गति कहा जाता है।

ध्वनि बाधक या सोनिक बैरियर किसी गतिशील पिंड के सुपरसोनिक गति में पहुँचने पर उसके द्वारा रोक या अन्य प्रभावों को महसूस किए जाने के लिए इस्तेमाल होनेवाला शब्द है। जब विमान पहली बार सुपरसोनिक गति से उड़ने के करीब पहुँचा, तो ये बाधा पैदा करनेवाले प्रभाव महसूस किए गए, जिससे सुपरसोनिक गति बहुत मुश्किल या असंभव हो जाती है।

सुपरसोनिक वायु गतिविधि हानिकारक झटकों की तरंगें तथा विक्षोभ पैदा करती है, इसलिए ध्वनि की गति के समीप पहुँचने पर संचालकों की कार्यक्षमता में नाटकीय ढंग से गिरावट आती है। ये सारे प्रभाव हालाँकि अनेक तरीकों से असंबद्ध होते हैं, लेकिन इनसे बाधक की अवधारणा बनती है, जिसके अनुसार किसी विमान को ध्वनि की रफ्तार से तेज गति अपनाने में कठिनाई पैदा होती है।

ध्वनि बाधक की अवधारणा द्वितीय विश्व युद्ध के समय लोकप्रिय हुई। उस समय अनेक विमानों को संपीडयता के प्रभावों का सामना करना पड़ा, जिसमें अनेक असंबद्ध वायुगतिकीय प्रभाव थे, जो विमान को गति और आगे बढ़ाने में बाधक होते थे। शंक्वाकार नोक और धारदार पंखों के डिजाइन से ध्वनि बाधकों की समाप्ति में मदद मिली। बेल एक्स-1 पहला विमान था, जिसने 1947 में स्तरीय उड़ान में पहली बार ध्वनि बाधक को समाप्त किया था। 1950 के दशक तक अनेक विमानों ने ध्वनि बाधकों को समाप्त करना शुरू कर दिया था।

ध्वनि बाधक समाप्त करनेवाला पहला मानव निर्मित भूतल वाहन थ्रस्ट एस.एस.सी. (सुपरसोनिक कार) था, जिसने 15 अक्तूबर, 1997 को 1228 किलोमीटर प्रति घंटे की गति हासिल करके दिखाई थी। कार रॉयल एयरफोर्स के फाइटर पायलट विंग कमांडर ऐंडी ग्रीन ने अमेरिका के नेवाडा में चलाई थी।

ध्वनि बाधकों को समाप्त करनेवाला पहला मानव निर्मित भूतल वाहन थ्रस्ट एस.एस.सी.

ध्वनि बाधक समाप्त करनेवाले मानवचालित भूतल वाहन में भविष्य में ऐसी प्रौद्योगिकियों की संभावनाएँ छिपी थीं, जो मानवचालित ट्रेनों में भी ध्वनि बाधक समाप्त कर सकती थीं।

हाई स्पीड यात्रा की भविष्य की संभावनाओं पर बात करते समय निर्वात नलिका परिवहन प्रौद्योगिकी (ई.टी.3) की चर्चा जरूर करनी चाहिए।

ई.टी.3 का सचमुच में 'पृथ्वी पर अंतरिक्ष यात्रा' है। कार के आकार का यात्री कैप्सूल घर्षण-रहित मैग्लेव पर 1.5 मीटर व्यास की नलिका में यात्रा करता है। नलिका के दोनों ओर से हवा खींचकर स्थायी रूप से निकाल दी जाती है, जो कि यात्रा मार्ग के साथ बनाए जाते हैं। स्टेशनों पर कैप्सूल एयरलॉक (airlock) के जरिए इस तरह से स्थानांतरित किए जाते हैं कि हवा न घुस पाए। एक बार रैखिक विद्युत् मोटर कैप्सूल की गति बढ़ाती है, फिर यह निर्वात के जरिए बिना किसी अतिरिक्त शक्ति के चलता है। जब कैप्सूल धीमा होता है तो ऊर्जा फिर से पैदा होती है। ई.टी.3 विद्युत् ट्रेनों की तुलना में 50 गुना ज्यादा प्रति किलो वॉट आवर परिवहन मुहैया करा सकता है। इस प्रौद्योगिकी का इस्तेमाल पानी, सीवर, तेल, गैस और कचरा आदि लाने-ले जाने में इस्तेमाल किया जा सकता है। ई.टी.3 की आरंभिक गति करीब 600 किलोमीटर प्रति घंटे हो सकती है और 6500 किलोमीटर प्रति घंटे की रफ्तार से यात्रा करने लायक इसका विकास किया जा सकता है। इसका मतलब यह हुआ कि श्रीनगर से कन्याकुमारी तक सवारी या माल जाने में आधे घंटे से भी कम समय लगेगा।

निर्वात नलिका प्रौद्योगिकी के चित्र

धारणाओं को बदलने और भविष्य के परिवहन से जुड़े अपने विचारों के निर्माण के लिए नए मानदंड स्थापित करने पड़ेंगे।

□

सार-संक्षेप

तेज रफ्तार रेल परियोजनाएँ समय लेती हैं, लेकिन अच्छे परिणाम उन्हें ही मिलते हैं, जिनमें धैर्य होता है और अपने काम में जुटे रहते हैं। तेज रफ्तार ट्रेनों पर शोध की शुरुआत 1900 की सदी के आरंभ में ही हो गई थी और अब तो सुपरसोनिक ट्रेनों की योजनाएँ तैयार की जा रही हैं। शंघाई की मागलेव ट्रेनों की रफ्तार यात्रियों को नियमित रूप से ले जाने के दौरान भी 431 किलोमीटर प्रति घंटे होती है। फ्रांस टी.जी.वी., यानी बेहद तेज रफ्तार ट्रेनों को 574.8 किलोमीटर प्रति घंटे की रफ्तार से सफलता से चलाया जा चुका है। तेज रफ्तार रेलों की प्रणाली 15 देशों में चालू है और निकट भविष्य में कई अन्य देश भी इस तेज रफ्तार ट्रेन क्लब में शामिल हो सकते हैं।

द्वितीय विश्व युद्ध से पहले अनेक यूरोपीय देशों ने कई प्रकार के प्रयोग किए, लेकिन उन सबमें पहला स्थान जापान ने 1964 में शिंकनसेन सेवा शुरू कर हासिल किया। शिंकनसेन की कामयाबी ने कई देशों में उसके प्रति एक दिलचस्पी पैदा की और फ्रांस नेशनल रेलवे ने पूरी प्रतिबद्धता के साथ पहली फ्रेंच तेज रफ्तार ट्रेन टी.जी.वी. की शुरुआत 1981 में अपनी दक्षिण-पूर्व लाइन पर की। चीन ने शुरुआत देर से की, लेकिन आज दुनिया भर में तेज रफ्तार ट्रेनों का सबसे बड़ा नेटवर्क होने का गौरव उसे ही प्राप्त है।

तेज रफ्तार रेल सबसे टिकाऊ परिवहन प्रणाली है। इसके अनेक पर्यावरण संबंधी, सामाजिक और आर्थिक लाभ हैं। इस प्रकार की परिवहन प्रणाली में प्रति यात्री प्रति किलोमीटर ऊर्जा की खपत सबसे कम होती है और संसाधन का प्रयोग भी यह पूरी कुशलता के साथ करती है। खतरनाक उत्सर्जन को कम करने के कारण एक सकारात्मक माहौल तैयार होता है और इसे पर्यावरण

की दृष्टि से सबसे उपयुक्त परिवहन का साधन भी बनाता है। इस प्रणाली से समाज के सभी वर्ग आसानी के साथ जुड़ते और गति हासिल करते हैं। वह क्षेत्र ,जहाँ तेज रफ्तार रेल प्रणाली विकसित होती है, उसकी छवि बेहतर बनती है और उस क्षेत्र का सर्वांगीण विकास होता है। परिवहन के विभिन्न साधनों पर होनेवाले खर्च की तुलना में अकसर बाहरी खर्च के बदले होनेवाली आय को अनदेखा कर दिया जाता है, जिसके कारण वह तुलना दोषयुक्त हो जाती है। एक बार बाहरी सुविधाओं से होनेवाली आय का हिसाब लगा लिया जाता है तो फिर तेज रफ्तार रेल प्रणाली आर्थिक दृष्टि से भी अत्यंत प्रतिस्पर्धात्मक हो जाती है।

बुलेट ट्रेनों को विश्व का तकनीकी अजूबा कहें तो गलत नहीं होगा। उनकी पटरियों, उनकी बोगियों, परिचालन और सिग्नल प्रणाली की डिजाइन और निर्माण जरूरत के मुताबिक खास तरीके से किया जाता है।

अब तक तेज रफ्तार रेल परियोजनाओं के लिए सरकारी खजाने से पैसा खर्च करने की परिपाटी अपनाई जा रही थी। सरकार ने पूँजीगत खर्च का इंतजाम किया और विकास की प्रक्रिया को लंबे समय तक चलाते रहने की जिम्मेदारी भी सँभाली। इसके बाद सरकार के साथ निजी क्षेत्रों की साझेदारी को भी आजमाया गया। भविष्य में वित्तपोषण के और भी नए तरीकों का इस्तेमाल देखने को मिल सकता है।

तेज रफ्तार रेल परियोजनाओं की पूरी प्रक्रिया को पाँच चरणों में लागू किया जा सकता है, जैसे—उद्‌भव का चरण, व्यवहार्यता चरण, डिजाइन चरण, निर्माण का चरण और संचालन तथा रखरखाव का अंतिम चरण।

भारत में बुलेट ट्रेनों की सोच-समझ अब सही रूप ले रही है। अब तेज रफ्तार ट्रेनों की स्वर्णिम चतुर्भुज परियोजना के निर्माण की बात प्रतिबद्धता के साथ की जा रही है। मुंबई-अहमदाबाद खंड भारत का पहला तेज रफ्तार कॉरिडोर बनेगा। इस पर अध्ययन किए जा रहे हैं और इसके लिए बजट का आवंटन भी कर दिया गया है। व्यवस्थित संस्थागत ढाँचा खड़ा कर दिया गया है और सही दिशा में काम आगे बढ़ रहा है। भारत इस अवसर का लाभ उठानेवाला है और फिर जब जापानी और चीनी कर सकते हैं, फ्रांस के लोग कर सकते हैं तो भारत क्यों नहीं कर सकता है?

ऐसी कोई बात नहीं कि बुलेट ट्रेन तकनीक ही परिवहन तकनीक के क्षेत्र

की अनोखी तकनीक है। मनुष्य द्वारा निर्मित वाहनों द्वारा ध्वनि की रफ्तार को पार किए जाने से नई उम्मीद जगी है और अब हम ई.टी.3 की मदद से धरती पर अंतरिक्ष जैसे सफर की भी बात करते हैं। सफर करने की जिस रफ्तार के हम अभ्यस्त हैं, उसमें और भी सुधार की गुंजाइश है।

□

बुलेट ट्रेन की शब्दावली

एक्सेस प्लस : यह फ्रांस नेशनल रेलवे द्वारा विकलांगों को मुहैया कराई जानेवाली एक विशेष सुविधा है। यह सेवा फ्रांस के राष्ट्रीय नेटवर्क पर करीब 360 स्टेशनों पर उपलब्ध है।

ए.जी.वी. : यह उच्च गति पर स्वचालित तेज रफ्तार इलेक्ट्रिक मल्टीपल यूनिट ट्रेन का एक मानक गेज है, जिसका निर्माण ऑल्सटॉम ने किया है। इसकी अधिकतम वाणिज्यिक गति 360 किलोमीटर प्रति घंटे है।

आर्टिकुलेटेड ट्रेन (आपस में जुड़ी ट्रेन) : पटरी पर चलनेवाली एक ऐसी ट्रेन, जिसकी बोगियाँ स्थायी या अर्धस्थायी रूप से परिचालन के लिए एक इकाई के रूप में जुड़ी होती हैं। यह उन बोगियोंवाली ट्रेन से अलग होती है, जिनकी बोगियों को आसानी से अलग कर दूसरी ट्रेनों में जोड़ दिया जाता है।

ए.टी.सी. : ऑटोमेटिक ट्रेन कंट्रोल रेलवे के पास ट्रेन की सुरक्षा का एक साधारण दरजा है, जिसमें बाहरी संकेतों के साथ ही गति नियंत्रण प्रणाली होती है। ए.टी.सी. प्रणाली में सिग्नल देने के विभिन्न तरीकों को मिलाकर एक ऐसी प्रणाली तैयार की गई है, जो पुरानी ट्रेनों को स्वत: अचानक रोकने की तकनीक की बजाय धीरे-धीरे रोकने की तकनीक का प्रयोग करती है।

एतेंदो : यह विकलांग लोगों के लिए स्पेनी रेल सेवा है।

ए.वी.ई., यानी **स्पेनिश हाई स्पीड :** यह स्पेनिश नेशनल रेलवे द्वारा चलाई जानेवाली तेज रफ्तार रेल सेवा है, जिसकी गति 310 किलोमीटर प्रति घंटे तक है। स्पेनी भाषा के 'एल्ता वेलोसिदाद एसपान्योला' का मतलब है—'स्पेनिश हाई स्पीड,' लेकिन 'ए.वी.ई.' या 'आवे' का अर्थ 'चिड़िया' से भी लगाया जाता है। ए.वी.ई. प्रणाली यूरोप की सबसे बड़ी तेज रफ्तार रेल है, जो चीन के बाद दूसरे स्थान पर आती है।

बुलेट ट्रेन : इसका प्रयोग तेज रफ्तार ट्रेन के लिए किया जाता है। (देखें एच.एस.आर. हाई स्पीड रेल की परिभाषा)

कैब सिग्नलिंग : कैब सिग्नलिंग रेलवे की एक सुरक्षा प्रणाली है, जो ट्रेन के इंजन तक पटरी की स्थिति से जुड़ी सूचना पहुँचाती है, जहाँ ड्राइवर लगातार उस सूचना को देखता रहता है।

पटरी के किनारे लगे सिग्नल सबसे सरलतम प्रणाली का हिस्सा होते हैं, जबकि जटिल प्रणालियों द्वारा स्वीकार्य गति, आसपास की ट्रेनों की स्थिति तथा आगे की पटरी से जुड़ी महत्त्वपूर्ण जानकारी उपलब्ध कराई जाती है। कैब सिग्नल समग्र ट्रेन रक्षा प्रणाली का अंग भी हो सकते हैं, जो चालक द्वारा खतरनाक स्थिति पर प्रतिक्रिया न करने की स्थिति में अपने आप ही ब्रेक लगा सकता है और ट्रेन को रोक सकता है।

सी.बी.टी.सी. : संचार-आधारित ट्रेन कंट्रोल प्रणाली एक निरंतर, स्वचालित ट्रेन कंट्रोल प्रणाली होती है, जो ट्रेनों का पता लगाने के लिए उच्च स्तर की क्षमता, स्वतंत्र ट्रैक सर्किट का प्रयोग करती है, साथ ही, निरंतर, उच्च-क्षमता, दो दिशाओंवाली ट्रेन से लेकर रास्ते में बिछी संचार प्रणाली तथा ट्रेन पर लगे और रास्तों पर लगे प्रोसेसर से आँकड़े जुटाती है।

सी.आर.एच. : चाइना रेलवे हाई स्पीड चीन रेलवे द्वारा चलाई जानेवाली एक तेज रफ्तार रेल सेवा है। चीन में चलाई जा रही सारी तेज रफ्तार ट्रेनों को सी.आर.एच. नाम दिया गया है। CRH1/2A/2B/2E/5 की अधिकतम रफ्तार 250 किलोमीटर प्रति घंटे होती है और CRH2C/3 की अधिकतम गति 350 किलोमीटर प्रति घंटे होती है। नई ट्रेनों CRH380A की अधिकतम टेस्ट स्पीड 416. 6किलोमीटर प्रति घंटे है। सबसे तेज गति की ट्रेनों CRH380BL की अधिकतम टेस्ट स्पीड 487.3 किलोमीटर प्रति घंटे है।

ई.आर.टी.एम.एस. : यूरोपीय रेलवे ट्रैफिक मैनजमेंट सिस्टम ट्रैफिक प्रबंधन की एक ऐसी परियोजना है, जिसे आठ एजेंसियों ने मिलकर तैयार किया है, जिनमें शामिल हैं। ऑल्सटॉम ट्रांसपोर्ट, एनसाल्दो एसटीएस, एजेडडी प्रहा, बॉमबार्डियर ट्रांस्पोर्टेशन, सी.ए.एफ., मरमेक, सीमेंस मोबिलिटी और थेल्स। ई.आर.टी.एम.एस. के दो मौलिक अंग हैं। ई.टी.सी.एस., यानी यूरोपीय ट्रेन कंट्रोल सिस्टम एक स्वचालित ट्रेन सुरक्षा प्रणाली (ए.टी.पी.) है, जो मौजूदा नेशनल ए.टी.पी. प्रणालियों का स्थान लेगी। जी.एस.एम.-आर, एक रेडियो प्रणाली है, जो रेलवे के इस्तेमाल के लिए विशेष रूप से सुरक्षित फ्रीक्वेंसी के प्रयोग से मानक जी.एस.एम. द्वारा पटरी

और ट्रेन के बीच ध्वनि और आँकड़ों की सूचना साझा करती है।

बाहरी खर्च : बाहरी खर्च तब होता है, जब किसी वस्तु या सेवा के सृजन का खर्च तीसरे पक्ष पर डाला जाता है। उदाहरण के लिए कार चलानेवाले ड्राइवर को उसका (पेट्रोल की कीमत, टैक्स और कार खरीदना) खर्च उठाना पड़ता है, हालाँकि कार चलाने से समाज के अन्य लोगों को भी नुकसान होता है। इनमें शामिल हैं—दूसरे चालकों के सामने ट्रैफिक जाम और धीमे सफर के कारण अधिक समय का खर्च, हादसे में राहगीरों, साइकिल चलानेवालों तथा सड़क का इस्तेमाल करनेवाले अन्य लोगों की मौत, वायु तथा ध्वनि प्रदूषण और स्वास्थ्य से जुड़ी अन्य समस्याएँ।

एच.ई.एम.यू.-430 एक्स : इसका मतलब है—हाई-स्पीड इलेक्ट्रिक मल्टीपल यूनिट 430 किलोमीटर प्रति घंटे एक्सपेरिमेंटल, यानी प्रयोगात्मक तथा यह एक दक्षिण कोरियाई तेज रफ्तार ट्रेन है, जिसका लक्ष्य 430 किलोमीटर प्रति घंटे की अधिकतम रफ्तार को पाना है। 31 मार्च, 2013 को इसने एक टैस्ट रन के दौरान 421.4 किलोमीटर प्रति घंटे की रफ्तार को हासिल कर लिया, जिसके बाद फ्रांस, जापान और चीन के बाद चौथा देश बन गया, जिसने पारंपरिक पटरियों पर 420 किमी. प्रति घंटे की रफ्तार से तेज दौड़नेवाली तेज रफ्तार ट्रेन को तैयार किया। पुरानी दक्षिण कोरियाई तेज रफ्तार ट्रेनों की तुलना में वितरित कर्षण इसकी नई और प्रमुख विशेषता है।

एच.एस.आर. : तेज रफ्तार रेल, जिसे निम्नलिखित तीन पैमानों पर खरा उतरने के कारण तेज रफ्तार रेल कहा जा सकता है—

1. बुनियादी ढाँचा

(क) ट्रांस-यूरोपीय तेज रफ्तार रेल प्रणाली का ढाँचा इस प्रकार का होना चाहिए, जिसकी चर्चा ट्रांस-यूरोपीय परिवहन नेटवर्क पर हुई संधि की धारा 129सी में की गई है—

- वे, जिन्हें विशेष रूप से तेज रफ्तार सफर के लिए बनाया गया है,
- वे, जिन्हें तेज रफ्तार सफर के लिए विशेष रूप से अपग्रेड किया गया। उनमें जोड़नेवाली लाइनें और विशेष रूप से ऐसी नई लाइनें शामिल हो सकती हैं, जिन्हें तेज रफ्तार के लिए अपग्रेडकर उन पर स्थित शहरी केंद्रों को जोड़ा गया, जहाँ स्थानीय परिस्थितियों के अनुसार रफ्तार आवश्यक है।

(ख) तेज रफ्तार लाइनों में शामिल होंगी—

- विशेष रूप से निर्मित तेज रफ्तार की लाइनें, जो 250 किलोमीटर प्रति घंटे या उससे अधिक की रफ्तार के उपयुक्त हैं,
- विशेष रूप से अपग्रेड की गई तेज रफ्तार की लाइनें, जो 200 किलोमीटर प्रति घंटे तक की रफ्तार के लिए उपयुक्त हैं,
- विशेष रूप से अपग्रेड की गई तेज रफ्तार की लाइनें, जिन्हें भौगोलिक, ऊँचाई और ढलान या शहर की योजना के अनुसार अलग-अलग मामले में अपनाई जानेवाली रफ्तार के अनुसार तैयार किया गया है।

2. रोलिंग स्टॉक या बोगियाँ

तेज रफ्तार की आधुनिकतम तकनीकवाली ट्रेनों का डिजाइन ऐसा होना चाहिए कि सुरक्षा और बिना रुकावट की यात्रा की गारंटी हो—

- कम-से-कम 250 किलोमीटर प्रति घंटे की रफ्तार उन लाइनों पर, जो तेज गति के लिए बनाई गई हैं, जबकि उपयुक्त परिस्थितियों में उन पर 300 किलोमीटर प्रति घंटे से भी अधिक की गति प्राप्त की जा सके,
- मौजूदा लाइनों पर 200 किलोमीटर प्रति घंटे की रफ्तार हो या उन्हें अन्य लाइनों को अधिकतम गति सीमा के लिए अपग्रेड किया गया हो।

3. बुनियादी ढाँचे और रोलिंग स्टॉक की संगतता

तेज रफ्तार ट्रेन सेवा बुनियादी ढाँचे और रोलिंग स्टॉक की विशिष्टताओं के बीच संगतता को पहले से ही मानकर चलती है। प्रदर्शन का स्तर, सुरक्षा और सेवा की गुणवत्ता तथा कीमत संगतता पर निर्भर है।

I. **बुनियादी ढाँचा :** तेज रफ्तार सफर के लिए विशेष रूप से बनी पटरी।

II. **अधिकतम गति सीमा :** तेज रफ्तार के लिए विशेष रूप से बनी लाइनों पर न्यूनतम गति 250 किलोमीटर प्रति घंटे और विशेष रूप से अपग्रेड की गई मौजूद लाइनों पर 200 किलोमीटर प्रति घंटे।

III. **परिचालन की परिस्थितियाँ :** रोलिंग स्टॉक का डिजाइन बुनियादी ढाँचे के अनुरूप होना चाहिए, ताकि पूर्ण संगतता, सुरक्षा और सेवा की गुणवत्ता को सुनिश्चित किया जा सके।

उपरोक्त परिभाषा का प्रयोग अंतरराष्ट्रीय रेलवे यूनियन (UIC) द्वारा भी किया जाता है।

एच.एस.आर.सी. : हाई स्पीड रेल कॉरपोरेशन ऑफ इंडिया लिमिटेड (एच.एस.आर.सी.)का गठन भारत सरकार के रेल मंत्रालय द्वारा तेज रफ्तार रेल परियोजनाओं को तैयार करने और लागू करने के लिए किया गया है। इस विशेष प्रयोजन वाहन को रेल विकास निगम के सहायक के रूप में शामिल किया गया है, जो भारत सरकार का मिनी-रत्न सार्वजनिक क्षेत्र का उपक्रम है।

आई.सी.ई. : इंटर सिटी एक्सप्रेस वह तेज रफ्तार ट्रेन है, जो जर्मनी के सभी प्रमुख शहरों को जोड़ती है। 300 किलोमीटर तक की रफ्तार के साथ यह बर्लिन, हैमबर्ग और कोलोन जैसे शहरों के बीच आने-जाने का सबसे तेज साधन है। आई. सी.ई. अंतरराष्ट्रीय स्तर पर डेनमार्क, नीदरलैंड, बेल्जियम, फ्रांस, स्विट्जरलैंड और ऑस्ट्रिया को भी जोड़ती है।

जैकब्स बोगी : रोलिंग स्टॉक के नीचे होने की बजाय, जैकब्स बोगी दो कार बॉडी के खंडों के बीच रखी जाती है। प्रत्येक कार का वजन जैकब्स बोगी के आधे हिस्से पर होता है।

केटीएक्स : कोरिया ट्रेन एक्सप्रेस (केटीएक्स)दक्षिण कोरियाई तेज रफ्तार रेल प्रणाली है, जिसका परिचालन दक्षिण कोरिया की राष्ट्रीय रेलरोड चालक कोरेल द्वारा किया जाता है।

मागलेव : मागलेव मैगनेटिक लेविटेशन का संक्षिप्त रूप है और परिवहन की एक ऐसी पद्धति है, जो वाहनों को ले जाने के लिए पहियों की बजाय चुंबकीय उत्तोलन का प्रयोग करती है। मागलेव की मदद से किसी वाहन को एक निश्चित मार्ग पर चुंबकों के प्रयोग से उस मार्ग से थोड़ा दूर ले जाया जाता है। इस दौरान उठाव के साथ ही संचालन भी होता है।

पेंडोलिनो : पेंडोलिनो इटली की झुकी हुई ट्रेनों का एक समूह है, जिनका प्रयोग इटली ही नहीं; कई अन्य देशों में भी होता है।

पी.पी.पी. : सार्वजनिक निजी भागीदारी का अर्थ किसी परियोजना को पूर्ण करने के लिए सार्वजनिक और निजी क्षेत्र का साथ आना है। यह दूरगामी समझौते का एक माध्यम है, जिसमें संसाधनों, जोखिमों और लाभ को सार्वजनिक और निजी क्षेत्र द्वारा साझा किया जाता है। सार्वजनिक और निजी क्षेत्र के साथ आने से सहयोग का एक माहौल तैयार होता है। सार्वजनिक क्षेत्र के पास परियोजना को सहारा देने तथा विभिन्न प्रकार की अनिश्चितताओं से बचाने की क्षमता होती है। दूसरी तरफ, निजी क्षेत्र के पास दक्षता और पैसे मुहैया कराने का सामर्थ्य होता है। इस सहयोग से सफल योजनाओं का निर्माण संभव है।

आर.ई.एन.एफ.ई. : रेनफे ओपरादोरा स्पेनिश नेशनल रेलवे के नेटवर्क में चलने-वाली मालगाड़ियों और यात्री ट्रेनों को चलानेवाली एक सरकारी कंपनी है।

आर.आर.एफ. : रेसेयू फेरे दे फ्रांस (फ्रेंच : फ्रेंच रेल नेटवर्क) फ्रेंच नेशनल रेलवे नेटवर्क की मालिक है और उसकी देख-रेख करती है। ट्रेनों का परिचालन राष्ट्रीय रेलवे कंपनी एस.एन.सी.एफ. द्वारा किया जाता है। ऐसा रेलवे के बुनियादी ढाँचे और ट्रेनों के परिचालन को अलग करने के लिए किया गया था।

आर.वी.एन.एल. (RVNL) : रेल विकास निगम लिमिटेड विशेष उद्देश्य से बनाया गया माध्यम है, जो स्वर्णिम चतुर्भुज और पोर्ट कनेक्टिविटी से जुड़ी योजना के विकास, वित्तीय संसाधन जुटाने और उन्हें लागू करने की जिम्मेदारी सँभालता है। आर.वी.एन.एल. अन्य कंपनियों की तरह ही एक पंजीकृत कंपनी है।

शिंकनसेन : 'शिंकनसेन' का शाब्दिक अर्थ 'न्यू ट्रंक लाइन' होता है और यह जापान में तेज रफ्तार रेल लाइनों का एक नेटवर्क है। इसकी अधिकतम परिचालन गति 320 किलोमीटर प्रति घंटे है। 1964 में शुरू होने के कारण इसे विश्व की पहली तेज रफ्तार रेल लाइन होने की उपलब्धि हासिल है।

एस.एन.सी.एफ. : (फ्रेंच रेलवे की राष्ट्रीय सोसाइटी या 'फ्रेंच नेशनल रेलवे कंपनी') फ्रांस की राष्ट्रीय रेलवे कंपनी है, जो फ्रांस तथा मोनाको की रियासत में रेल ट्रैफिक का प्रबंधन करती है। एस.एन.सी.एफ. फ्रांस के तेज रफ्तार रेल नेटवर्क, टी.जी.वी. समेत देश की राष्ट्रीय रेल सेवा को चलाती है।

एस.पी.वी. : स्पेशल परपस व्हीकल सामान्यतया एक सहायक कंपनी है, जिसके पास एक संपत्ति/दायित्व का ढाँचा तथा वैधानिक दरजा है, जो प्रमुख कंपनी के दिवालिया हो जाने पर भी उसकी देनदारियों को सुरक्षित रखता है। एक निगम इस प्रकार के साधन का प्रयोग पूरी कंपनी को जोखिम में डालने की बजाय की बड़ी परियोजना के वित्तपोषण के लिए कर सकता है।

तालगो : (ट्रेन आर्तीकुलादो लिगेरो गोईकोएचा ओरियोल का अर्थ है प्रकाश से जुड़ी हुई गोईकोएचा ओरियोल ट्रेन, जिसे एलेजांद्रो गोईकोएचा और जोस ओरियोल ने कंपनी के रूप में स्थापित किया था। यह इंटरसिटी, स्टैंडर्ड और तेज रफ्तार पैसेंजर ट्रेनों की स्पेनिश निर्माता है। तालगो ट्रेनों को उनके अनोखे तरीके से जुड़ी बोगियों के लिए जाना जाता है, जो जैकब्स बोगी जैसी बोगियों का ही इस्तेमाल करती हैं। तालगो ने 1941 में उनका पेटेंट ले लिया था। पहिए जोड़े में होते हैं, लेकिन आपस में किसी एक्सल से जुड़े नहीं होते और बोगियाँ अलग-अलग कोच की बजाय आपस में जुड़ी होती हैं। इससे रेलवे कार घुमाव पर बिना

लहराए तेज गति में चल सकती है।

टी.जी.वी. : टी.जी.वी. (फ्रेंच : उच्च गति रेल) फ्रांस की तेज रफ्तार रेल सेवा है। 320 किलोमीटर प्रति घंटे की चोटी की रफ्तार के साथ ही, करीब 450 टी.जी.वी. 230 स्थानों को आपस में जोड़ती हैं।

टिल्टिंग ट्रेन (झुकी हुई ट्रेन) : ये ऐसी ट्रेनें होती हैं, जिनमें नियमित पटरियों पर भी तेज गति प्राप्त करने प्रणाली होती है। एक ट्रेन जब पूरी गति के साथ मोड़ पर घूमती है, तो ट्रेन के अंदर की वस्तुओं को जड़ता का अनुभव होता है। इससे सामान खिसक सकते हैं या बैठे यात्रियों को लगेगा कि वे आर्मरेस्ट द्वारा कुचले जा रहे हैं, क्योंकि उन पर केंद्राभिमुखी बल लागू होता है, जबकि खड़े यात्री अपना संतुलन खो सकते हैं। इस प्रकार के प्रभाव को समाप्त करने के लिए टिल्टिंग ट्रेनों को तैयार किया गया है। बाईं ओर से घुमाव पर ट्रेन दाहिनी तरफ खींचनेवाली गुरुत्वाकर्षण की शक्ति का प्रभाव समाप्त करने के लिए बाईं ओर झुक जाती है। इसी प्रकार दाहिनी ओर के मोड़ पर दाहिनी तरफ झुक जाती है। ट्रेन का निर्माण इस प्रकार होना चाहिए कि जड़ता लानेवाली ताकतों से झुकाव (निष्क्रिय झुकाव) पैदा हो या फिर इसे नियंत्रित करनेवाला तंत्र कंप्यूटर नियंत्रित (सक्रिय झुकाव) हो।

टी.एस.आई. : अंतर के लिए तकनीकी विनिर्देश (टी.एस.आई.)का अर्थ उन विनिर्देशों से है, जिनके कारण प्रत्येक उपप्रणाली या उसके अंग का खयाल रखा जाता है, जिससे कि अनिवार्य आवश्यकताओं को पूरा किया जा सके तथा यूरोपीय समुदाय की तेज रफ्तार तथा पारंपरिक रेल प्रणालियों के बीच एक साथ कार्य करने की व्यवस्था को सुनिश्चित किया जा सके।

वैल्यू कैप्चर : वैल्यू कैप्चर का अर्थ है बुनियादी ढाँचे में सार्वजनिक निवेश से जमीन की कीमत में बढ़ोतरी को पहचानना और उसका लाभ उठाना। मूल रूप से यह उस सिद्धांत पर आधारित है कि वे सभी जो किसी विशेष बुनियादी ढाँचे या सेवा से लाभान्वित होते हैं, उन्हें उसकी कीमत भी अदा करनी चाहिए।

□

संदर्भ-सूची

1. **एच.एस.आर. ऐंड सस्टेनेबिलिटी :** यू.आई.सी. रिपोर्ट
2. **द इकॉनॉमिक इफेक्ट्स ऑफ हाईस्पीड रेल इनवेस्टमेंट :** ओ.ई.सी.डी. ऐंड आई.टी.एफ. रिपोर्ट।
3. **हाई स्पीड रेल की फाइनेंसिंग पर यूरोपीय केस स्टडी :** लीजल हेन, कीथ स्लोअन और नील डगलस
4. **हाई स्पीड रेलवे इंपलीमेंटेशन हैंडबुक :** इंटरनेशनल यूनियन ऑफ रेलवे।
5. **हिस्टरी ऑफ हाई स्पीड रेल :** एच.एस.2 इंजन फॉर ग्रोथ
6. **यूरोप में परिवहन की बाहरी लागत :** सीई डेल्फ्ट, इनफ्रास और फ्रॉनहोफर।
7. **जापान में हाई स्पीड रेल :** शिंकनसेन ट्रेन की समीक्षा और मूल्यांकन। मामोरू तानूगाची। यूनिवर्सिटी ऑफ कैलीफोर्निया ट्रांसपोर्ट सेंटर।
8. **पब्लिक-प्राइवेट पार्टनरशिप इन इन्फ्रास्ट्रक्चर :** आर.एन. जोशी
9. **इन्फ्रास्ट्रक्चर फाइनेंसिंग :** जी. गोपाल कृष्ण मूर्ति
10. **विजन ऑफ हाई स्पीड रेल कॉरीडोर्स इन इंडिया :** आई.आर.आई.सी.ई.एन.
11. हाई स्पीड रेल के विकीपीडिया के लेख और चित्र।
12. हाई स्पीड रेल नेटवर्क के क्षेत्र में लगीं एस.एन.सी.एफ., टी.जी.वी., आर.ई.एन.एफ.ई., डी.बी., ए.एल.एस.टी.ओ.एम., मैक्किंसी और अन्य एजेंसियों की वेबसाइटें।
13. टाइम्स ऑफ इंडिया, हिंदुस्तान टाइम्स, दैनिक भास्कर तथा अन्य

समाचार-पत्रों और साइंस रिपोर्टर जैसी विज्ञान पत्रिकाओं में हाई स्पीड रेल के बारे में छपे लेख।

14. हाई स्पीड रेल कॉरपोरेशन की वेबसाइट।
15. आर.डी.एस.ओ. की वेबसाइट।
16. ET3.COM
17. **इंडियन रेलवे** : एम.ए. राव
18. एन एकाउंट ऑफ द लिवरपूल ऐंड मैनचेस्टर रेलवे : हेनरी बूथ।

□□□